Évelyne Bérard
Yves Canier
Christian Lavenne

Tempo 1

méthode de français

La conception de cet ouvrage trouve sa source
dans la réflexion et les pratiques méthodologiques
menées depuis de nombreuses années
au Centre de Linguistique Appliquée de Besançon.

Didier / HATIER

Couverture :
DR - Diaf / C. Braud - Marco Polo - Fotogram-Stone/Truchet

Intérieur :
p. 7 : DR - **p. 9** : (1) Rapho/Charliat, (2) Pix/J.-D. Dallet, (3) Rapho/J.-N. de Soye, (4) Rapho/R. Ohanian, (5) Buttigieg-Sanna © Didier, (6) Rapho/J.-M. Charles, (7) Rapho/Walter - **p. 16** : VMA Production - **p. 18** : (hm) Kipa Interpress/E. Fougère, (hd) Kipa Interpress/S. Gaudenti, (mg) RMN, (md) DR, (bd) Keystone, (bg) Sygma - **p. 22** : Kipa/A. Denize - **p. 24** : (mg) Buttigieg-Sanna © Didier, (md) France Telecom, 1996 - **p. 30** : Quino *État civil* © Éd. Glénat , **p. 31** : DR - **p. 35** : La Française des Jeux - **p. 38** : (hg) Photothèque S.D.P./R. Arbios, (hd) Pix/Zen, (mg) Diaf/C. Braud, (bd) Pix/Artpyr - **p. 39** : (hg) Diaphor/C. Bardoux, (hd) (mh) Michel Stimpfling, (md) Restaurant *Léon de Lyon*, (bd) Jerrican/Gus - **p. 52** : (hg) Sygma/H. Bureau, (hd) Sygma/P. Le Segretain, (md) Perrier, (bg) Didier/Sana, (bd) Kipa/Denize - **p. 53** : (hg) Kipa/J.-F. Rault, (hd) Chanel, (m) Vloo/Dallas & J. Heato, (mg) Sygma/F. de Lafosse, (md) Renault, (bg) Chemises Lacoste - **p. 61** : (mh) Foire Internationale et gastronomique de Dijon, (hg) Pix/J. Bénazet, (hd) Atelier M. Bevalot, (mg) Pix/Éd. Jos, (md) Jos Le Doaré, (bg) Pix, (bd) Magnum/M. Riboud - **p. 66** : (hd) The Solomon R. Guggenheim Foundation, New York/D. Heald © ADAGP Paris 1996, (mg) Diaf/B. Barbier, (md) The Minneapolis Institute of Arts, Minneapolis, (bg) Giraudon/Paris, Musée du Louvre, (bd) Galeria Trisorio, Naples/P. d'Andrea © ADAGP, Paris 1996 - **p. 73** : (hg) Francofolies 96, G. Ledoux, (hd) Kipa/D. Lefranc, (m) Rapho/Dieuzaïde, (md) Jean-Loup Charmet, (bd) Pix/P. Boillon - **p. 76** : (hg) Kipa/P. Baril, (mg) Buttigieg-Sanna © Didier, (bg) Pix - **p. 77** : (mg) RATP, (md) Diaf/D. Thierry, (bg) J.-P. Dumontier, (bd) Pix/C. Gauthier - **p. 85** : Yves Canier - **p. 91** (hg) Cart'Image - **p. 92** : (hg) Top/H. Champollion, (hm) Réa/F. Henry, (hd) Photothèque S.D.P./T. Bognar - **p. 95** : Conseil Régional de Franche Comté - **p. 96** : (hd) Office National Marocain du Tourisme, (md) (m) André Fougerolles - **p. 97** : (hg) Buttigieg-Sanna © Didier, (hd) Pix/Bavaria-Bildagentur, (mg) Rapho/M. Yamashita, (md) Pix/Y. Anger, (bg) Rapho/M. Baret - **p. 99** : (mg) Marc Arnout, (md) (bg) Claude Fougeirol, (bd) Comité départemental du tourisme de l'Ardèche/J.-C. Piffaut - **p. 100** : (h) Top/P. Hussenot, (hd) Photothèque S.D.P./A. Rossiaud, (md) © Vu du ciel par Alain Perceval - **p. 101** : (hg) Pix/EV Leroy, (md) Diaf/P. Somelet - **p. 102** : (hg) Pix/G. Bouzonnet, (hd) Pix/Halary, (md) Campagne-Campagne/Benard, (bd) Campagne-Campagne/S.L. Hyde - **p. 103** : (hd) Scope/D. Gorgeon, (mg) Rapho/H. Silvester, (md) Pix/Valarcher, (bg) Pix/Mahlinger, (bd) Pix/J.-L. Klein - **p. 106** : (hg) Kipa, (hd) Éd. Hatier-Paris, (mg) Explorer/C. Boisvieux, (bd) Explorer/J. Thomas - **p. 107** : (hg) Explorer/Rubira, (md) Explorer/E. de Malglaive, (bg) Scope/M. Gotin - **p. 115** : (hd) Top/P. Lambert, (mg) SNCF-CAV, (mb) SNCF - **p. 126** : (hd) Cinestar, (mg) Ernoult Features/L. Romilly, (bg) Rea/Kobbeh - **p. 127** : (g1) Rapho/Berretty, (g2) Rapho/Solreville, (g3) Rapho/M. Manceau, (g4) Explorer/Villeger, (g5) Explorer/D. Dorval, (md) Rapho/Fournier - **p. 138** : (hg) Jerrican/Gaillard, (bg) Explorer/C. Delpal - **p. 139** : (hd) Rapho/J.-M. Charles, (md) Jerrican/Favre-Félix, (bd) La Collective du pain/Association Nationale de la meunerie française - **p. 141** : (hd) DR, (mg) (md) Buttigieg-Sanna © Didier - **p. 150** : (mh) Top/C. Fleurent, (mg) Top/J.-F. Rivière, (mb) Top/F. Subiros - **p. 151** : (mg) Top/A. Rivière, (md) Top/P. Hussenot, (bg) Rapho/Dailloux, (bd) Rapho/Doisneau - **p. 168** : Le Nouvel Economiste, Historia/Taillandier, Magazine littéraire, Le Monde, Paris Match, L'Équipe - **p. 170** : Le Monde, L'Humanité, Libération, Le Figaro, Ouest France, La Croix, L'Express, Le Point, L'Événement du Jeudi, Le Canard Enchaîné, Le Nouvel Observateur - **p. 171** : Télérama, Officiel des spectacles, Télé Z, Modes & Travaux, Elle, Télé 7 Jours, Femme Actuelle, Prima, 20 ans, Pif, le journal, Rock and Folk, Okapi-Bayard Presse, Phosphore-Bayard Presse, Ça m'intéresse - **p. 182-183** : Quino, *Vies parallèles* © Éd. Glénat - **p. 186** : (bd) TV 5 - **p. 187** : (hmd) Gamma/PromoPresse, (hg) Kipa/C. Russeil, (hd) RTBF, (mg) Kipa/JF Rault, (md) Kipa/C. Russeil, (bg) Kipa/Baril, (bd) Télévision suisse romande - **p. 189** : (J. Dassin) Sony Music, (É. Piaf) DR Dominique Vinatier, DR - **p. 199** : (a) Rapho/Pavlovsky, (b) Rapho/Pedersol, (c) Gamma, (d) Magnum/Barbey, (e) Sygma/Keystone, (f) Rea/P. Nieto - **p. 200** : (g) Rapho/Salewski, (h) Explorer/E. Chino, (i) Jerrican/Nieto, (j) Sygma/H. Bureau, (k) Gamma/M. Lounes, (l) Lapi-Viollet - **p. 201** : (m) Rapho/Pavlovsky, (n) Explorer/T. Borredon, (o) Sygma/G. Depardieu dans *Une femme ou deux* de D. Vigne, (p) DR.

Dessinateurs :
Gilles Bonotaux : pages 16 (b), 17, 21 (b), 24, 25, 33, 64, 65, 77, 87, 93, 120, 122, 124, 128, 141, 145, 147, 148, 149, 151, 152, 153, 174, 181, 188, 193.
Juliette Levejac-Boum : pages 8, 11, 13 (m), 27, 41, 79, 82, 98, 116, 129, 132, 133, 159, 173.
Jean-Louis Goussé/SG Création : pages 13 (h), 16 (m), 23, 35, 38-39, 40, 42, 46 (h), 51, 70, 80-81 (b), 89, 94, 99, 100, 101, 103, 117, 123, 131, 134, 167, 176, 190.
Jean-Marie Renard : pages 48, 74, 75, 80-81 (h), 108 (g), 118, 119, 125 (b), 142, 144, 162, 177, 184, 196.
Sapolin Dessin : pages 12, 15, 21 (h), 28, 32, 44, 46 (m), 62, 67, 71, 84, 91, 101, 102, 105, 108 (d), 121 (h), 124, 125 (h), 130, 149, 160, 161, 164, 169, 180, 194, 203.
Bertrand Thiry : page 10.

Maquette et mise en page : Esperluette
Couverture : Studio Favre & Lhaïk

Avec la participation de Jean-Paul Basaille pour la conception de la partie phonétique de ce manuel.
Réalisation de l'accompagnement sonore et musical : Yves Hasselmann.

Les auteurs et l'éditeur remercient vivement madame Anne-Lyse Dubois pour sa collaboration à l'expérimentation de Tempo à l'Alliance Française de Paris.

© Les Éditions Didier, Paris, 1996   ISBN 2-278-04423-0   Imprimé en France

Avant-propos

UNE PÉDAGOGIE FORTE : INNOVATION, CONSTRUCTION, FACILITÉ

Notre expérience de l'enseignement et de la formation nous a permis de déceler chez les professeurs et les élèves l'attente d'une méthode à la fois **innovante**, **très construite** et **facile d'utilisation**.

À la croisée des approches (pragmatique, communicative, auto-apprentissage), *Tempo* propose donc des pratiques de classe nouvelles et efficaces sans jamais perdre de vue la faisabilité des tâches à accomplir. *Tempo* est une méthode qui adopte un parti pris de facilité et de transparence. Ainsi, il suffit au professeur et à l'élève d'ouvrir le livre pour savoir immédiatement et précisément ce qu'il faut faire. En effet, chaque activité s'appuie sur un support qui propose des tâches, simples ou complexes, à accomplir. L'enseignant est ainsi guidé pas à pas, sans jamais devoir improviser (mais la progression lui laisse évidemment toute latitude pour inclure ses propres exercices et activités ou les jeux de rôles proposés dans le guide pédagogique).

UNE VRAIE MÉTHODE POUR DÉBUTANTS

Tempo s'adapte au rythme de la classe. Nous attirons, en particulier, l'attention de nos collègues professeurs sur la progression des trois premières unités. Elle est volontairement lente, afin que les acquisitions soient solidement assises. Nous savons, en effet, que les élèves sont souvent rebutés par les difficultés qu'ils rencontrent lorsqu'ils sont vrais débutants.

D'autre part, un principe de récurrence court tout au long de la méthode. Chaque connaissance nouvelle, systématiquement reprise, devient le fondement de l'acquisition suivante. Prenons l'exemple du passé : dans l'unité 1, l'élève acquiert les noms des jours de la semaine (p. 21). On lui présente également quelques formes du passé composé et de l'imparfait (p. 19). Dans l'unité 2 (p. 35), il apprend à se situer dans le temps à l'aide de quelques marqueurs temporels usuels. Il discrimine le passé et le présent et mémorise le passé composé des verbes en -er conjugués avec « avoir ». L'unité 3 étend la compétence de l'élève en lui faisant travailler les expressions de temps (p. 44) et étudier la morphologie du passé composé avec « avoir » et « être ». Ces acquisitions (marqueurs chronologiques et conjugaison du passé composé des verbes les plus courants) sont renforcées dans l'unité 4 (p. 74 et p. 75). L'imparfait est abordé sous forme de simple repérage dans l'unité 6 (p. 104) et on introduit quelques formes simples de l'imparfait descriptif dans un récit passé (p. 105). L'unité 10 étudie de façon exhaustive la conjugaison du passé composé (verbes conjugués avec « avoir » et « être », y compris les verbes pronominaux p. 160, 161,162). On affine et on étend la connaissance des indicateurs chronologiques (p. 163). Des exercices d'expression et d'entraînement confortent les acquisitions morphosyntaxiques (p. 164, 165, 167, 169). L'unité 11 discrimine les emplois de l'imparfait et du passé composé dans un récit (p. 173, 175, 176). On étudie la morphologie de l'imparfait (p. 178) et l'on acquiert les marqueurs temporels plus complexes (p. 181) mettant en jeu les aspects accomplis et inaccomplis ainsi que l'expression de la durée (p. 184).

L'ACQUISITION DE SAVOIR-FAIRE LANGAGIERS

Nous avons voulu rompre avec le schéma habituel de l'organisation d'une leçon (un dialogue de référence autour duquel s'organisent les activités de l'unité), en proposant des activités soigneusement articulées qui permettent, progressivement, d'aboutir à l'acquisition d'un éventail de savoir-faire langagiers clairement définis.

L'objectif de *Tempo* est donc de **conduire l'élève à la maîtrise de savoir-faire** lui permettant de faire face à des situations de communication variées. Dans ce processus, nous lui proposons la **réalisation de tâches diversifiées** pour susciter sa participation active et renouveler sa motivation. L'organisation de la méthode permet des **acquisitions par paliers**, c'est-à-dire l'appropriation de savoir-faire complets qui vont s'élargissant d'unité en unité. L'élève est assuré, à chaque palier, d'acquérir un savoir-faire directement utilisable en situation réelle de communiction. Par ailleurs, nous avons veillé à ce que ces acquisitions soient **entièrement compatibles avec celles du DELF**.

LA PROGRESSION

La progression de *Tempo* prend en compte deux éléments :

– l'organisation de la méthode autour d'objectifs de communication qui déterminent les différentes entrées (grammaire, communication, lexique),

– la démarche d'apprentissage de l'élève, qui pour acquérir la langue française, a besoin de mémoriser, de comprendre un fonctionnement différent de celui de sa langue, de produire des énoncés courts au début, plus complexes ensuite, d'utiliser la langue dans des interactions. *Tempo* intègre dans sa progression un **principe de récurrence** et permet à l'élève de revenir sans cesse sur les acquisitions antérieures, de se familiariser avec les sons, les structures, les règles d'utilisation pour pouvoir reconstruire et s'approprier ce qu'il apprend.

Si les objectifs globaux de la méthode sont des objectifs de communication, l'apport d'outils grammaticaux, lexicaux et phonétiques ainsi que de nombreux exercices de fixation, viennent constamment soutenir l'acquisition de la compétence de communication.

Tempo 1 est divisé en 12 unités.
Chaque unité correspond à un savoir-faire linguistique complet, mais chaque groupement de trois unités correspond à l'acquisition d'un savoir-faire global directement réutilisable en situation réelle de communication.

Unités 1 - 2 - 3. Prendre contact et faire connaissance.

À l'issue des unités 1 à 3, l'élève doit être capable de participer à une conversation minimale correspondant à une première prise de contact où l'on fait connaissance avec quelqu'un, où l'on est amené à donner des informations sur soi-même (identité, profession, domicile, âge), à obtenir le même type d'information de la part de son interlocuteur, à se situer déjà dans l'espace (localisation), dans le temps (indicateurs de temps, passé composé, expression du futur, indicateur + présent, aller + infinitif). Il commence déjà (unité 3) à pouvoir exprimer d'une façon simple ses goûts et ses opinions personnelles.

Il acquiert les premiers éléments incontournables de

morphosyntaxe (masculin / féminin, singulier / pluriel, utilisation de la négation, morphologie des verbes au présent ou au passé). Il est également capable de rédiger des messages écrits simples (présentation) et de comprendre des messages équivalents.

Unités 4 - 5 - 6. Transmettre des informations à propos de son vécu et de son environnement.

Passé le premier contact (ensemble 1), si l'on veut continuer à communiquer, on est très rapidement amené à donner des informations sur son environnement, son pays, sa ville et, si l'on voyage, à obtenir oralement ou par le texte un certain nombre d'informations.

Nous avons volontairement placé cet ensemble en deuxième position car pédagogiquement il permet à l'élève de parler de lieux, éventuellement de pays qu'il connaît et que les autres élèves ne connaissent pas forcément, donc de parler « vrai », d'échanger, de communiquer dans la salle de cours, ce qui correspond à un des objectifs essentiels de *Tempo 1*.

En outre, l'élève sera capable de demander ou de donner un itinéraire en français, de s'orienter dans une ville et d'une façon plus générale dans l'espace.

Unités 7 - 8 - 9. Agir dans des situations de communication : demande de renseignements, prise de rendez-vous, identification.

L'objectif de ce troisième ensemble est de permettre à l'élève de demander (ou de donner) des informations relatives au temps (horaires, emploi du temps), aux personnes (caractérisation, identification, description) ou aux objets (négociation, description, quantification).

Unités 10 - 11 - 12. La dimension temporelle : rapporter des événements, faire des projets.

Ce dernier ensemble a pour objectif de mettre en place de façon plus approfondie les notions de temps abordées régulièrement au cours des neuf premières unités et de permettre à l'élève d'évoquer ponctuellement une action passée (passé composé), de la situer dans un contexte (imparfait), de procéder à un récit simple pour relater des événements qu'il a vécus ou connus, de faire des projets ou de parler de l'avenir.

Tempo 1 représente entre 120 et 150 heures d'apprentissage, selon les conditions d'enseignement.

DÉROULEMENT DES ACTIVITÉS

Dans chaque unité, l'élève retrouvera des types d'activité connus sans pour autant suivre un schéma répétitif. Les activités de *Tempo 1* sont regroupées en sept rubriques principales :

Mise en route

Il s'agit toujours d'une activité facile permettant de découvrir l'objectif de l'unité et de développer des stratégies de compréhension globale.

Compréhension

Les activités de compréhension sont destinées à faire identifier par les élèves des informations plus analytiques. Elles prennent la forme de questions à choix multiples, de grilles à remplir, de mises en relations dialogues/dessins. Le plus souvent, elles proposent le repérage d'éléments de même nature.

Mise en forme

Cette rubrique comprend :
– des tableaux qui expliquent le fonctionnement de certains points de grammaire ou de communication,
– des exercices d'entraînement qui prolongent les tableaux et permettent un travail de systématisation,
– des exercices de phonétique.

À vous

Cette rubrique regroupe toutes les activités d'expression.

Écrit

Cette rubrique comprend des activités prioritairement tournées, dans le livre 1, vers la compréhension, mais elle propose aussi la production de messages écrits liés à la vie quotidienne (le choix de ces situations a été fait en fonction des objectifs du DELF). Par ailleurs, l'écrit est présent dans le livre comme support de travail et de mémorisation.

Civilisation

Fidèles au principe méthodologique qui nous fait associer une acquisition nouvelle à une tâche précise effectuée par l'apprenant, nous avons voulu ce que nous appellerons une « civilisation active » : la présentation d'un fait de civilisation donne lieu systématiquement à une activité, orale ou écrite. Cependant, nous n'avons pas sacrifié pour autant le plaisir esthétique et les rubriques de civilisation sont bien entendu illustrées abondamment.

Évaluation

Enfin, au terme de chaque unité, une fiche d'évaluation des quatre compétences est proposée et, à la fin de chaque ensemble de trois unités, l'élève trouvera une évaluation spécifique **compatible avec les savoir-faire demandés au DELF**.
À la fin de chaque ensemble de trois unités figurent des **exercices complémentaires**. Ce sont des exercices de systématisation qui peuvent être utilisés en classe par le professeur pour conforter ou vérifier des acquisitions. Ils peuvent aussi être utilisés par l'élève qui souhaite vérifier sa compréhension des acquisitions de la leçon ou même en auto-apprentissage. *Tempo 1* comporte, inclus dans le livre de l'élève et indépendamment du cahier d'exercices, un total de 136 exercices.

LE GUIDE PÉDAGOGIQUE

C'est, pour le professeur, **à la fois un guide d'utilisation et un outil de formation**. En effet, nous avons voulu que le guide pédagogique soit un outil simple, clair, efficace, permettant au professeur de préparer et conduire son cours en évitant l'improvisation hasardeuse. Il propose aussi des fiches de formation qui donnent à l'enseignant les moyens d'acquérir une plus grande autonomie dans la conduite de sa classe et une réflexion sur ses pratiques.

LES AUTEURS

SOMMAIRE

OBJECTIFS D'APPRENTISSAGE

Unité 1

PREMIERS CONTACTS
Savoir-faire linguistiques :
- Se présenter.
- Prendre contact avec quelqu'un.
- Poser des questions.
- Répondre à des questions.
- Identifier quelqu'un.

Grammaire :
- Les verbes « être », « habiter », « avoir », « s'appeler »
- L'apostrophe
- Masculin/féminin
- Le pluriel
- Le temps : les jours de la semaine

Écrit :
- Acquisition des codes de l'écrit.

Unité 2

PREMIERS ÉCHANGES
Savoir-faire linguistiques :
- Parler de soi.
- Demander à quelqu'un des renseignements le concernant.

Grammaire :
- Les adjectifs possessifs
- Les marques du pluriel
- Les chiffres
- La négation
- Les indicateurs de temps

Écrit :
- Comprendre et rédiger de courts textes écrits.

Unité 3

PREMIERS AMIS
Savoir-faire linguistiques :
- Établir une relation avec quelqu'un.
- « Tu / Vous »
- Saluer quelqu'un.
- Demander des informations à quelqu'un.
- Exprimer ses goûts et opinions de façon simple.

Grammaire :
- Les possessifs
- Mots interrogatifs
- Dire quand
- Le présent et le passé composé de quelques verbes
- La négation
- « si / aussi / non plus »

Écrit :
- Caractériser quelqu'un.

Unité 4

MON PAYS
Savoir-faire linguistiques :
- Donner des informations générales sur un lieu.
- Situer géographiquement un lieu.
- Présenter un lieu.

Grammaire :
- « Au/en » + noms de pays
- « Aller à, venir de »
- « Au nord du / de la / de l' »
- Les présentatifs
- (Articles) définis / indéfinis / partitifs
- « On / nous »
- Comment écrire les chiffres
- Les adjectifs démonstratifs
- Le temps : repérage des formes du passé composé

Écrit :
- Décrire un lieu.

Unité 5

MA VILLE
Savoir-faire linguistiques :
- Donner, obtenir un itinéraire.
- Situer, localiser.

Grammaire :
- Expressions indiquant la situation d'un lieu
- Phénomènes liés à la présence d'une voyelle ou d'une consonne au début d'un mot
- Les ordinaux
- La négation « ne ... pas / ne ... plus »

Écrit :
- Prendre des notes.

Unité 6

MES VOYAGES
Savoir-faire linguistiques :
- Obtenir et donner des informations précises sur un lieu.
- Porter un jugement positif ou négatif sur un lieu.
- Rapporter un événement.

Grammaire :
- « C'est » + nom, « c'est » + adjectif
- « Quel/quelle » + nom
- Indicateurs de lieu, de temps
- Temps : le passé composé, l'imparfait

Écrit :
- Comprendre un texte descriptif.

Unité 7

RENDEZ-VOUS
Savoir-faire linguistiques :
- Demander / donner : horaires, rendez-vous, emploi du temps.
- Demande polie, standard, directe.

Grammaire :
- Le conditionnel
- L'heure

Écrit :
- La lettre privée et la lettre administrative.

Unité 8

PORTRAITS...
Savoir-faire linguistiques :
- Décrire, identifier quelqu'un.
- Se décrire dans une petite annonce.

Grammaire :
- Le pronom relatif « qui »
- L'interrogation avec inversion
- Les pronoms personnels compléments
- « Être en train de » / « venir de » + infinitif

Écrit :
- Décoder et rédiger une petite annonce.

Unité 9

OBJETS...
Savoir-faire linguistiques :
- Décrire un objet.
- Demander le prix d'un objet.
- Comparer.
- Quantifier.

Grammaire :
- Les comparatifs
- Unités de quantification

Écrit :
- Répondre à une petite annonce.
- Rédiger une invitation.
- Rédiger un mot d'excuse.

Unité 10

ÉVÉNEMENTS...
Savoir-faire linguistiques :
- Donner une information sur un événement passé.
- Situer un événement de façon précise ou imprécise.

Grammaire :
- Passé composé avec « être » ou « avoir »
- Les expressions de temps

Écrit :
- Rechercher un titre.
- Compréhension de textes narratifs.

Unité 11

HISTOIRES...
Savoir-faire linguistiques :
- Raconter : compréhension et production de récit.

Grammaire :
- Morphologie de l'imparfait
- Emploi de l'imparfait, du passé composé
- Les indicateurs temporels : « depuis », « il y a », « ça fait ... que »
- Évoquer une durée dans le passé.

Écrit :
- Compréhension de textes narratifs.
- Chronologie

Unité 12

D'HIER À DEMAIN
Savoir-faire linguistiques :
- Parler de l'avenir.
- Exprimer un conseil.

Grammaire :
- Le futur :
  – conjugaison du futur
  – le présent à valeur de futur
  – le futur proche
- Les indicateurs de chronologie

Écrit :
- Précision
- Faire des projets.

■ **1.** *Écoutez les enregistrements et dites lequel est en français.*

■ **2.** *Associez la langue entendue à un drapeau.*

a

b

c

d

e

f

g

h

i

j

k

l

■ **3.** *Écoutez à nouveau et identifiez la langue entendue.*

enregistrement N° :	langue
....	**anglais**
....	**allemand**
....	**grec**
....	**russe**
....	**japonais**
....	**espagnol**
....	**français**
....	**arabe**
....	**italien**
....	**turc**
....	**portugais**
....	**polonais**

■ **4.** *Lisez ces mots et mettez une croix devant les mots que vous comprenez :*

❏ cinéma
❏ hôtel
❏ rue
❏ démocratie
❏ chanson
❏ journal

❏ difficile
❏ écouter
❏ Europe
❏ ville
❏ téléphone
❏ bicyclette

❏ métro
❏ parler
❏ voir
❏ facile
❏ restaurant
❏ nom

■ **5.** *Regardez ces textes et identifiez la langue dans laquelle est écrit chacun de ces textes :*

Article **1**

Tous les êtres humains naissent libres et égaux en dignité et en droits. Ils sont doués de raison et de conscience et doivent agir les uns envers les autres dans un esprit de fraternité.

المادة **١**

يولد جميع الناس أحراراً متساوين في الكرامة والحقوق، وقد وهبوا عقلاً وضميراً، وعليهم أن يعامل بعضهم بعضاً بروح الاخاء.

Artículo **1**

Todos los seres humanos nacen libres e iguales en dignidad y derechos y, dotados como están de razón y conciencia, deben comportarse fraternalmente los unos con los otros.

Article **1**

All human beings are born free and equal in dignity and rights. They are endowed with reason and conscience and should act towards one another in a spirit of brotherhood.

条

人皆生而自由；在尊严及权利上均各平等。人各赋有理性良知，诚应和睦相处，情同手足。

Статья **1**

Все люди рождаются свободными и равными в своем достоинстве и правах. Они наделены разумом и совестью и должны поступать в отношении друг друга в духе братства.

■ **6.** *Écoutez les extraits sonores et dites à quelle image ils correspondent :*

a

b

c

d

e

f

7. *Dites ce que vous avez entendu :*

1

enregistrement N° :	
....	Écoutez, s'il vous plaît.
....	Je n'ai pas compris.
....	Répétez, s'il vous plaît.
....	Travaillez par deux.
....	C'est difficile.
....	À vous.
....	Encore une fois.
....	Moins vite, s'il vous plaît.
....	Vous comprenez ?

8. *À votre avis, dans quels pays ces photos ont-elles été prises ?*

2

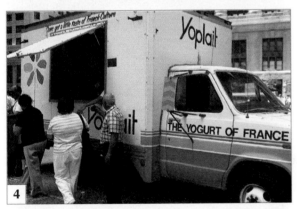

3

4

5

6

7

La France

Angleterre

Belgique

Allemagne

La Manche

Luxembourg

Lille

Amiens•

Le Havre
Rouen

Reims

Metz•

Caen
Deauville

Marne-
la-Vallée

Paris•

Strasbourg•

Rhin

Brest•

St-Malo

Rennes

Orléans•

Chambord

Dijon•

Besançon•

Arc-et-Senans•

Suisse

Carnac

Nantes

Tours

Azay-
le-Rideau

Poitiers•

La Rochelle

Loire

Chamonix

Limoges•

Clermont-Ferrand

Lyon•

Italie

Océan Atlantique

Grottes de
Lascaux

St-Etienne•

Isère

Grenoble•

Rhône

Bordeaux•

Avignon

Monaco

Nice

Garonne

Montpellier

Cannes

Biarritz

Toulouse

St-Tropez

Lourdes•

Carcassonne

Marseille•

Espagne

Mer
Méditerranée

Ajaccio•

OBJECTIFS

Savoir-faire linguistiques :
* Se présenter.
* Prendre contact avec quelqu'un.
* Poser des questions.
* Répondre à des questions.
* Identifier quelqu'un.

Grammaire :
* Les verbes « être », « habiter », « avoir », « s'appeler »
* L'apostrophe
* Masculin/féminin
* Le pluriel
* Le temps : les jours de la semaine.

Écrit :
* Acquisition des codes de l'écrit.

■ *Écoutez et faites correspondre les dialogues avec les images :*

1. – Tu t'appelles comment ?
   – Olivia. Je suis italienne. Et toi, comment tu t'appelles ?
   – Christophe. Tu es en vacances ?
   – Oui.

2. – Bonjour, je m'appelle Anita.
   – Et moi, Claudia.
   – Tu es française ?
   – Non, espagnole.

3. – Tu es italien ?
   – Non, je suis français.
   – Tu es en vacances ?
   – Non, je travaille ici.

a

b

c

dialogue	image
1	
2	
3	

COMPRÉHENSION

■ *Écoutez et faites correspondre chaque dialogue avec une image.*

dialogue	image
1	
2	
3	
4	

– Vous vous appelez comment ?
– Édouard Dupond.
– Vous habitez où ?
– À Toulouse, 6, rue des Bégonias.
– Vous travaillez ?
– Oui, je suis pilote à Air France.
– Vous êtes français ?
– Oui.

a

b

c

d

Moi, c'est PIERRE.

Moi, JE M'APPELLE CLAUDE.

À VOUS !

■ **1.** *Travaillez par deux et présentez-vous selon le modèle :*

Je m'appelle Pierre Richard.
Je m'appelle Amélie Dupont.

Mon nom ? Marie Dupont.
Mon nom ? Albert Dupont.

Moi, c'est Jacques.
Moi, c'est Annie.

Vous vous appelez comment ?

Votre nom ?

Comment est-ce que vous vous appelez ?

■ **2.** *Écoutez l'enregistrement. Essayez de mimer les dialogues et de les reproduire.*

■ **3.** *Regardez les images. Imaginez un dialogue pour chaque image.*

4

6

1

3

5

2

PHONÉTIQUE
[u]

PHONÉTIQUE
[y] / [u]

■ *Écoutez et répétez :*

Bonjour !

Ça va aujourd'hui ?

Vous habitez où ?

À Strasbourg ?

À Toulouse ?

À la Bourboule ?

Vous aimez le couscous ?
Beaucoup ?
Pas beaucoup ?
Pas du tout ?
Vous mettez une blouse ?
Souvent ?
Pas souvent ?
Tous les jours ?

■ *Dites si c'est le son [y] ou le son [u] que vous avez entendu :*

	[y]	[u]
1		
2		
3		
4		
5		
6		

	[y]	[u]
7		
8		
9		
10		
11		
12		

GRAMMAIRE : conjugaisons

ÊTRE	HABITER	AVOIR	S'APPELER
Je suis célibataire.	J'habite à Paris.	J'ai 26 ans.	Je m'appelle Marc.
Vous êtes mariés.	Vous habitez où ?	Tu as 5 enfants.	Tu t'appelles comment ?
Elle est française.	J'habite à Rome.	Vous avez quel âge ?	Il s'appelle Jean-Luc.
je suis	j'habite	j'ai	je m'appelle
tu es	tu habites	tu as	tu t'appelles
il/elle est	il/elle habite	il/elle a	il/elle s'appelle
nous sommes	nous habitons	nous avons	nous nous appelons
vous êtes	vous habitez	vous avez	vous vous appelez
ils/elles sont	ils/elles habitent	ils/elles ont	ils/elles s'appellent

ENTRAÎNEMENT
je / j'

ENTRAÎNEMENT
il / elle

Exercice 1

Complétez en utilisant « je » ou « j' » :

1. .... habite à Marseille.
2. .... m'appelle Yves, ... ai 26 ans.
3. .... suis allemande.
4. .... travaille en France.
5. .... aime la cuisine française.
6. .... ai deux enfants.
7. .... vais à Paris.
8. .... parle anglais, italien et allemand.
9. .... connais bien Paris.
10. .... étudie le français.

Exercice 2

Complétez en utilisant « il » ou « elle » :

1. .... est portugaise.
2. .... s'appelle Jean-Louis.
3. Paul est français ; .... a 32 ans.
4. .... est étudiante.
5. .... est belge ; .... s'appelle Anna.
6. .... travaille en Belgique, mais .... est italienne.
7. Suzanne ? .... habite rue Victor-Hugo.
8. Pierre parle très bien l'anglais ; .... est traducteur.
9. John est américain ; .... a deux enfants.
10. .... est espagnole.

GRAMMAIRE : l'apostrophe

Avec JE :

Je + voyelle (a, e, i, o, u) = J'
j'ai
j'aime

Je + consonne (b, c, d, f, etc.) = Je
je parle
je travaille
je suis

Je + ha, he, hi, ho, hu = J'
j'habite, j'hésite
(quelques verbes échappent à cette règle)

Avec LE ou LA :

Le, la + voyelle (a, e, i, o, u) = L'
l'ami, l'amie
l'Italie, l'Espagne

Le, la + consonne (b, c, d, f, etc.) = Le, la
le professeur
la voisine
le Portugal, la France

Le, la + ha, he, hi, ho, hu = L'
l'habitation, l'hésitation
(sauf avec quelques noms :
la Hollande, la Hongrie, etc.)

■ *Écoutez les dialogues et soulignez les prénoms que vous avez entendus :*

JANVIER

1. Jour de l'an	**9.** Alix	**17.** Roseline	**25.** Paul
2. Épiphanie	**10.** Guillaume	**18.** Prisca	**26.** Paule
3. Geneviève	**11.** Paulette	**19.** Marius	**27.** Angèle
4. Odilon	**12.** Tatiana	**20.** Sébastien	**28.** Thomas
5. Édouard	**13.** Yvette	**21.** Agnès	**29.** Gildas
6. Mélaine	**14.** Nina	**22.** Vincent	**30.** Martine
7. Raymond	**15.** Rémi	**23.** Barnard	**31.** Marcelle
8. Lucien	**16.** Marcel	**24.** François	

■ *Trouvez le prénom de quelques Françaises ou Français célèbres :*

.... Mitterrand .... Belmondo .... Cousteau .... Platini

.... Hugo .... Delon .... Bardot .... Prost

.... Chirac .... Deneuve .... de Gaulle .... Zola

.... Verlaine .... Jarre .... d'Arc .... Piaf

.... Pasteur .... Chanel .... Dior .... Kaas

PHONÉTIQUE
[y] / [i]

■ *Dites si vous avez entendu [y] ou [i] :*

	[y]	[i]
1		
2		
3		
4		
5		
6		
7		
8		
9		
10		

PHONÉTIQUE
[p] / [b]

■ *Au téléphone. Écoutez et répétez :*

– Allô, c'est Pierre ?
– Ah non, c'est Patrick.
– Ah bon, pardon, bonjour Patrick.

– Allô, c'est Patrick ?
– Ah non, c'est Pierrette.
– Ah bon, pardon, bonjour Pierrette.

– Allô, c'est Pierrette ?
– Ah non, c'est Pélagie.
– Ah bon, pardon, bonjour Pélagie.

– Allô, c'est Pélagie ?
– Ah non, c'est Peggy.
– Ah bon, pardon, bonjour Peggy.

– Allô, c'est Peggy ?
– Ah non, c'est Pascal.
– Ah bon, pardon, bonjour Pascal.

– Allô, c'est Pascal ?
– Oui, c'est Pascal.
– Ah ouf, bonjour Pascal.

COMPRÉHENSION

– Allô, bonjour. Je peux parler à Monsieur Dubois, le directeur ?
– Un instant, je vous passe Monsieur Duchanois : c'est lui le directeur.

■ *Indiquez le numéro du dialogue correspondant au document :*

FRANÇOIS MICHEL
• *Conseiller en publicité* •

20, avenue des Champs-Élysées
75008 PARIS
Tél. : 45 45 56 18
Fax : 45 45 56 19

M. Paul GALLOIS
6 rue des roses
37 000 TOURS

Claude André 99 32 40 13
Jean Alexandre 45 22 33 33
Pierre Abbas 99 58 41 37

Hélène et Jean-Noël Lemoine
ont la joie de vous annoncer
la naissance de

Camille

le 9 avril 1995,
à Metz.

*

TOUT ROBIN

TOURNE

TF1 **EUROPE1**

À VOUS !

Terence O'NEILL
Hans MÜLLER
Iannis SAVOPOULOS
Ibrahim BOUSAID
Wang LI
Annie DUMONT
Robert CHARLEBOIS
Yoko MITSUMI
Élisabeth SMITH
Joan DOS SANTOS
Maria SANCHEZ
Olivia MARCIONINI
Pancho ZAPATA
Natacha TCHERNENKOVA
Gabriel RAMANANTSOA

1. *Choisissez un des noms proposés et présentez la personne choisie selon le modèle :*

Elle s'appelle Maria SANCHEZ.

Elle est espagnole, mexicaine, vénézuélienne, etc.

Elle habite à Madrid, Barcelone, Valencia, etc.

2. *Choisissez deux personnes dans la liste et imaginez leur conversation.*

Un, deux, trois, quatre, cinq, six, sept, huit, neuf, dix ! Out !

LES CHIFFRES

Écoutez et répétez les chiffres que vous avez entendus :

1 = un	11 = onze	21 vingt et un		et un	70 soixante-dix
2 = deux	12 = douze	22 vingt-deux		-deux	71 soixante et onze
3 = trois	13 = treize	23 vingt-trois	30 trente	-trois	72 soixante-douze, treize, etc.
4 = quatre	14 = quatorze	24 vingt-quatre	40 quarante	-quatre	80 quatre-vingts
5 = cinq	15 = quinze	25 vingt-cinq	50 cinquante	-cinq	81 quatre-vingt-un
6 = six	16 = seize	26 vingt-six	60 soixante	-six	82 quatre-vingt-deux, trois, etc.
7 = sept	17 = dix-sept	27 vingt-sept		-sept	90 quatre-vingt-dix
8 = huit	18 = dix-huit	28 vingt-huit		-huit	91 quatre-vingt-onze, douze,
9 = neuf	19 = dix-neuf	29 vingt-neuf		-neuf	treize, etc.
10 = dix	20 = vingt				100 cent

ENTRAÎNEMENT
les chiffres

Exercice 3

Écoutez et écrivez les nombres que vous entendez, en chiffres puis en lettres :

dialogue	en chiffres	en lettres
1	....	....
2	....	....
3	....	....
4	....	....
5	....	....
6	....	....
7	....	....
8	....	....

Michel Piccoli

Acteur français, né à Paris en 1925.

Il a joué dans des dizaines de films :
Le Mépris (Jean-Luc Godard) 1963
Belle de jour (Luis Buñuel) 1967
Les Choses de la vie (Claude Sautet) 1969
La Belle Noiseuse (Jacques Rivette) 1990

Si vous connaissez des personnes de la liste ci-dessous, identifiez-les sur le modèle suivant :

Robert Charlebois : **c'est un chanteur canadien.**
Si le personnage connu est mort, vous pouvez dire « **c'était** » :
John Fitzgerald Kennedy, **c'était** un président américain.

**chanteuse – acteur – peintre – cinéaste –
actrice – metteur en scène – cuisinier –
chanteur – ingénieur – dessinateur –
couturier – musicien – président –
poète – écrivain**

Jeanne Moreau

Gustave Eiffel

Sophia Loren

Pablo Picasso

Marcello Mastroianni

Jean-Luc Godard

Gustave Eiffel

Paul Bocuse

Hergé

Pierre Cardin

Nelson Mandela

Mikis Théodorakis

Césaria Evora

Jeanne Moreau

Julien Clerc

Jacques Prévert

Albert Camus

Pedro Almodovar

Mikis Théodorakis

Pedro Almodovar

Albert Camus

GRAMMAIRE : masculin / féminin

OBSERVEZ :

C'est un journaliste espagnol.
Il est célibataire.
Il est itali**en**.

C'est un**e** journaliste espagnole.
Elle est célibataire.
Elle est itali**enne**.

COMMENT ÇA MARCHE ?

Avec les noms :

Masculin / féminin identiques :
un **journaliste**
une **journaliste**

Masculin / féminin différents à l'écrit :
un **Espagnol**
une **Espagnole**
Même prononciation à l'oral.

Masculin / féminin différents à l'écrit :
un **Italien**
une **Italienne**
Prononciation différente à l'oral.

Avec les **articles** :   un   une
                           le   la

Avec les adjectifs :

Masculin / féminin identiques :
Il est **célibataire**.
Elle est **célibataire**.

Masculin / féminin différents à l'écrit :
Il est **turc**.
Elle est **turque**.
Même prononciation à l'oral.

Masculin / féminin différents à l'écrit :
Il est **anglais**.
Elle est **anglaise**.
Prononciation différente à l'oral.

Avec les **pronoms personnels** :   il   elle
                                     ils   elles

Avec les **pronoms compléments** :
– Tu connais Pierre ?   – Tu connais Marie ?
– Oui, je **le** connais.   – Oui, je **la** connais.

ENTRAÎNEMENT
**masculin /
féminin**

Exercice 4

Écoutez la question et choisissez la bonne réponse :

1. ❑ Non, je suis espagnol.
    ❑ Oui, j'habite à Miami.

2. ❑ Je suis mécanicien.
    ❑ Oui, c'est exact.

3. ❑ Merci.
    ❑ Merci, Charles.

4. ❑ Non, italienne.
    ❑ Moi ? Je suis anglais.

5. ❑ Secrétaire.
    ❑ Mécanicienne.

6. ❑ Je suis professeur de français.
       Je suis belge. Je suis marié.
    ❑ Je suis professeur de français.
       Je suis belge. Je suis mariée.

7. ❑ Elle s'appelle Louisette.
    ❑ Elle s'appelle Andrée.

8. ❑ Il est étudiant.
    ❑ Elle est étudiante.

ENTRAÎNEMENT
**masc. / fém.
nationalité**

Exercice 5

Complétez les phrases sur le modèle suivant : Il habite en Chine. Il est chinois.

1. Il habite en Angleterre : il est ....

2. Elle habite en Espagne : elle est ....

3. .... au Japon : elle est ....

4. .... en Italie : elle est ....

5. .... : elle est allemande.

6. Il habite au Portugal : ....

ÉCRIT

■ **1.** *Écoutez le dialogue et dites à quel texte il correspond :*

Bonjour,
Je m'appelle Marie-Hélène.
J'ai 17 ans. Je suis secrétaire
au lycée Victor-Hugo.
J'habite à Châteaudun.
J'aime le rock.
Mon père est électricien dans
un garage.

Bonjour,
Je m'appelle Mariette.
J'ai 27 ans. J'habite à
Châteauroux.
Je travaille comme secrétaire
dans le garage de mon père.
Ma mère est professeur
au lycée Victor-Hugo.
J'aime beaucoup le jazz.

Bonjour,
Je m'appelle Marielle.
J'ai 17 ans et j'habite à
Château-Chinon.
J'aime le rock, le rap.
Je suis en terminale au lycée
Victor-Hugo.
Mon père est garagiste.
Ma mère travaille avec mon
père au garage.

■ **2.** *Regardez le document et rédigez un petit texte de présentation :*

Fiche d'identité :

Nom : Martin
Prénom : Jean
Date de naissance : 12/6/1961
Adresse : 45, avenue de la République, Paris
Profession : musicien
Profession du conjoint : institutrice
Situation familiale : marié, deux enfants
Langues parlées : espagnol, anglais
Goûts : lecture, football

Votre texte :

ENTRAÎNEMENT
masculin / féminin

Exercice 6

*Écoutez l'enregistrement et dites si la personne
dont on parle est un homme, une femme ou si on
ne peut pas savoir :*

dialogue	masculin	féminin	on ne sait pas
1			
2			
3			
4			
5			
6			
7			
8			
9			
10			

Exercice 7

Complétez les phrases en choisissant :

1. Elle est .... mais elle parle ....
❑ italien   ❑ français
❑ italienne   ❑ française

2. Pierre est ....
❑ ingénieur   ❑ institutrice

3. Il est ....
❑ espagnole   ❑ anglaise   ❑ suisse

4. Elle est .... dans un lycée parisien.
❑ professeur   ❑ boulangère   ❑ instituteur

5. Monique est .... dans un supermarché.
❑ vendeur   ❑ caissier   ❑ vendeuse

6. Il s'appelle Marcel. Il est ....
❑ boulanger   ❑ vendeuse   ❑ étudiante

7. Hélène est .... à la faculté de médecine.
❑ étudiant   ❑ étudiante

8. Je suis danoise. J'ai 26 ans et je suis ....
❑ traducteur   ❑ traductrice

– Ils sont français ?
– Non, espagnols.
– Ils parlent français ?
– Je ne sais pas.

COMPRÉHENSION

■ **1.** *Écoutez les dialogues et dites si on parle d'une personne, de plusieurs personnes ou si on ne peut pas savoir :*

dialogue	une personne	plusieurs personnes	on ne sait pas
1			
2			
3			
4			
5			
6			
7			
8			

■ **2.** *Écoutez les dialogues et dites si on parle à une personne, à plusieurs personnes ou si on ne peut pas savoir :*

dialogue	une personne	plusieurs personnes	on ne sait pas
1			
2			
3			
4			
5			
6			
7			
8			

MISE EN FORME

GRAMMAIRE : le pluriel

MASCULIN :

Il est acteur.
Ils sont acteur**s**.

C'est un acteur espagnol.
Ce sont **des** acteur**s** espagnol**s**.

Remarque :

À l'oral on dit souvent « c'est des » à la place de « ce sont des » :
– Qui c'est ?
– **C'est des** amis.

FÉMININ :

Elle est actrice.
Elles sont actrice**s**.

C'est une chanteuse anglaise.
Ce sont **des** chanteuse**s** anglaise**s**.

Pronoms compléments :

– Tu prends **les** bagages ?
– Oui, je **les** prends.

– Tu as **les** serviettes ?
– Oui, je **les** ai.

LE TEMPS

les jours de la semaine

■ *Écoutez et faites correspondre chaque enregistrement avec un jour de la semaine :*

.... LUNDI
.... MARDI
.... MERCREDI
.... JEUDI
.... VENDREDI
.... SAMEDI
.... DIMANCHE

À VOUS !

Charles Trenet
Chanteur et poète français né
à Narbonne en 1913.
Surnommé « Le fou chantant ».
Ses chansons les plus connues sont :
Y'a d'la joie,
Douce France,
La mer.

Choisissez au minimum deux personnages et dites quels sont leurs points communs.

Exemple : Gérard Depardieu et Jean-Paul Belmondo sont acteurs et français.

Nom	Date de naissance	Nationalité	Activité
Christian Dior	1905-1957	français	couturier
Alain Delon	1935	français	acteur
Hergé	1907-1983	belge	auteur de Tintin
Gabriel Garcia Marquez	1928	colombien	écrivain
Alain Bashung	1948	français	chanteur
Jacques Brel	1929-1978	belge	chanteur
Michel Tournier	1924	français	écrivain
Jean-Paul Belmondo	1933	français	acteur
Pedro Almodovar	1951	espagnol	metteur en scène
Gérard Depardieu	1948	français	acteur
Alain Souchon	1944	français	chanteur
Isabelle Adjani	1955	française	actrice
Renaud	1952	français	chanteur
Robert Charlebois	1944	canadien	chanteur
Jean-Luc Godard	1930	suisse	metteur en scène
Christophe Lambert	1957	français	acteur

PHONÉTIQUE

[s] / [z]

ENTRAÎNEMENT

être / avoir

*Écoutez et dites si vous avez entendu « ils sont »
ou « ils ont » (ou ni l'un, ni l'autre) :*

dialogue	ils sont	ils ont	ni l'un ni l'autre
1			
2			
3			
4			
5			
6			
7			
8			
9			
10			

Exercice 8

*Complétez en utilisant le verbe « être » ou
« avoir » :*

1. J'.......... 29 ans.

2. Ils .... 3 enfants.

3. Elle .... actrice.

4. Nous .... françaises.

5. Vous .... des enfants ?

6. Je .... parisien.

7. Tu .... quel âge ?

8. C'est ma fille, elle .... 6 ans.

9. Nous .... de la chance.

10. Tu .... étudiante.

11. Vous .... écrivain ?

VOCABULAIRE

activités et professions

■ *Écoutez les bruitages et choisissez le métier qui correspond à chaque enregistrement :*

un mécanicien

un menuisier

un cuisinier

un pompier

une secrétaire,
une dactylo

une institutrice

un pilote

une dentiste

un joueur de tennis

un agent
de police

un facteur

un plombier

un chirurgien

un acteur

une musicienne

un garçon
de café

CIVILISATION

Les noms les plus fréquents en France

MARTIN	168 000
BERNARD	98 000
MOREAU	78 000
DURAND	78 000
PETIT, THOMAS, DUBOIS	77 000

D'après le *Quid 96*, op. cit.

▶ ... DUPONT n'apparaît qu'au 19e rang !

Le minitel.

▶ En France, beaucoup de noms sont des noms de **profession :**

POTIER, TAVERNIER, BOULANGER, BOUCHER, MARCHAND, MÉDECIN, TISSERAND, CHARPENTIER, CORDONNIER, MARIN, MEUNIER, FERRAND...

▶ D'autres évoquent une **particularité physique :**

PETIT, GRAND, BRUN, NOIR, BLANC, GROS...

▶ ... ou encore, un **lieu** :

DUBOIS

DUPRÉ

MOULIN

DUMONT   DUVAL   DUPONT   DULAC   DUCHAMP   DUFOUR

■ *Et dans votre pays, quels sont les noms les plus courants ?*

Les prénoms à la mode

Bonne fête Patrick !

Beaucoup de jeunes Françaises de vingt ans s'appellent Sandrine, Nathalie ou Isabelle. Dans les années 1970-1974, ces prénoms étaient à la mode.

6 % des filles nées entre 1970 et 1974 s'appellent Sandrine, 5 % s'appellent Nathalie et plus de 3 % se prénomment Isabelle, Valérie, Karine ou Stéphanie. Chez les garçons de vingt ans, vous rencontrerez beaucoup de Stéphane (5 %), Christophe (5 %), plus de 4 % de David et Laurent, et plus de 3 % de Frédéric, Olivier et Sébastien.

✳

Dans les années 90, on voit apparaître les prénoms américanisés chez les employés et les ouvriers : un garçon sur 30 s'appelle Kevin et les Anthony, Jonathan et David sont très nombreux.

Chez les cadres, ce sont les Thomas, Pierre, Nicolas, Alexandre qui dominent.

Pour les filles, on retrouve Élodie (une fille sur 30), Laura, Julie, Marion, Marine.

D'après le *Quid 96*, op. cit.

■ **1.** *À partir du texte, indiquez les prénoms les plus utilisés, dans les années 70, dans les années 90 :*

■ **2.** *Écrivez cinq de ces prénoms que l'on trouve aussi dans votre pays :*

1. ....
2. ....
3. ....
4. ....
5. ....

■ **3.** *Vous avez un enfant. Comment l'appelez-vous si c'est un garçon ? Et si c'est une fille ?*

....

....

ÉVALUATION

Compréhension orale (CO)

1. *Écoutez l'enregistrement et choisissez « vrai » ou « faux » :*

	vrai	faux
1. Elle s'appelle Sylvie.	❑	❑
2. Elle est italienne.	❑	❑
3. Elle est actrice.	❑	❑
4. Elle aime la télévision.	❑	❑
5. Elle habite à Rome.	❑	❑

2. *Écoutez le dialogue et choisissez « vrai » ou « faux » :*

	vrai	faux
1. Monsieur Marchand connaît Jacques.	❑	❑
2. Monsieur Marchand connaît Maria.	❑	❑
3. Maria est française.	❑	❑
4. Maria est secrétaire.	❑	❑
5. Maria habite à Nancy.	❑	❑

Expression orale (EO)

1. *Lisez la petite fiche suivante et présentez cette personne :*

Nom :	Garcia
Prénom :	Maria Luisa
Nationalité :	espagnole
Âge :	25 ans
Profession :	directrice d'école
Ville :	Madrid

2. *Remplissez votre propre fiche puis présentez-vous :*

Nom : ....
Prénom : ....
Nationalité : ....
Âge : ....
Profession : ....
Ville : ....

Compréhension écrite (CE)

Lisez le petit texte suivant puis remplissez la fiche d'identité en vous servant des informations données :

Fatima Fayez a 25 ans. Elle aime le sport et le cinéma. Elle vit en France depuis 2 ans, à Rueil-Malmaison, près de Paris.
Elle est mariée, elle a deux enfants. Elle travaille comme secrétaire à l'Ambassade du Maroc.
Son mari, Ahmed, est ingénieur.

1. Nom : ....
2. Prénom : ....
3. Âge : ....
4. Nationalité : ....
5. Marié(e) :   ❑
   Célibataire : ❑
   Divorcé(e) : ❑
6. Nombre d'enfants : ....
7. Ville : ....
8. Profession : ....
9. Profession du mari : ....
10. Goûts : ....

Expression écrite (EE)

Présentez-vous ou présentez un personnage que vous connaissez en précisant :

– l'identité (nom, âge, nationalité, etc.),
– la profession,
– la situation familiale,
– les goûts.

vos résultats	
CO	... /10
EO	... /10
CE	... /10
EE	... /10

Premiers échanges

MISE EN ROUTE

Je m'appelle Marielle. Je suis française, je suis mariée, j'ai un enfant, j'habite à Lille. J'ai 26 ans. Je suis professeur de français.

OBJECTIFS

Savoir-faire linguistiques :
- Parler de soi.
- Demander à quelqu'un des renseignements le concernant.

Grammaire :
- Les adjectifs possessifs
- Les marques du pluriel
- Les chiffres
- La négation
- Les indicateurs de temps

Écrit :
- Comprendre et rédiger de courts textes écrits.

■ **1.** *Écoutez les dix dialogues et pour chaque dialogue mettez une croix dans le tableau ci-dessous si vous avez entendu les informations suivantes : nom, prénom, nationalité, profession, domicile, situation familiale.*

dialogue	nom	prénom	nationalité	profession	domicile	situation familiale
dialogue témoin		X	X	X	X	X
1						
2						
3						
4						
5						
6						
7						
8						
9						
10						

■ **2.** *Écoutez à nouveau les dialogues et dites si ces affirmations sont vraies ou fausses :*

	vrai	faux
Marielle est célibataire.	❏	☒
Marielle habite en France.	☒	❏
Édouard est américain. **(1)**	❏	❏
Alfonso est journaliste. **(2)**	❏	❏
M. Cheng a deux enfants. **(3)**	❏	❏
Simone travaille à Paris. **(4)**	❏	❏
Il est étudiant. **(5)**	❏	❏
Paola a 5 enfants. **(6)**	❏	❏

	vrai	faux
Paola est italienne. **(6)**	❏	❏
Igor est informaticien. **(7)**	❏	❏
Igor est russe. **(7)**	❏	❏
Igor est médecin. **(7)**	❏	❏
Ali est marié. **(8)**	❏	❏
Ali habite à Lyon. **(8)**	❏	❏
Yoko est célibataire. **(9)**	❏	❏
Roberto est allemand. **(10)**	❏	❏
Roberto habite à Berlin. **(10)**	❏	❏

COMPRÉHENSION

– Vous vous appelez comment ?
– Rémi DIDI.
– Votre âge ?
– 50 ans.
– Votre domicile ?
– 65, rue des Lombards.
– À Paris ?
– Bien sûr.

1. *Parmi les réponses proposées, choisissez celles qui correspondent à ce que vous avez entendu dans chacun des deux dialogues :*

DIALOGUE 1

Nom		Prénom		Date de naissance	
Perrin	❏	Jules	❏	16.07.60	❏
Piron	❏	Jim	❏	7.07.70	❏
Parent	❏	Gilles	❏	13.06.60	❏

Lieu de naissance		Profession	
Paris	❏	Technicien	❏
Bari	❏	Mécanicien	❏
Bali	❏	Pharmacien	❏

DIALOGUE 2

Nom		Prénom		Ville	
Fernand	❏	Alice	❏	Lyon	❏
Bertrand	❏	Bertrand	❏	Nyons	❏
Bernard	❏	Aline	❏	Niort	❏

Profession		Âge	
Secrétaire	❏	26	❏
Hôtesse	❏	6	❏
Directeur	❏	16	❏

2. *Écoutez les dialogues et remplissez les fiches :*

dialogue 3
Nom :...
Prénom :...
Âge :..
Date de naissance :.........................
Lieu de naissance :.........................
Profession :....................................
Adresse : ....

dialogue 4
Nom :...
Prénom :...
Âge :..
Date de naissance :.........................
Lieu de naissance :.........................
Profession :....................................
Adresse : ....

GRAMMAIRE : les adjectifs possessifs

+ NOM MASCULIN :

Je cherche **mon** sac.
Tu cherches **ton** sac.
Vous cherchez **votre** sac.
Il / elle cherche **son** sac.

Si le nom est masculin,
le possessif est :
**mon / ton / son,
notre / votre / leur.**

+ NOM FÉMININ :

J'indique **ma** nationalité.
Tu indiques **ta** nationalité.
Vous indiquez **votre** nationalité.
Il / elle indique **sa** nationalité.

Si le nom est féminin,
le possessif est :
**ma / ta / sa,
notre / votre / leur.**

Mais, attention, si les noms **féminins**
commencent par une voyelle (a, e, i,
o, u), on emploie **mon / ton / son** :
J'indique **mon** adresse,
　　　　ton adresse,
　　　　son adresse.

PLURIEL :

Les voisins (masculin pluriel).
Je connais **mes** voisins.
Tu connais **tes** voisins.
Vous connaissez **vos** voisins.
Il / elle connaît **ses** voisins.

Les voisines (féminin pluriel).
Je connais **mes** voisines.
Tu connais **tes** voisines.
Vous connaissez **vos** voisines.
Il / elle connaît **ses** voisines.

Mon / ma / mes renvoient à « je ».
Ton / ta / tes renvoient à « tu ».
Son / sa / ses renvoient à « il / elle ».
Votre / vos renvoient à « vous ».

	+ NOM MASCULIN		+ NOM FÉMININ	
	SINGULIER	PLURIEL	SINGULIER	PLURIEL
Je	mon	mes	mon + voyelle ma + consonne	mes
Tu	ton	tes	ta + consonne ton + voyelle	tes
Il / elle	son	ses	son + voyelle sa + consonne	ses
Nous	notre	nos	notre	nos
Vous	votre	vos	votre	vos
Ils / elles	leur	leurs	leur	leurs

ENTRAÎNEMENT
les possessifs

Exercice 9

Complétez les phrases suivantes :

1. Je connais Maria Sanchez. C'est ma..........
❑ voisine ❑ amie ❑ cousin

2. Jean-Paul Belmondo est son.......... préféré.
❑ actrice ❑ acteur ❑ avocat

3. Mon.......... a 80 ans.
❑ grand-mère ❑ grand-père ❑ petit fils

4. Non, je ne connais pas ton..........
❑ profession ❑ nationalité ❑ âge

5. Je te présente mon..........
❑ femme ❑ professeur de français ❑ copine

6. Alain a perdu ses..........
❑ voiture ❑ portefeuille ❑ clés

7. Est-ce qu'il y a un café dans ton.......... ?
❑ rue ❑ quartier ❑ banlieue

8. Bien sûr, vous pouvez venir avec vos.......... !
❑ fille ❑ père ❑ amies

9. Je ne suis pas parti : j'ai raté mon..........
❑ TGV ❑ voiture ❑ gare

10. Cet été, Claude va en vacances chez ses..........
❑ oncle ❑ cousines ❑ tante

À VOUS !

■ **1.** *Regardez cette bande dessinée de Quino et rétablissez un dialogue cohérent.*

■ **2.** *Imaginez quelle est la profession que va exercer Félix Horace Parnotti.*

1. *En vous aidant du passeport, répondez aux questions :*

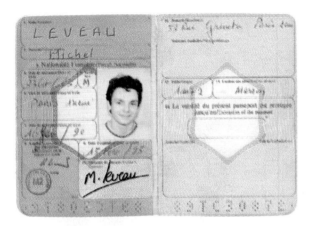

2. *Trouvez les questions et les réponses :*

– Il s'appelle comment ?
– Son prénom, s'il vous plaît ?
– Il est né quand ?
– Il est né où ?
– Quelle est sa profession ?
– Il habite où ?

PHONÉTIQUE
questions

Écoutez et dites si c'est une question ou si ce n'est pas une question :

dialogue	question	autre
1		
2		
3		
4		
5		
6		
7		
8		
9		
10		

PHONÉTIQUE
intonation

Lisez les phrases en respectant l'intonation :

1. Tu habites où ?

2. Vous êtes marié ?

3. Ah ! Vous êtes marié !

4. Non, j'habite à Rome.

5. Bonjour, je m'appelle Henri.

6. Vous parlez français ?

7. Quelle est votre profession ?

8. Je parle français.

9. Non, je suis suisse.

10. Je suis marié, j'ai deux enfants.

ENTRAÎNEMENT
conjugaisons

Exercice 10

Complétez les phrases suivantes :

1. Vous.......... Paris ?
❏ habites ❏ habite ❏ connaissez

2. Vous.......... italien ?
❏ es ❏ avez ❏ parlez

3. Vous.......... bien ?
❏ va ❏ allez ❏ vas

4. Tu.......... français ?
❏ parler ❏ parlez ❏ parles

5. Tu.......... mariée ?
❏ es ❏ as ❏ êtes

6. Je.......... journaliste.
❏ est ❏ es ❏ suis

7. Est-ce que vous.......... ?
❏ travailles ❏ travailler
❏ travaillez

8. Vous.......... en vacances ?
❏ avez ❏ êtes ❏ est

À VOUS !

– Je peux vous poser quelques
  questions ? C'est pour un sondage.
– Oui.
– Vous êtes marié ?
– Non, célibataire.
– Vous avez quel âge ?
– Vingt-cinq ans.
– Vous aimez quelle musique ?
– Le rock.

*Mettez-vous à deux et imaginez un dialogue
(âge, profession, nationalité, situation de famille
etc.) entre la journaliste et l'autre personne
présente sur l'image :*

Écoutez l'enregistrement. Imaginez un dialogue et mimez les personnages.

MISE EN FORME

POUR COMMUNIQUER : comment demander – comment dire

	POUR DEMANDER...	POUR DIRE...
NOM	– Votre nom ? – Vous vous appelez comment ? – Comment est-ce que vous vous appelez ?	– Je m'appelle Pierre DURAND. – Pierre DURAND. DURAND, Pierre DURAND.
ÂGE	– Vous avez quel âge ? – Votre date de naissance ? – Vous êtes né(e) en quelle année ?	– 26 ans / J'ai 26 ans. – (Le) 7 septembre 1982. – En 1982.
ADRESSE	– Votre adresse ? – Vous habitez où ? – Où est-ce que vous habitez ? – Votre domicile ?	– J'habite à Paris, 3, rue des Roses. – 3, rue des Roses, à Paris.
PROFESSION	– Quelle est votre profession ? – Qu'est-ce que vous faites ?	– Je suis médecin. – Médecin.
SITUATION DE FAMILLE	– Vous êtes marié(e) ? – Situation de famille ?	– Oui, je suis marié(e). J'ai deux enfants. – Non, je suis célibataire. – Marié(e) / Célibataire.
EXPRESSION DES GOÛTS	– Vous aimez le cinéma ? – Qu'est-ce que vous aimez faire ?	– J'aime le cinéma / mon travail. – J'aime danser / voyager.

PHONÉTIQUE
[f] / [v]

Dites si vous avez entendu [f] ou [v] :

	[f]	[v]
1		
2		
3		
4		
5		
6		
7		
8		
9		
10		
11		
12		

PHONÉTIQUE
[s] / [z]

Dites si vous avez entendu [s] ou [z] :

	[s]	[z]
1		
2		
3		
4		
5		
6		
7		
8		
9		
10		
11		
12		

ÉCRIT

■ *À partir des informations données sur Pierre et Marie, écrivez un petit texte parlant de leurs points communs :*

Pierre habite Paris.

Il a 26 ans.

Il est célibataire.

Il parle espagnol et allemand.

Il a une voiture.

Il connaît bien l'Espagne.

Il voyage beaucoup.

Il est sympathique.

Il est sportif.

Il aime le football.

Il fait du tennis mais ne sait pas nager.

Marie habite Paris.

Elle a 26 ans.

Elle est célibataire.

Elle parle anglais et espagnol.

Elle n'a pas de voiture.

Elle connaît bien l'Espagne.

Elle voyage souvent.

Elle est jolie et sympathique.

Elle est sportive.

Elle n'aime pas le football.

Elle joue au tennis et aime nager.

MISE EN FORME

GRAMMAIRE : les marques du pluriel à l'oral et à l'écrit

À L'ORAL :

Articles :
le, l', la → les
le voisin → les voisins
la voisine → les voisines
l'enfant → les enfants (prononcer : les **z**enfants)
les + voyelle = liaison (z)

Attention !
les Hongrois, les Hollandais (pas de liaison).

Verbes :
ils parlent, elles parlent
ils aiment → liaison (prononcer : ils **z**aiment)
elles aiment → liaison (prononcer : elles **z**aiment)
ils ou elles + voyelle = liaison (z)

Adjectifs :
Ils sont sympathiques, tes amis italiens.
Il est sympathique, ton ami italien.
Elles sont sympathiques, tes amies italiennes.
Elle est sympathique, ton amie italienne.
Même prononciation au singulier et au pluriel.

À L'ÉCRIT :

Pour les noms,
en général il faut ajouter « s » :
les voisin**s**
les voisine**s**
Le « s » s'écrit mais ne se prononce pas.

Pour les verbes,
en général il faut ajouter « ent » :
ils parl**ent**
ils aim**ent**
Le « ent » s'écrit mais ne se prononce pas.

Attention !
faire → ils font   être → ils sont
aller → ils vont   avoir → ils ont

Pour les adjectifs :
Ils sont sympathique**s**, tes amis italien**s**.
Il est sympathique, ton ami italien.
Elles sont sympathique**s**, tes amies italienne**s**.
Elle est sympathique, ton amie italienne.
Le « s » s'écrit mais ne se prononce pas.

ELLE A QUEL ÂGE TA MÈRE ? / 49 ANS.

LES CHIFFRES

Écoutez les enregistrements et remplissez la grille de loto avec les chiffres entendus dans chaque dialogue :

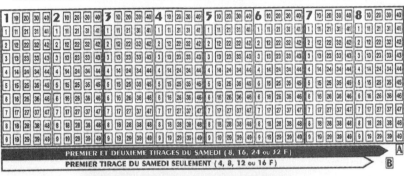

LOTO SAMEDI **SIMPLE**

PREMIER ET DEUXIÈME TIRAGES DU SAMEDI (8, 16, 24 ou 32 F)   A
PREMIER TIRAGE DU SAMEDI SEULEMENT (4, 8, 12 ou 16 F)   B

6/49   LOTO7 POUR PARTICIPER COCHEZ LA CASE   ☐ 7F   6/49
Voir tableau de lots au verso

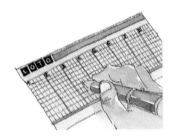

Le loto

Pour jouer au loto, il faut choisir 6 numéros sur 49 (1 franc pour chaque grille).
Il y a 4 tirages par semaine : deux le mercredi et deux le samedi, présentés en direct à la télévision.
Chaque semaine, les Français jouent en moyenne 13 000 000 de bulletins.
Il y a autour de 3 700 000 gagnants à chaque tirage.

Les Français jouent environ 15 milliards de francs par an.
Les gains : de quelques dizaines de francs jusqu'à plus de 50 000 000 de francs.

LE TEMPS

présent / passé

Écoutez et dites si c'est le présent ou le passé qui est utilisé :

	présent	passé
1		
2		
3		
4		
5		
6		
7		
8		
9		
10		
11		
12		

MISE EN FORME

POUR COMMUNIQUER : dire quand

LE JOUR : **verbe + jour**
Je suis arrivé lundi, mardi, mercredi, etc.

LE MOIS : **verbe + en + mois**
Je suis né(e) **en** mars, avril, mai, etc.

L'ANNÉE : **verbe + en + année**
Je suis né(e) **en** 1967.

LA SAISON : **verbe + en + été, automne, hiver**
verbe + au + printemps
En été, il fait très chaud.
En hiver, il fait très froid.
En automne, il pleut beaucoup.
Au printemps, le temps est doux.

LA DATE : **verbe + le + jour + mois + année**
Je suis né(e) le 15 février 1964.

GRAMMAIRE : le passé composé des verbes en -er

j'ai	mangé
tu as	parlé
il/elle a	rencontré
nous avons	travaillé
vous avez	habité
ils/elles ont	voyagé

LES CHIFFRES

Écoutez l'énoncé des plaques minéralogiques et identifiez le département d'origine du véhicule :

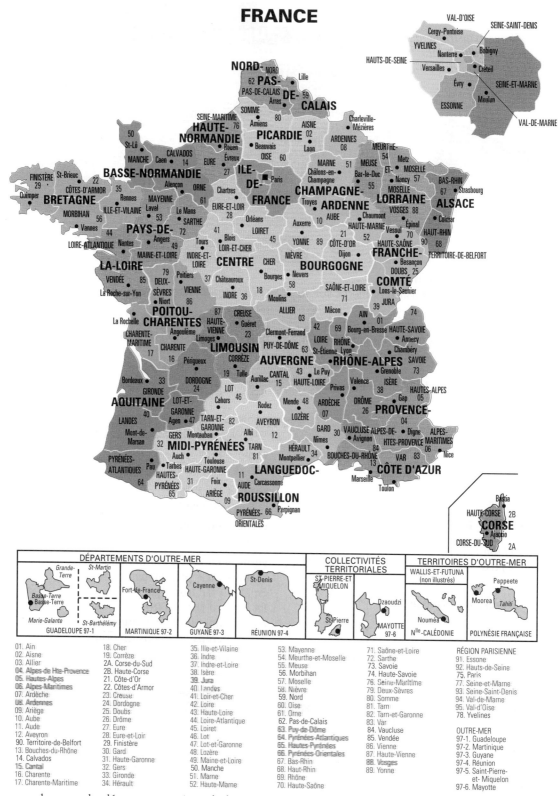

01. Ain
02. Aisne
03. Allier
04. Alpes-de-Hte-Provence
05. Hautes-Alpes
06. Alpes-Maritimes
07. Ardèche
08. Ardennes
09. Ariège
10. Aube
11. Aude
12. Aveyron
90. Territoire-de-Belfort
13. Bouches-du-Rhône
14. Calvados
15. Cantal
16. Charente
17. Charente-Maritime

18. Cher
19. Corrèze
2A. Corse-du-Sud
2B. Haute-Corse
21. Côte-d'Or
22. Côtes-d'Armor
23. Creuse
24. Dordogne
25. Doubs
26. Drôme
27. Eure
28. Eure-et-Loir
29. Finistère
30. Gard
31. Haute-Garonne
32. Gers
33. Gironde
34. Hérault

35. Ille-et-Vilaine
36. Indre
37. Indre-et-Loire
38. Isère
39. Jura
40. Landes
41. Loir-et-Cher
42. Loire
43. Haute-Loire
44. Loire-Atlantique
45. Loiret
46. Lot
47. Lot-et-Garonne
48. Lozère
49. Maine-et-Loire
50. Manche
51. Marne
52. Haute-Marne

53. Mayenne
54. Meurthe-et-Moselle
55. Meuse
56. Morbihan
57. Moselle
58. Nièvre
59. Nord
60. Oise
61. Orne
62. Pas-de-Calais
63. Puy-de-Dôme
64. Pyrénées-Atlantiques
65. Hautes-Pyrénées
66. Pyrénées-Orientales
67. Bas-Rhin
68. Haut-Rhin
69. Rhône
70. Haute-Saône

71. Saône-et-Loire
72. Sarthe
73. Savoie
74. Haute-Savoie
76. Seine-Maritime
77. Seine-et-Marne
79. Deux-Sèvres
80. Somme
81. Tarn
82. Tarn-et-Garonne
83. Var
84. Vaucluse
85. Vendée
86. Vienne
87. Haute-Vienne
88. Vosges
89. Yonne

RÉGION PARISIENNE
91. Essone
92. Hauts-de-Seine
75. Paris
77. Seine-et-Marne
93. Seine-Saint-Denis
94. Val-de-Marne
95. Val-d'Oise
78. Yvelines

OUTRE-MER
97-1. Guadeloupe
97-2. Martinique
97-3. Guyane
97-4. Réunion
97-5. Saint-Pierre-et-Miquelon
97-6. Mayotte

En rouge : le nom du département vient de la rivière ou du fleuve qui le traverse.
En bleu : le nom du département vient d'un massif montagneux.

ÉCRIT

1. *Lisez les petites annonces et retrouvez les abréviations correspondant aux mots de la colonne de gauche :*

F. 43 a. 1,72 m prof. sport. élég. aim. voy. mus. lect. ch. H. t. bonne sit. pr être heur.

J.F. 30 a. yx bl. cél. ch. H. 40 a. max. pr vie à deux.

Fr. viv. à l'étranger ch. J.F. 25-35 a. orig. étr. pr amitié, complicité si amour Enf. bienv. Photo tél. av. let.

H. 45 a. v. 2 enf. ch. J.F. 30-35 a. en vue mariage.

mots	abréviations
aimant	
ans	
avec	
bienvenu	
bleus	
célibataire	
cherche	
élégante	
enfant	
étrangère	

mots	abréviations
femme	
Français	
heureux	
homme	
jeune femme	
lecture	
lettre	
maximum	
musique	
origine	

mots	abréviations
pour	
professeur	
situation	
sportive	
téléphone	
très	
veuf	
vivant	
voyages	
yeux	

2. *Rédigez chaque petite annonce en remplaçant les abréviations par des mots entiers.*

GRAMMAIRE : la négation

La négation est composée de deux mots : **NE ... PAS**
Construction au présent :

ne suivi d'une consonne (b, c, d, f, etc.) :
ne + verbe + pas
Je **ne** bois **pas** d'alcool.
Roger **ne** fume **pas.**
Je **ne** sais **pas** nager.

ne suivi d'une voyelle (a, e, i, o, u, ou h) :
n' + verbe + pas
Je **n'**aime **pas** la boxe.
Je **n'**habite **pas** en ville.
Je **n'**ai **pas** d'enfants.

Remarque : À l'oral, **ne** ou **n'** disparaissent souvent.
Je sais pas = Je ne sais pas.
Il est pas là = Il n'est pas là.
Ils habitent pas à Paris, mais à Limoges = Ils **n'**habitent **pas** à Paris...

ENTRAÎNEMENT
la négation

Exercice 11

Dites si vous avez entendu «ne / n'» ou «ni l'un ni l'autre» :

dialogue	ne / n'	ni l'un ni l'autre
1		
2		
3		
4		
5		
6		
7		
8		
9		
10		

Parmi ces activités, dites ce que vous faites ou ne faites pas :

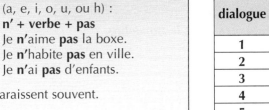

- fumer
- boire
- parler italien, espagnol, allemand, anglais

- travailler
- voyager souvent, rarement
- conduire

- conduire vite, doucement
- parler beaucoup
- manger beaucoup

- dormir beaucoup
- lire beaucoup
- travailler beaucoup

CIVILISATION

La Beauce.

L'air du large avec les pêcheurs de Bretagne.

Le Havre
•
Rouen
•
Caen
•
Rennes
•
Orléans
•
Nantes
•
Tours
•
Poitiers
•
Limoges
•

Les vendanges dans le Bordelais.

Bordeaux
•

Toulouse
•

La France présente une grande variété culturelle et linguistique. Tous les Français parlent le français, langue officielle de la République. Mais certaines régions ont leur propre langue. Ces langues sont enseignées dans les universités de région. Ainsi, on peut étudier l'alsacien à Strasbourg, le basque à Bordeaux, le breton à Nantes et à Rennes, mais aussi à Paris, le catalan à Montpellier, le corse à Nice, Aix-en-Provence, Marseille et Corte et l'occitan à Bordeaux, Aix-en-Provence et Toulouse.

Les Pyrénées : la nature à l'état brut.

*Le Nord-Pas-de-Calais,
passé et avenir.*

*L'Alsace, carrefour
des cultures.*

ille

•Amiens

Paris   •Reims   Metz

Strasbourg

Dijon   Besançon

*La Franche-Comté,
le vert au naturel.*

Clermont-Ferrand
Lyon

Saint-Etienne   Grenoble

*Lyon : haut-lieu
de la gastronomie*

Montpellier   Nice
Marseille

■ *Essayez d'appliquer un ou plusieurs des qualificatifs suivants
aux différentes régions de France évoquées par les photos :*

agricole   viticole   industrielle   touristique
montagneuse   gastronomique   frontalière   maritime

« Balades » dans les Alpes.

ÉVALUATION

Compréhension orale (CO)

1. *Écoutez et notez les nombres que vous avez entendus :*

1	
2	
3	
4	
5	

2. *Dites si on parle d'une ou de plusieurs personnes ou si on ne peut pas le savoir :*

dialogue	une personne	plusieurs personnes	on ne sait pas
1			
2			
3			
4			
5			

Expression orale (EO)

Répondez aux questions de votre professeur.

Compréhension écrite (CE)

Lisez la lettre de Toussaint Dialo et répondez « vrai » ou « faux » au questionnaire :

> Je m'appelle Toussaint DIALO. J'habite à Dakar au Sénégal. Je parle le français et je l'apprends à l'école. J'ai quinze ans et demi. Mon père est employé des Postes et ma mère est institutrice. J'ai un grand frère de 21 ans et une petite sœur de 9 ans.
>
> J'aime le football (je fais partie d'une équipe et je joue très bien). J'aime bien regarder la télévision. J'aime aussi les promenades à la campagne et au bord de la mer. Je fais la collection des pièces de monnaie de tous les pays. Je cherche quelqu'un pour correspondre en français.

	vrai	faux
1. Dialo est un prénom sénégalais.	❏	❏
2. Toussaint Dialo habite en France.	❏	❏
3. Il ne parle pas français.	❏	❏
4. Ses parents ont trois enfants.	❏	❏
5. Son père et sa mère travaillent.	❏	❏
6. Son père joue au football.	❏	❏
7. Son père est directeur.	❏	❏
8. Il va souvent au bord de la mer.	❏	❏
9. Il n'a pas la télévision.	❏	❏
10. Il n'aime pas écrire.	❏	❏

Expression écrite (EE)

Imaginez une réponse à la lettre de Toussaint Dialo :

---

vos résultats	
CO	... /10
EO	... /10
CE	... /10
EE	... /10

■ *Faites correspondre chaque dialogue avec une image et dites si c'est « tu » ou « vous » qui a été utilisé :*

a	Dialogue n° ...
tu	❑
vous	❑

b	Dialogue n° ...
tu	❑
vous	❑

c	Dialogue n° ...
tu	❑
vous	❑

d	Dialogue n° ...
tu	❑
vous	❑

e	Dialogue n° ...
tu	❑
vous	❑

Premiers amis

– Je peux vous aider ?
– C'est gentil…
– Vous allez où ?
– À Bruxelles.
– Moi aussi. Je m'appelle Marc.
– Moi, c'est Sylvie.

Écoutez les cinq dialogues.

■ **1.** *Dites où se passe chaque dialogue :*

	Dialogue
Dans la rue	....
À la cafétéria	....
À la plage	....
À l'aéroport	....
Dans un restaurant	....

■ **3.** *Identifiez les formules utilisées pour aborder quelqu'un :*

	Dialogue
Pardon	....
Excusez-moi	....
S'il vous plaît	....
Bonjour	....
Question directe	....

■ **2.** *Dites ce qui a été demandé pour aborder quelqu'un :*

	Dialogue
L'heure	....
Un renseignement	....
Ses goûts, son opinion	....
Un objet	....
Une information personnelle	....

■ **4.** *Dites si la conversation continue ou pas :*

dialogue	non	oui
1		
2		
3		
4		
5		

■ **5.** *Écoutez à nouveau le premier dialogue.*

a. *Qu'est-ce que vous avez entendu ?*

❑ Tu
❑ Vous

❑ Oui
❑ Ouais

❑ Tu t'appelles comment ?
❑ Comment est-ce
   que tu t'appelles ?

❑ Tu as trouvé une chambre ?
❑ T'as trouvé une chambre ?

❑ Au revoir

❑ T'es en première année ?
❑ Tu es en première année ?

❑ Salut
❑ Tchao

b. *Choisissez la bonne réponse :*

Catherine et Olivier se connaissent
❑ oui
❑ non

Ils sont   ❑ étudiants.
             ❑ médecins.

MISE EN FORME

POUR COMMUNIQUER : comment aborder quelqu'un

Demander un renseignement (horaire, lieu, itinéraire, etc.) :
Vous avez l'heure ?
Vous pourriez me dire où se trouve la salle de conférence ?

Demander un objet (stylo, cigarette, feu, monnaie, etc.) :
Vous avez du feu, s'il vous plaît ?
Vous n'auriez pas la monnaie de 100 francs ?

Demander une information personnelle :
Vous habitez dans le quartier ?
Vous travaillez ici ?
Vous venez souvent ici ?
Vous êtes d'où ?
Vous êtes étranger/étrangère ?

L'opinion, les goûts :
Vous aimez ça ?
C'était super, ce concert !

MISE EN FORME

POUR COMMUNIQUER : tu / vous

TU

Possessifs :
TON / TA / TES
Il s'appelle comment, **ton** frère ?
Elle est là, **ta** sœur ?
Ils sont sympathiques, **tes** amis.

Salutations :
Bonjour + prénom
Salut !
Tu vas bien ?
Ça va ?
Tchao !

VOUS

Possessifs :
VOTRE / VOS
Il s'appelle comment, **votre** frère ?
Ils sont sympathiques, **vos** amis.
Qu'est-ce qu'elles font, **vos** voisines ?

Salutations :
Bonjour Monsieur, Madame, Mademoiselle.
Au revoir Monsieur, Madame, Mademoiselle.
Bonjour Monsieur, Madame, Mademoiselle + nom.
Comment allez-vous ?

ENTRAÎNEMENT
tu / vous

Exercice 12

Lisez les phrases et dites si la personne qui parle tutoie (tu) ou vouvoie (vous) :

	tu	vous
1. Tu parles anglais ?		
2. Il s'appelle comment, ton mari ?		
3. Bonjour Madame…		
4. Salut ! Tu vas bien ?		
5. Vous vous appelez comment ?		
6. Salut Pierre !		
7. Votre nom, s'il vous plaît ?		
8. Quelle est votre adresse ?		
9. Comment allez-vous ?		
10. Est-ce que ta femme va bien ?		

Exercice 13

Écoutez les phrases et dites si la personne qui parle tutoie (tu) ou vouvoie (vous) son interlocuteur :

	tu	vous
1		
2		
3		
4		
5		
6		
7		
8		
9		
10		

PHONÉTIQUE
[ɛ̃]/[ɑ̃]/[ɔ̃]

Écoutez les phrases suivantes et dites si vous entendez l'une des voyelles nasales suivantes : [ɛ̃] comme dans « demain » – [ɑ̃] comme dans « maman » – [ɔ̃] comme dans « bonbon ».

	[ɛ̃]	[ɑ̃]	[ɔ̃]
1.	☐	☐	☐
2.	☐	☐	☐
3.	☐	☐	☐
4.	☐	☐	☐
5.	☐	☐	☐

	[ɛ̃]	[ɑ̃]	[ɔ̃]
6.	☐	☐	☐
7.	☐	☐	☐
8.	☐	☐	☐
9.	☐	☐	☐
10.	☐	☐	☐

– Bonjour, Monsieur Lefort !
– Bonjour, Madame Dulac ! Vous
  allez bien ?
– Très bien. Et vous ?
– Moi aussi, merci.
– Vos enfants vont bien ?
– Oui, c'est bientôt les vacances.
– Et votre femme ?
– Elle va bien aussi.

1. *Écoutez les dialogues et transformez-les en changeant la situation de communication
(en utilisant « tu » à la place de « vous »).*

2. *Précisez qui parle à qui et dans quelle situation :*

1

– Vous vous appelez
  comment ?
– Jean-Paul. Et vous ?
– Moi, Suzanne.
– Vous habitez dans le
  quartier ?
– Oui, rue Lecourbe.
– Vous êtes étudiante ?
– Non, je travaille, je suis
  institutrice.

2

– Vous êtes marié ?
– Oui.
– Et vous avez des enfants ?
– Oui, une petite fille de
  quatre ans.
– Elle s'appelle comment,
  votre fille ?
– Claudia.
– Vous avez fait bon voyage ?
– Oui, je vous remercie.

3

– Je vous emmène à votre
  hôtel ?
– Avec plaisir, je suis très
  fatigué.
– Vous connaissez Madrid ?
– Non, pas du tout.

LE TEMPS

présent / passé composé

Écoutez les enregistrements et dites :

• *quelles expressions de temps vous avez entendues ;*
• *si on a utilisé le présent ou le passé composé.*

	dialogue	présent	passé composé
Aujourd'hui			
Maintenant			
Demain			
Tout à l'heure			
Dans cinq minutes			
Dans un instant			
Dans une heure			
Il y a une heure			
Il y a une semaine			
Ce matin			
Cet après-midi			
Ce soir			
Cette nuit			

ENTRAÎNEMENT

expressions de temps

Exercice 14

Complétez en choisissant :

1. ...., je n'ai pas travaillé.
❏ demain   ❏ hier

2. Je reviens ....
❏ dans une heure.   ❏ il y a une heure.

3. On se voit .... à 14 heures.
❏ ce matin   ❏ cet après midi

4. .... je me suis couché à 5 heures du matin.
❏ Ce soir   ❏ Cette nuit

5. Il est parti .... une semaine.
❏ dans   ❏ il y a

6. Il fait beau ....
❏ aujourd'hui.   ❏ hier.

7. Il est allé acheter le journal. Il revient ....
❏ dans une semaine. ❏ dans un instant.

8. Je te téléphone .... ou après demain.
❏ Il y a une semaine ❏ demain

GRAMMAIRE : le présent et le passé composé de quelques verbes

PRÉSENT	PASSÉ COMPOSÉ
comprendre	
je comprends	j'ai compris
tu comprends	tu as compris
il/elle comprend	il/elle a compris
nous comprenons	nous avons compris
vous comprenez	vous avez compris
ils/elles comprennent	ils/elles ont compris
dire	
je dis	j'ai dit
tu dis	tu as dit
il/elle dit	il/elle a dit
nous disons	nous avons dit
vous dites	vous avez dit
ils/elles disent	ils/elles ont dit
aller	
je vais	je suis allé(e)
tu vas	tu es allé(e)
il/elle va	il/elle est allé(e)
nous allons	nous sommes allés/allées
vous allez	vous êtes allé(e)
	vous êtes allés/allées
ils/elles vont	ils/elles sont allés/allées

Sur le modèle de comprendre (j'ai compris)
prendre	j'ai pris
apprendre	j'ai appris

Sur le modèle de attendre (j'ai attendu)
entendre	j'ai entendu
répondre	j'ai répondu

Sur le modèle de dire (j'ai dit)
conduire	j'ai conduit
écrire	j'ai écrit

PRÉSENT	PASSÉ COMPOSÉ
faire	
je fais	j'ai fait
tu fais	tu as fait
il/elle fait	il/elle a fait
nous faisons	nous avons fait
vous faites	vous avez fait
ils/elles font	ils/elles ont fait
attendre	
j'attends	j'ai attendu
tu attends	tu as attendu
il/elle attend	il/elle a attendu
nous attendons	nous avons attendu
vous attendez	vous avez attendu
ils/elles attendent	ils/elles ont attendu
partir	
je pars	je suis parti(e)
tu pars	tu es parti(e)
il/elle part	il/elle est parti(e)
nous partons	nous sommes partis/parties
vous partez	vous êtes parti(e)
	vous êtes partis/parties
ils/elles partent	ils/elles sont partis/parties

Autres verbes qui forment leur passé composé avec « être » :

sortir	je suis sorti(e)
entrer	je suis entré(e)
rentrer	je suis rentré(e)
arriver	je suis arrivé(e)
venir	je suis venu(e)
revenir	je suis revenu(e)
naître	je suis né(e)

ENTRAÎNEMENT
le passé composé

Exercice 15

Mettez les phrases suivantes au passé composé :

1. Qu'est-ce que tu dis ? Je ne comprends pas.

2. Qu'est-ce que tu fais aujourd'hui ?

3. Nous allons à la gare.

4. J'attends une heure et je pars !

5. Ils attendent une réponse.

6. Ils viennent quand ?

7. J'écris une lettre à mes parents.

8. Je prends le train de 18 heures.

9. J'apprends le français à l'université.

10. Il répond en français.

11. Où est-ce qu'ils vont ?

12. Nous partons en vacances à Saint-Tropez.

À VOUS !

■ *1. Observez les séries de questions ci-dessous. Combien de formulations différentes notez-vous pour demander son nom à quelqu'un ?*

●

Vous vous appelez comment ?
Vous habitez où ?
Vous travaillez ?
Vous êtes marié ?
Vous avez des enfants ?
Vous êtes de quelle nationalité ?
Vous êtes arrivé quand ?
Vous parlez anglais ?

●

Tu t'appelles comment ?
Tu as quel âge ?
Qu'est-ce que tu fais ?
Tu es française ?
Tu fais du sport ?
Quand est-ce que tu es arrivée
en France ?

●

Quel est votre nom ?
Et votre prénom ?
Vous avez quel âge ?
Vous avez une profession ?
Vous êtes mariée ?
Vous êtes française ?
Qu'est-ce que vous aimez
comme musique ?
Vous voyagez beaucoup ?

●

Comment est-ce que vous vous appelez ?
Quel âge avez-vous ?
Où est-ce que vous habitez ?
Quelle est votre profession ?
Quelle est votre situation familiale ?
Quelle est votre nationalité ?
Qu'est-ce que vous connaissez
comme langue ?

●

Nom ?
Prénom ?
Âge ?
Domicile ?
Profession ?
Situation
familiale ?
Nationalité ?

■ *2. Imaginez un dialogue entre les personnages figurant dans les dessins suivants (faites varier les différents modes de questionnement).*

GRAMMAIRE : comment poser une question

L'INTONATION :

Tu connais Alexandre. Il est étudiant.
Tu connais Alexandre ? Il est étudiant ?

EST-CE QUE... ?

Est-ce que tu connais Alexandre ?
Est-ce qu'il est étudiant ?

EST-CE QUE ... ? QU'EST-CE QUE ... ?

– **Est-ce que** tu étudies le français ?
– Oui / Non.

– **Qu'est-ce que tu** étudies ?
– J'étudie le français.
– Le français.

– **Qu'est-ce que** tu suis comme cours ?
– Je suis un cours de français.

QUEL ? / QUELLE ? / QUELLES ?

Vous parlez **quelles** langues ?

**OÙ ? QUAND ? QUI ? À QUI ?
POURQUOI ? COMMENT ?**

– Vous habitez **où** ?
– **Où** tu habites ?
– **Où est-ce que** tu habites ?

– Tu t'appelles **comment** ?
– **Comment** tu t'appelles ?
– **Comment est-ce que** tu t'appelles ?

– Tu parles **à qui** ?
– **À qui** tu parles ?
– **À qui est-ce que** tu parles ?

PHONÉTIQUE
[ɛ̃]/[ɑ̃]/[ɔ̃]

1. *Construisez des mini-dialogues sur le modèle suivant :*
Ce jardin est imm**en**se.
Ah b**on**, il est immense ce jard**in ?**

1. Ce dessin est amusant.
2. Ce chien est méchant.
3. Ton voisin est charmant.
4. Ce magicien est étonnant.
5. Ce train est lent.
6. Ton cousin est content.

2. *Écoutez et répétez :*

– Bon tu viens ?
– Pas maintenant.
– Demain ?
– Je n'ai pas le temps.

– Tu vas bien ?
– Pas vraiment !

– Tu as faim ?
– Pas pour l'instant.

– C'était bien ?
– Pas tout le temps ?

3. *Dans chacun des couples de phrases suivantes, il y a une petite différence de prononciation. Identifiez cette différence :*

	1	2	3	4	5	6	7	8	9	10	11	12	13	14	15	16	17	18
[y] / [u] (une rue / une roue)																		
[i] / [y] (la vie / la vue)																		
[s] / [z] (douce / douze)																		
[ɛ̃] / [ɑ̃] (cinq / cent)																		
[ɑ̃] / [ɔ̃] (le plan / le plomb)																		
[f] / [v] (je fais / je vais)																		
[b] / [v] (il boit / il voit)																		
[p] / [b] (un pont / un bond)																		

VOCABULAIRE

goûts et activités

la ville

la campagne, la nature

la mer

les vacances

la musique classique

les chiens, les chats

les enfants

la lecture

le froid

la chaleur

la pluie

le bruit

la foule

la solitude

le vin

le fromage

À VOUS !

1. *Regardez les images ci-contre et dites ce que vous aimez ou adorez, n'aimez pas ou détestez.*

et aussi....

la télévision	la moto
le football	le rock and roll
le cinéma	le rap
le tennis	le piano
la boxe	la guitare
la photo	la pizza
le théâtre	les gâteaux

2. *Écoutez le dialogue et remplissez la fiche. Sur cette même fiche, dites ce que vous faites pendant votre temps libre :*

QUE FAITES-VOUS ?		
	Le personnage du dialogue	Vous-même
lecture	❑	❑
laquelle ?	....	....
peinture	❑	❑
photo	❑	❑
micro-informatique	❑	❑
écouter la radio	❑	❑
regarder la TV	❑	❑
écouter de la musique	❑	❑
laquelle ?	....	....
sorties	❑	❑
cinéma	❑	❑
théâtre	❑	❑
musées	❑	❑
voyages	❑	❑
activités politiques	❑	❑
famille, enfants	❑	❑
courses	❑	❑
sport	❑	❑
lequel ?	....	....
autres		

MISE EN FORME

POUR COMMUNIQUER : exprimer ses goûts d'une façon simple

Vous pouvez dire ce que vous aimez :

J'aime + verbe
J'aime danser.
J'aime lire.
J'aime cuisiner.
J'aime nager.

J'aime + activité
J'aime la danse.
J'aime la musique.
J'aime la lecture.
J'aime la mer, la campagne, la montagne.

Dire que vous aimez beaucoup :

J'adore + verbe
J'adore marcher.

J'adore + nom
J'adore le fromage.

Vous pouvez aussi dire ce que vous n'aimez pas :

Je n'aime pas + verbe
Je n'aime pas danser.
Je n'aime pas lire.
Je n'aime pas cuisiner.
Je n'aime pas nager.

Je n'aime pas + activité
Je n'aime pas la danse.
Je n'aime pas la musique.
Je n'aime pas la lecture.
Je n'aime pas la mer, la campagne, la montagne.

Dire que vous n'aimez pas du tout :

Je déteste + verbe
Je déteste attendre.

Je déteste + nom
Je déteste le froid.

ÉCRIT

■ **1.** *Dites à quelles nationalités vous appliquez certaines des caractéristiques suivantes :*

être amical
boire du vin
parler avec les mains
manger des grenouilles
être très poli
travailler beaucoup
être discipliné
être à l'heure
être amusant
être organisé
aimer la bonne cuisine
être individualiste

être accueillant
boire de la bière
être triste
aimer sa mère
être courtois
être paresseux
être indiscipliné
être en retard
avoir de l'humour
voyager beaucoup
être solidaire

■ **2.** *Imaginez un petit texte exprimant votre vision des Français ou des habitants d'un ou de différents pays (ou de votre pays).*

Combien de Français vivent à l'étranger ?

Belgique	183 280
Allemagne	165 578
Royaume-Uni	130 478
Europe de l'Est	18 126
Total pour toute l'Europe :	**833 893**
Canada	108 770
États-Unis	242 205
Afrique du Nord	108 051
Asie-Océanie	101 231
Afrique francophone	126 433
Afrique non francophone	15 208
Proche et Moyen-Orient	78 558
Total monde	**1 713 999**

Les Français à l'étranger

Les Legrand sont une famille bretonne émigrée à Montréal. Là-bas, ils sont heureux. Gérard, 37 ans, Marlène, 38 ans, Nicolas et Benoît, 16 et 12 ans, aiment la gentillesse des Québécois, la beauté des forêts, les promenades à ski ou en raquettes, les joies de la neige. Cela fait 9 mois qu'ils sont au Canada. Gérard a trouvé du travail au bout de 7 mois et Marlène suit des cours de sociologie à l'université.

Les enfants sont ravis : « Ce que j'apprécie le plus, dit Nicolas, c'est que les profs sont simples et amicaux. Et puis j'ai des amis de toutes les nationalités, un Roumain et un Haïtien. Ici, si vous voulez apprendre la cérémonie du thé japonais, danser le mambo ou manger éthiopien, vous pouvez. »

(D'après *le Nouvel Observateur* n° 1594)

À VOUS !

■ 1. *Écoutez et imaginez ce que dit René au téléphone :*

– ....

– Non, c'est Pierre. Salut René !

– ....

– Oui, très bien. Et toi ?

– ....

– Qu'est-ce que tu fais ?

– ....

– Moi aussi.

– ....

– Si, elle est là !

– ....

– Non, elle lit.

– ....

– Moi non plus.

– ....

– Moi aussi.

– ....

– Non.

– ....

– D'accord. À bientôt.

– ....

– Salut !

■ 2. *Faites parler les deux personnages (Roger et Annie) en utilisant « moi aussi », « moi non plus », « moi si », « moi non ».*

	lui (Roger)	**elle (Annie)**
âge	27 ans	24 ans
profession	avocat	avocat(e)
domicile	Paris	Lyon
sport	le football	le golf
voiture	une Golf VW	une Peugeot 205
sorties	la discothèque, le cinéma	la discothèque, le théâtre
vacances	la mer	la mer
boisson	le café, le thé	le vin de Bordeaux, la limonade

ÉCRIT

■ *Écrivez un petit texte pour présenter Roger et Annie. Parlez de leurs points communs et de leurs différences.*

MISE EN FORME

GRAMMAIRE : oui / si / non / moi aussi / moi non plus

SI / OUI / NON

Questions	**Réponses**
positives : – Tu parles grec ?	positives : – oui négatives : – non
négatives : – Tu ne parles pas grec ?	positives : – si négatives : – non

MOI AUSSI / MOI NON PLUS / MOI SI / MOI NON

positives : – Je parle grec. Et toi ?	positives : – Moi aussi. négatives : – Moi, non.
négatives : – Je ne parle pas grec. Et toi ?	positives : – Moi, si. négatives : – Moi non plus.

je → moi aussi / moi non plus.	nous → nous aussi / nous non plus.
tu → toi aussi / toi non plus.	vous → vous aussi / vous non plus.
il → lui aussi / lui non plus.	ils → eux aussi / eux non plus.
elle → elle aussi / elle non plus.	elles → elles aussi / elles non plus.

Imaginez le dialogue entre les deux personnages en vous servant des images.
Essayez de réutiliser tout ce que vous avez appris dans les unités 1, 2 et 3 :

CIVILISATION

TEST : Que connaissez-vous de la France ?

Ne cherchez pas la performance ! Le but de ce test est simplement d'estimer quelles sont vos connaissances de départ.

Le général de Gaulle.

François Mitterrand.

La presse française dans les kiosques.

Une bouteille d'eau Perrier.

Isabelle Adjani.

- ❏ Le magazine *Elle*
- ❏ Les Galeries Lafayette
- ❏ La tour Eiffel
- ❏ L'Olympique de Marseille
- ❏ Le général de Gaulle
- ❏ Claude Lelouch
- ❏ Le commandant Cousteau
- ❏ La Très Grande Bibliothèque
- ❏ Molière
- ❏ Brigitte Bardot
- ❏ Les tripes à la mode de Caen
- ❏ Notre-Dame de la Garde
- ❏ L'hebdomadaire *Le Canard enchaîné*
- ❏ Marie Curie
- ❏ La Veuve Clicquot
- ❏ Alain Souchon
- ❏ Isabelle Adjani
- ❏ Voltaire
- ❏ Le journal *Libération*
- ❏ La choucroute
- ❏ Le minitel
- ❏ Les bagages Vuitton
- ❏ Antoine de Saint-Exupéry
- ❏ Astérix
- ❏ Le Saint-Émilion
- ❏ *Opium* de Yves Saint Laurent
- ❏ Le camembert
- ❏ Jacques Chirac
- ❏ Le Club Méditerranée
- ❏ Serge Gainsbourg

Jacques Chirac.

Le parfum N°5 de Chanel.

- ❏ Mireille Mathieu
- ❏ La pyramide du Louvre
- ❏ Les Gauloises Bleues
- ❏ Maximilien de Robespierre
- ❏ Le journal *Le Monde*
- ❏ Florence Arthaud
- ❏ Les chemises Lacoste
- ❏ Le TGV
- ❏ M.C. Solaar
- ❏ *Magie noire* de Lancôme
- ❏ La bouillabaisse
- ❏ Georges Brassens
- ❏ Le pastis
- ❏ Michel Tournier
- ❏ Patricia Kaas
- ❏ Le Mont Blanc
- ❏ La Renault Clio
- ❏ Francis Cabrel
- ❏ L'eau Perrier
- ❏ Alain Prost
- ❏ François Mitterrand
- ❏ Le muscadet
- ❏ Les croissants
- ❏ Marguerite Yourcenar
- ❏ Le café de Flore
- ❏ Patrick Bruel
- ❏ Le Mont-Saint-Michel
- ❏ Gérard Depardieu
- ❏ Verlaine
- ❏ Le 14 juillet

*La tour Eiffel
vue du Trocadéro.*

Patricia Kaas.

La Clio.

Chemises Lacoste.

RÉSULTATS DU TEST :

Entre 40 et 60 bonnes réponses :
Bravo ! Vous passez régulièrement vos vacances en France ?

Entre 20 et 40 bonnes réponses :
Vous connaissez assez bien la France.

Entre 0 et 20 bonnes réponses :
Travaillez avec *Tempo*, vous allez découvrir la France.

ÉVALUATION

Compréhension écrite (CE)

Lisez les trois textes et remplissez la grille (goûts et activités de Julie, Gilles et Stéphanie) :

Bonjour,
Je m'appelle Julie, j'ai 16 ans, j'habite à Lyon. J'aime bien aller au cinéma et écouter de la musique, Nirvana surtout. Je fais beaucoup de sport, du basket et du tennis.

Julie

Salut,
J'habite à Paris, j'ai trois frères. J'aime bien regarder la télévision, lire des bandes dessinées. J'ai 15 ans, j'aimerais bien trouver un correspondant au Canada.

Gilles

Bonjour,
Je m'appelle Stéphanie, j'ai 17 ans, j'aime la musique classique et le cinéma. J'habite avec ma famille à Mulhouse. J'aime aussi les voyages et la lecture. Je dessine très bien.

Stéphanie

	Julie	Gilles	Stéphanie
Cinéma			
Voyages			
Lecture			
Dessin			
Musique classique			
Musique moderne			
Sports			
Télévision			

Expression écrite (EE)

Écrivez un petit texte pour parler de vous, de votre famille, de vos goûts, de vos activités, de vos loisirs.
Dites ce que vous aimez ou n'aimez pas.

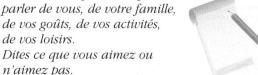

Compréhension orale (CO)

1. *Écoutez le dialogue et remplissez la grille concernant Claude et Josette :*

	Claude	Josette
1. Aime le jazz :	❑ oui ❑ non	❑ non ❑ oui
2. Est célibataire :	❑ oui ❑ non	❑ non ❑ oui
3. Connaît Madrid :	❑ oui ❑ non	❑ non ❑ oui
4. Aime Paris :	❑ oui ❑ non	❑ non ❑ oui
5. Est très sympathique :	❑ oui ❑ non	❑ non ❑ oui

2. *Écoutez et dites si l'on parle au présent ou au passé :*

	présent	passé
1		
2		
3		
4		
5		

Expression orale (EO)

Remplissez le questionnaire suivant et répondez aux questions enregistrées :

Vous parlez :
❑ français
❑ anglais
❑ espagnol
❑ grec
❑ italien

Vous aimez :
❑ la musique classique
❑ le jazz
❑ le rock
❑ la samba
❑ le flamenco

Vous connaissez :
❑ Paris
❑ Rome
❑ Madrid
❑ Athènes
❑ Berlin

Vous êtes :
❑ célibataire
❑ marié(e)

❑ Vous travaillez.
❑ Vous ne travaillez pas.
❑ Vous êtes étudiant(e).

vos résultats	
CE	… /10
EE	… /10
CO	… /10
EO	… /10

Compréhension orale (CO)

1. *Écoutez l'enregistrement et choisissez les bonnes réponses :*

Claude Laurier habite
❏ à Brest.
❏ à Grenoble.
❏ à Bordeaux.

Il habite
❏ au centre-ville.
❏ en banlieue.
❏ au bord de la mer.

❏ Il aime beaucoup la mer.
❏ Il n'aime pas la mer.
❏ Il déteste la mer.

Il vient de
❏ Bordeaux.
❏ Grenoble.
❏ Brest.

Il est
❏ ingénieur chimiste.
❏ ingénieur chez Renault.
❏ ingénieur en télécommunications.

Expression orale (EO)

2. *Présentez-vous en indiquant votre nom, nationalité, profession et situation familiale. Dites quelles langues vous parlez et quels sont vos goûts.*

3. *Dites ce que vous faites pendant vos loisirs.*

4. *Présentez votre meilleur ami.*

5. *Lisez le texte de Reiser et dites ce que vous, vous aimez ou n'aimez pas.*

J'aime,
J'aime pas
PAR REISER

J'aime les villes
J'aime les campagnes
J'aime la montagne
J'aime pas les banlieues

J'aime les gens humbles
J'aime pas la populace

J'aime les fêtes
J'aime pas les fêtes
J'aime que chaque jour soit
une fête

J'aime la pluie
J'aime le soleil
J'aime la neige
J'aime le vent
J'aime rester longtemps enfermé

J'aime traîner
J'aime rêver
J'aime pas perdre mon temps

J'aime pas la maladie
J'aime pas la mort
J'aime les vieux cimetières

J'aime pas le foot
J'aime pas le rugby
J'aime pas le ping-pong
J'aime pas le tennis
J'aime pas le golf
J'aime pas le basket

J'aime les courses de toutes
sortes
J'aime nager
J'aime courir
J'aime marcher
J'aime pas les jeux
J'aime que ma vie soit un jeu
[...]

© *Le Nouvel Observateur*, 1993.

16. Poser une question

Trouvez la question :

1. .... ?
Je m'appelle Marie Simonin. Et vous ?

2. .... ?
Je suis célibataire.

3. .... ?
J'habite à Melun, 30, rue des Roses.

4. .... ?
Je travaille à la Poste. Je suis facteur.

5. .... ?
J'ai 30 ans.

17. Être, avoir, s'appeler, habiter

Complétez les phrases :

1.– Comment tu ....?
– Je .... Claire.

2.– Vous .... quel âge ?
– J'......... trente-cinq ans.

3.– Vous .... ingénieur ?
– Je .... médecin.

4.– Vous .... à Paris ?
– Non, j' .... à Dijon.

5.– .... m'appelle Georges.
– .... vous appelez René ?

6.– .... es célibataire ?

18. Adjectifs de nationalité

Mettez les adjectifs qui correspondent :

1. Le tango est une danse ....

2. Le camembert est un fromage ....

3. Amsterdam est un port ....

4. Marseille est la troisième ville ....

5. Hans et Günter sont ....

6. Madrid est la plus belle ville ....

7. Les musées .... sont très intéressants.
Surtout le musée de Florence.

8. Le Sud .... est très touristique. C'est la
partie de la Tunisie que je préfère.

9. Amalia et Rosa habitent à Lisbonne. Elles
sont ....

10. Il est en vacances dans une île ....
Cythère, je crois.

19. Écrire les nombres

*Complétez les phrases (écrivez les nombres en
lettres) :*

1. Vingt et trente égalent ...., plus ....
cela fait soixante.

2. – ...., c'est quel département ?
– La Côte-d'Or.

3. Quarante-trois moins sept égalent ....

4. Il est né en 1920. Il a donc .... ans.

5. – Il a trois filles et deux garçons.
– .... enfants ! C'est beaucoup !

6. Quinze et douze égalent ....

7. Trois paquets à dix-sept francs. Cela fait ....

8. En France la majorité est à .... ans.

20. Comprendre les nombres

*Écoutez et écrivez les nombres que vous avez
entendus :*

1. Il est né en .... Il a .... ans.

2. Il ne va pas à l'école. Il a .... ans.

3. .... plus ...., cela fait ....

4. Il a acheté une Peugeot ....

5. En France, la vitesse est limitée à ....
km/h sur les routes, à .... km/h sur les
autoroutes et à .... km/h dans les villes.

6. .... fois .... égalent ....

7. Les vacances de Pâques, c'est du ....
au .... avril.

8. Ce soir au ciné-club, *Fahrenheit* ....,
un film de François Truffaut.

9. Tu as vu .... *l'Odyssée de l'espace,*
de Stanley Kubrick ?

10. C'est ouvert .... heures sur ....

21. Conjugaisons

*Complétez avec un des verbes suivants : être,
s'appeler, parler, habiter, avoir, connaître.*

1. Julie et Anne .... grec.

2. Cindy et Carol .... américaines.

3. Pierre .... à Paris.

4. Elle .... Claire.

5. Monsieur et Madame Verdon .... deux
enfants. Ils habitent à Orléans.

6. Julio et José .... à Madrid, ils ....
espagnols, mais ils .... bien français.

7. Ils ne .... pas la France.

8. Elles .... grecques.

22. Masculin / féminin

Dites si c'est un homme (H), une femme (F) ou si on ne peut pas savoir (?) qui a écrit ces petits textes :

	H	F	?
1.			
2.			
3.			
4.			
5.			
6.			
7.			
8.			

1. Je m'appelle Claude. Je suis suisse.
2. Je suis bibliothécaire. Je suis mariée et j'ai deux enfants.
3. J'adore le football.
4. Je suis coiffeuse pour hommes.
5. Je suis née en Pologne.
6. J'ai 57 ans, je suis veuve.
7. Je suis élève au lycée de jeunes filles de Sainte-Marie.
8. Je suis championne du monde de boxe thaïlandaise.

23. Masculin / féminin

Écoutez les enregistrements et dites si on parle d'un homme, d'une femme ou si on ne sait pas :

	homme	femme	?
1			
2			
3			
4			
5			
6			
7			
8			
9			
10			

24. C'est un/c'est une, il est/elle est

Complétez ce texte en utilisant « c'est un »/«c'est une », « il est »/«elle est » :

1. Jacqueline vit à Paris. .... secrétaire. .... jeune femme très sympathique. .... mariée avec Jacques. Lui, ... professeur. Il parle anglais et allemand. .... homme charmant.

2. Je vous présente Alberto. .... ami mexicain. .... étudiant en architecture.

3. J'habite à Quimper. .... petite ville de l'Ouest de la France. Ma femme n'est pas bretonne. .... alsacienne.

4. Tu connais Maryline ? .... fille très sympathique. .... institutrice à Dole. Dole ? .... petite ville dans le Jura.

25. Oui, non, si

Répondez en utilisant « oui », « non », « si » :

1. – Tu es marié ?
   – ...., célibataire.

2. – Tu ne connais pas Lyon ?
   – ...., très bien. Je suis né à Lyon.

3. – Vous aimez le fromage ?
   – ...., je déteste ça.

4. – Vous n'avez pas de voiture ?
   – ...., une Peugeot.

5. – Elle parle allemand ?
   – ...., allemand et espagnol.

6. – Ton ami est français ?
   – ...., espagnol.

7. – Vous n'avez pas d'enfants ?
   – ...., trois.

8. – Elle est italienne ?
   – ...., portugaise.

26. Moi aussi / moi non plus

Trouvez les réponses en utilisant « moi aussi », « moi non plus », « moi non », « moi si » :

1. – J'aime le cinéma. Et toi ?
   – ...., surtout le cinéma italien.

2. – Je n'ai pas d'enfants. Et toi ?
   – ...., j'ai une petite fille de 4 ans et demi.

3. – Je n'aime pas le froid. Et toi ?
   – ...., j'adore le soleil.

4. – Je n'ai pas de voiture. Et toi ?
   – ...., je roule en vélo, c'est plus écologique.

5. – Je connais bien Lisbonne.
   – ...., mes grands-parents sont portugais.

6. – Je ne connais personne à Paris.
   – ...., je vais te présenter mes amis.

7. – J'adore le rock.
   – ...., je suis plutôt classique.

8. – J'adore le café.
   – ...., je bois toujours du thé.

9. – Désolé, je ne suis pas libre, ce soir…
   – ...., ma mère vient dîner à la maison.

10. – Je n'aime pas du tout ce garçon.
    – ...., il est très sympa.

27. Présenter quelqu'un

Écrivez un texte sur Pierre et Paul et sur Julie et Marie :

Nom :   Pierre Durand
Âge :   30 ans
Profession :   médecin
Adresse :   3, rue du Four (Lyon)
Langues parlées :   allemand, espagnol

Nom :   Paul Fabre
Âge :   30 ans
Profession :   journaliste
Adresse :   2, rue du Moulin (Lyon)
Langues parlées :   allemand, anglais

Nom :   Julie Dubreuil
Âge :   27 ans
Profession :   professeur
Adresse :   4, rue du Loup (Montpellier)
Langues parlées :   grec, espagnol

Nom :   Marie Dubois
Âge :   28 ans
Profession :   professeur
Adresse :   20, rue des Agneaux
                        (Montpellier)
Langues parlées :   portugais, espagnol

28. Moi, toi, lui, elle, eux, elles

Complétez les phrases suivantes en utilisant « moi », « toi », « lui », « elle », « eux », « elles » :

1. ...., je ne comprends pas.
2. Quand je parle français avec ...., ils ne comprennent rien.
3. ...., il travaille beaucoup.
4. – Elles sont d'où les deux filles ?
   – .... ? Françaises, je crois.
5. – Tu connais Paul et Vincent ?
   – Bien sûr, je travaille avec ....
6. Et ...., tu habites où ?
7. Et .... ? Qu'est-ce qu'ils font ?
8. – Tu vas bien ?
   – Oui, très bien. Et .... ?
9. Tu connais le numéro de téléphone de Josette et Anne Marie ? J'ai un message pour ....
10. – Tu connais Nina ?
    – Bien sûr, je travaille avec ....
11. – Est-ce qu'il y a une lettre pour M. Leveau ?
    – Non, aujourd'hui, il n'y a rien pour ....
12. – J'ai un paquet pour Monsieur et Madame Puisseguin.
    – Désolée, ils ne sont pas chez ....

29. Présent / passé

Dites si c'est le présent ou le passé que vous avez entendu :

dialogue	présent	passé
1		
2		
3		
4		
5		
6		
7		
8		
9		
10		

30. La négation

Dites si la phrase entendue est positive ou négative :

	positive	négative
1		
2		
3		
4		
5		
6		
7		
8		
9		
10		

31. Les adjectifs possessifs

Complétez en utilisant le possessif qui convient :

1. C'est .... voisine. Elle est très sympa.
   ❏ mon   ❏ ma

2. .... nom, c'est Dupois ou Duroi ?
   ❏ Votre   ❏ Ta   ❏ Vos

3. – C'est .... sœur ?
   – Non, c'est .... mère.
   ❏ ton   ❏ votre   ❏ ta   ❏ ma

4. Tu peux me donner .... adresse ?
   ❏ ta   ❏ ton

5. .... papiers, s'il vous plaît !
   ❏ Tes   ❏ Vos   ❏ Votre

6. Je ne retrouve pas .... clés.
   ❏ mon   ❏ ma   ❏ mes

32. Les adjectifs possessifs

Complétez en choisissant :

1. Tu connais sa .... ?
   ❏ ami   ❏ adresse   ❏ sœur

2. Ma .... est partie en vacances.
   ❏ cousin   ❏ amie   ❏ voisine

3. On prend ma .... ou on y va à pied ?
   ❏ vélo   ❏ voiture   ❏ auto

4. Je vais téléphoner à mes ....
   ❏ père   ❏ parents   ❏ enfant

5. Mon .... est étudiant en médecine.
   ❏ sœur   ❏ fils   ❏ fille

6. Je te présente mon .... Il est journaliste.
   ❏ grand-père   ❏ mère   ❏ fille

7. Excuse-moi, j'ai pris ta ....
   ❏ stylo   ❏ place   ❏ journal

8. Monsieur ! Vous oubliez vos .... !
   ❏ monnaie   ❏ cigarettes   ❏ journal

9. Dans ma .... il y a un petit restaurant pas cher.
   ❏ quartier   ❏ rue   ❏ village

10. Ton .... c'est bien le 45 47 65 78 ?
    ❏ adresse   ❏ nom   ❏ téléphone

11. J'ai perdu mes ....
    ❏ appareil photo   ❏ stylo   ❏ clés

12. Je te présente ma ....
    ❏ parents   ❏ famille   ❏ sœurs

33. Singulier / pluriel

Écoutez et dites si on parle d'une personne, de plusieurs personnes ou si on ne peut pas savoir :

dialogue	une personne	plusieurs personnes	on ne sait pas
1			
2			
3			
4			
5			
6			
7			
8			
9			
10			
11			
12			

34. Singulier / pluriel

Complétez en utilisant « le », « l'», « la » ou « les » :

1. .... Français parlent très vite.
2. J'aime beaucoup .... enfants.
3. Où est .... clé de la bibliothèque ?
4. J'adore prendre .... avion.
5. C'est bientôt .... vacances.
6. J'apprends .... français.
7. .... Allemands voyagent beaucoup.
8. Le matin, je lis .... journaux.
9. Tu écoutes souvent .... radio ?
10. Le mardi, ... musées sont fermés.
11. Il n'y a pas beaucoup de monde dans .... rues.
12. Tu peux me donner .... adresse de Jacques ?

35. Le pluriel des verbes

Complétez en utilisant le verbe indiqué entre parenthèses :

1. Ils .... souvent au cinéma. (aller)
2. Ils ne .... pas très bien le français. (comprendre)
3. Ils .... vite. (apprendre)
4. Ils .... un voyage autour du monde. (faire)
5. Ils ne .... pas partir. (pouvoir)
6. Elles .... à la télévision. (travailler)
7. Mes enfants .... demain. (partir)
8. Elles .... à Paris. (vivre)
9. D'où est-ce qu'elles .... ? (venir)
10. Ils .... des journaux. (lire)

36. Passé composé

Mettez les verbes entre parenthèses au passé composé :

1. Hier, j'.......... ton frère. (rencontrer)
2. Il .... un petit appartement. (trouver)
3. Hier, nous .... au restaurant. (manger)
4. Ils .... en train. (voyager)
5. Vous .... ? (comprendre)
6. Ce week-end, j'.......... Dijon. (visiter)
7. Dimanche ? J'.......... la télévision. (regarder)
8. Elle .... le français à l'université. (apprendre)
9. Tu .... ce film ? (aimer)
10. J'.......... à mon professeur. (parler)

37. Passé composé (être / avoir)

Complétez en utilisant le verbe « être » ou « avoir » :

1. Je .... sorti le premier.

2. Il .... trouvé un passeport.

3. Vous .... venu en voiture ?

4. J'.......... regardé la télévision.

5. Dimanche, je .... allé à la piscine.

6. Nous .... beaucoup aimé ce film.

7. Ils .... travaillé toute la journée.

8. Il .... parti à midi.

9. Il n'.......... rien compris.

10. Il .... arrivé à 22 h 10.

38. Masculin / féminin

Mettez les phrases suivantes au masculin (les prénoms aussi) :

1. Renée est institutrice.

2. Raymonde est caissière dans un magasin.

3. Rolande est blonde. Elle est très belle.

4. Valentine est pharmacienne.

5. Augustine est très vieille.

6. Paule est directrice d'une petite entreprise.

7. Adrienne est agricultrice.

8. Frédérique est musicienne.

9. Françoise, c'est ma grande amie.

10. Martine est mariée avec un mathématicien.

11. Michèle est très grande.

12. Sylvaine est cuisinière.

39. Masculin / féminin

Mettez les phrases suivantes au féminin (les prénoms aussi) :

1. Lucien est électricien.

2. Jean est très gentil.

3. André est informaticien.

4. Gilbert ? C'est un petit brun.

5. Justin est né en février.

6. Joël est canadien.

7. Julien est plus grand que Marcel.

8. Louis est marié. Il a deux enfants.

9. Denis est boulanger.

10. Christian est très intelligent.

11. Marcel est sportif.

12. Daniel est acteur.

40. Questions / affirmations

Dites si vous avez entendu une question ou une affirmation :

	question	affirmation
1		
2		
3		
4		
5		
6		
7		
8		
9		
10		

41. Tu / vous

Transformez les phrases suivantes en utilisant « tu » à la place de « vous » :

1. Qu'est-ce que vous faites ce soir ?

2. Vous voulez un renseignement ?

3. Vous pouvez entrer.

4. Vous ne dites rien.

5. Vous êtes de la région ?

6. Où est-ce que vous allez ?

7. Vous comprenez ?

8. Vous avez du feu ?

9. Vous venez ?

10. Vous vous appelez comment ?

42. Tu / vous

Complétez en choisissant « tu » ou « vous » :

1. Où est-ce que .... habitez ?

2. .... parles très bien français.

3. Est-ce que .... vas bien ?

4. .... êtes marié ou célibataire ?

5. .... as combien d'enfants ?

6. .... es de quelle nationalité ?

7. Est-ce que .... connaissez Lyon ?

8. .... parlez quelles langues ?

9. Vous .... appelez Schmidt. .... êtes allemand ?

10. Comment allez-... ?

OBJECTIFS

Savoir-faire linguistiques :
- Donner des informations générales sur un lieu.
- Situer géographiquement un lieu.
- Présenter un lieu.

Grammaire :
- « Au / en » + noms de pays
- « Aller à, venir de »
- « Au nord du / de la / de l' »
- Les présentatifs
- (Articles) définis / indéfinis / partitifs
- « On / nous »
- Comment écrire les chiffres.
- Les adjectifs démonstratifs
- Le temps : repérage des formes du passé composé.

Écrit :
- Décrire un lieu.

MISE EN ROUTE

Emmène-moi
Mon cœur est triste
Et j'ai mal aux pieds
Emmène-moi
Je ne veux plus voyager
© Graeme Allwright

■ *Écoutez le premier couplet et le refrain de la chanson « Emmène-moi » de Graeme Allwright et repérez sur la carte de France (voir page 10) les villes citées dans la chanson.*

La foire de Dijon.

La Rochelle.

Besançon.

Saint Malo.

Brest.

Avignon.

Paris.

COMPRÉHENSION

■ *Écoutez chaque dialogue et choisissez la proposition qui convient :*

Dialogue 3

Il habite :	❑ en Indonésie.
	❑ au Soudan.
	❑ en France.
Il a travaillé 6 ans :	❑ en Indonésie.
	❑ au Soudan.
	❑ en France.
Il rentre :	❑ en Indonésie.
	❑ au Soudan.
	❑ en France.

Dialogue 1

La conversation se passe :	❑ en France.
	❑ au Kenya.
	❑ au Burundi.
Le médecin travaille :	❑ à Nairobi. (Kenya)
	❑ à Bujumbura. (Burundi)

Dialogue 2

- ❑ Il habite en Grèce.
- ❑ Il va à Grenoble.
- ❑ Il va en vacances en Grèce.
- ❑ Il est de Grenoble.
- ❑ Il n'habite pas en France.
- ❑ Il est à Grenoble.

MISE EN FORME

GRAMMAIRE : au/en + noms de pays, aller à, venir de

OBSERVEZ :

Travailler, être, habiter, vivre, aller, etc. :

Je vais à Paris.
J'habite à Athènes.
Il travaille en Angleterre.
Il travaille en Iran.
Elle vit au Liban.
Il va au Japon.

Venir de, revenir de, être de :

Je viens de France.
Il est de Paris.
Il vient du Guatemala.
Je reviens d'Afghanistan.

COMMENT CELA FONCTIONNE :

EN + nom de pays féminin commençant par une voyelle.
nom de pays féminin commençant par une consonne.
nom de pays masculin commençant par une voyelle.

AU + nom de pays masculin commençant par une consonne.

À + nom de ville.

AUX + nom de pays au pluriel.

DE + nom féminin commençant par une consonne.

D' + nom commençant par une voyelle.

DU + nom masculin commençant par une consonne.

DE + nom de ville.

DES + nom de pays au pluriel.

TABLEAU RÉCAPITULATIF

Les noms de pays masculins :		Les noms de pays féminins :	
commençant par une **consonne :**	commençant par une **voyelle :**	commençant par une **voyelle :**	commençant par une **consonne :**
le Burundi	l'Afghanistan	l'Afrique du Sud	la Belgique
le Cameroun	l'Angola	l'Albanie	la Bolivie
le Chili	l'Azerbaïdjan	l'Algérie	la Chine
le Danemark	l'Iran	l'Allemagne	la Colombie
le Guatemala	l'Ouganda	l'Angleterre	la Finlande
le Honduras (*)	l'Ouzbékistan	l'Argentine	la Gambie
le Koweït	l'Uruguay	l'Autriche	la Grèce
le Liban		l'Espagne	la Hollande (*)
le Mali		l'Inde	la Hongrie (*)
le Maroc		l'Indonésie	la Jordanie
le Mexique		l'Irlande	la Lituanie
le Mozambique		l'Islande	la Mauritanie
le Nigeria		l'Italie	la Namibie
le Paraguay		l'Ukraine	la Norvège
le Pérou			la Russie
le Portugal			la Slovaquie
le Salvador			la Suède
le Soudan			la Syrie
le Togo			la Tanzanie
le Vénézuela			la Thaïlande
le Viêt-nam			la Tunisie
le Zaïre			la Turquie
le Zimbabwe			la Zambie
▼ **AU**		▼ **EN**	

(*) *Noms de pays qui commencent par un « h » (ils fonctionnent comme s'ils commençaient par une consonne).*

ENTRAÎNEMENT
au/en + noms de pays

PHONÉTIQUE
[R]

ENTRAÎNEMENT
de / à / en

Exercice 43

Complétez les phrases suivantes en utilisant un nom de pays :

1. Il habite Vilnius, en ....
2. Je suis allé à Kiev, en ....
3. Il vit à Bogota, en ....
4. J'ai visité Baalbek, au ....
5. J'ai un ami à Porto, au ....
6. Je vais en vacances à Bari, en ....
7. Il travaille à Khartoum, au ....
8. – Douala, c'est dans quel pays ?
 – C'est au ....
9. Il va à Tegucigalpa, au ....
10. Je suis né à Damas, en ....

Écoutez et répétez :

Bernard
 Il est tard.
 Il est au port.

D'abord, il appelle son père.

Ensuite il téléphone à sa mère.

Il part.
 C'est un dur.
 Il n'a pas peur.

Exercice 44

Complétez le texte suivant :

Je suis touriste.

Je viens .... Caen, ... France.

Je suis .... l'hôtel Éphèse, ... Adana.

C'est la première fois que je viens .... Turquie et cela me plaît beaucoup. Demain, je vais .... Istanbul, puis je rentre .... France.

COMPRÉHENSION

Madame, mademoiselle, monsieur, bonjour.
Bienvenue à bord de l'Eurostar.

■ *Écoutez le dialogue 1 et entourez la bonne réponse :*

Mode de transport :	Durée :	Distance :	Profondeur :	Heure d'arrivée :
Train	5 minutes	55 kilomètres	50 mètres	17 heures 37
Avion	55 minutes	50,5 kilomètres	40 mètres	6 heures 17
Bateau	35 minutes	500 kilomètres	4 mètres	7 heures

■ *Écoutez le dialogue 2 et entourez la bonne réponse :*

Ville :	Nombre d'habitants :	Situation :	Altitude :	Taille :
Las Vegas	1 million	10 300 km de Paris	700 mètres	moyenne
La Paz	20 millions	8 300 km de Paris	1 700 mètres	petite
La Plata	5 millions	6 300 km de Paris	3 700 mètres	grande

■ *Construisez des phrases sur le modèle ci-dessous :*

Ce que j'aime chez Julie, c'est son sourire.

PHONÉTIQUE
[s] / [z]
[ʒ] / [ʃ]

Ce que	j'aime j'apprécie je cherche je souhaite je désire j'adore	chez	Julie, Gérard, Zoé, Joël, Sylvie, Jacqueline,	c'est	son sourire. sa gentillesse. sa finesse. sa générosité. son charme. sa sensibilité.

MISE EN FORME

POUR COMMUNIQUER : situer géographiquement un lieu

POUR SITUER UNE VILLE, UNE RÉGION, UN PAYS, VOUS POUVEZ ÉVOQUER :

• **sa situation géographique :**
au nord du Japon
au sud de l'Italie
à l'est de la France
à l'ouest de l'Iran
en Afrique
en Asie
en Amérique du Sud
en Europe

• **une distance :**
à 100 kilomètres de Paris
à 50 kilomètres de Lyon
à une heure de Paris
à une heure de train de Madrid
à 3 heures de voiture de Nice

• **le nombre d'habitants :**
Il y a 3 millions d'habitants.
C'est une ville de 25 000 habitants.

• **sa taille :**
C'est une grande ville.
J'habite une ville moyenne.
C'est un petit pays.

GRAMMAIRE

DU / DE LA / DE L' / DES

• **de la** + nom de pays féminin (avec **consonne**) :
au sud **de la** Belgique.

• **de l'** + nom de pays masculin ou féminin (avec **voyelle**) :
à l'ouest **de l'**Iran.

• **du** + nom de pays masculin (avec **consonne**) :
à l'est **du** Portugal.

• **des** + nom de pays au pluriel :
au nord **des** États-Unis.

EN / Y

• verbe + de = **en**
Je viens de la piscine = j'**en** viens.
Je viens de Paris = j'**en** viens.
• verbe + à / au = **y**
Je vais au Portugal = j'**y** vais.
Je vais à la plage = j'**y** vais.

LE / LA / LES compléments

Quand on a visité une fois la Provence, on ne **l'**oublie jamais.
– Tu connais les États-Unis ?
– Oui, je **les** ai visités il y a deux ans.

À VOUS !

 De nouveaux pays sont apparus récemment sur les cartes du monde. Dites où se trouvent :

La Namibie
La Slovénie
La République tchèque
Le Kazakhstan
Le Kirghizistan
Le Turkménistan
La Lituanie
Le Swaziland
La Slovaquie
Le Zimbabwe
La Lettonie
Le Lesotho
L'Ukraine

ENTRAÎNEMENT
distances

Exercice 45

Indiquez la distance par la route qui sépare les villes suivantes :
Exemple :
Paris/Lyon : 481 km.
→ Paris **est à** 481 kilomètres **de** Lyon.
Il y a 481 kilomètres **de** Paris **à** Lyon.

1. Amsterdam/Marseille : 1 323 km
2. Venise/Lyon : 789 km
3. Paris/Strasbourg : 456 km
4. Vienne/Bruxelles : 1 134 km
5. Madrid/Genève : 1 386 km
6. Naples/Luxembourg : 1 622 km
7. Copenhague/Marseille : 1 914 km.
8. Nice/Lyon : 440 km
9. Kiel/Paris : 977 km
10. Prague/Paris : 1 094 km

Mon pays

Marc Chagall,
Paris, vu par la fenêtre,
1913.

COMPRÉHENSION

◾ *Écoutez les extraits sonores et faites correspondre chaque extrait avec le tableau qui évoque le lieu dont on parle :*

Paul Gauguin, *Paysage tahitien*, 1891.

Diego Rivera, Palais national de Mexico.

Gustave Courbet, *Enterrement à Ornans*, 1849.

Robert Combas, *Champ de blé*, 1986.

◾ *Écoutez à nouveau les extraits et choisissez les bonnes informations pour chaque lieu (si l'information n'a pas été donnée, choisissez « je ne sais pas ») :*

Ville	Nombre d'habitants	Situation	Altitude	Taille
ORNANS	5 000 400 Je ne sais pas.	À 20 km de Besançon. À 10 km de Besançon. Je ne sais pas.	600 m 10 m Je ne sais pas.	Grand Petit Je ne sais pas.
MEXICO	15 000 000 25 000 000 Je ne sais pas.	À 17 000 km de la France. À 5 200 km de la France. Je ne sais pas.	2 277 m 1 200 m Je ne sais pas.	Grand Petit Immense
PARIS	5 000 000 2 150 000 Je ne sais pas.	À l'est de Lyon. Au centre de la France. Je ne sais pas.	521 m 255 m Je ne sais pas.	Petit Grand Je ne sais pas.
BORA-BORA	20 000 5 000 Je ne sais pas.	À 100 km de la France. À 16 000 km de la France. Je ne sais pas.	10 m 225 m Je ne sais pas.	Grand Petit Je ne sais pas.

À partir des images et des informations données, présentez une ville
de votre choix, puis présentez votre ville :

	pays, ville, population	particularités géographiques	indications touristiques
	Grèce 10 millions d'habitants **Athènes** 3 millions d'habitants	430 îles Ville proche de la mer	Le Parthénon L'Acropole Le Musée national Monnaie : la drachme
	Égypte 52 millions d'habitants **Le Caire** 15 millions d'habitants	Le désert La vallée du Nil Le canal de Suez	Les Pyramides de Guizeh, le Sphinx. Le musée d'Égyptologie Le bazar de Khan Khalili Monnaie : la livre égyptienne
	Brésil 147 millions d'habitants **Rio de Janeiro** 11 millions d'habitants	Capitale : Brasilia La forêt amazonienne : le poumon du monde.	Le Pain de Sucre La baie de Rio Les plages : Copacabana, Ipanema. Le carnaval de Rio Monnaie : le real
	Belgique 10 millions d'habitants **Bruxelles** 970 000 habitants	Le plat pays 3 langues parlées : français, flamand et allemand	Siège de la Commission européenne. La place du marché L'Atomium Monnaie : le franc belge

GRAMMAIRE : les présentatifs il y a/c'est un/c'est le

« Il y a » + nom, pour présenter un lieu :
– À Athènes, il y a 3 millions d'habitants.
– Qu'est-ce qu'il y a à Paris ?
– Il y a la tour Eiffel, il y a le musée du Louvre, les Champs-Élysées. Il y a beaucoup de choses à voir à Paris.

« C'est » + adjectif, « c'est un / c'est le » + nom, pour identifier un lieu ou donner des précisions :
– Le Caire, c'est comment ?
– C'est immense. C'est une très grande ville.
– Brasilia, c'est la capitale du Brésil.

« On peut / il faut », pour dire ce que l'on peut faire dans un lieu :
– Qu'est-ce qu'il y a à voir à Istanbul ?
– On peut visiter la mosquée bleue et Sainte-Sophie. Mais il faut absolument voir le grand bazar et le musée de Topkapi.

Construction : **Il faut + infinitif.**
                          On peut + infinitif.

L'ARTICLE DÉFINI / INDÉFINI / PARTITIF

Le / la / l'
Pour parler d'une chose unique :
l'est de la France
la rue où j'habite
la ville natale de Victor Hugo

Un / une / des
Pour parler d'une chose qui existe en plusieurs exemplaires :
un ami (J'ai plusieurs amis.)
une petite ville (Il y a plusieurs petites villes.)
un pays francophone
des paysages extraordinaires

Du / de la / des
Pour parler de quelque chose qui n'est pas quantifiable :
aujourd'hui, il y a **du** soleil
c'est une région où on produit **du** fromage

GRAMMAIRE : on/nous

« On » est souvent utilisé à la place de « nous » dans la langue parlée.
Comme « nous », « on » sert à désigner un groupe d'au moins deux personnes.
Celui qui parle fait partie de ce groupe :

> Vendredi soir, avec Karen, **on a** mangé au restaurant *Le temps de vivre*.
>> = **Nous** (Karen et moi) **avons** mangé.
> Qu'est-ce qu'**on fait** dimanche prochain ?
>> = Qu'est-ce que **nous faisons** ?

Mais « on » peut aussi désigner une personne inconnue ou un groupe de personnes où celui qui parle ne se trouve pas :

> **On** frappe à la porte = **Quelqu'un** frappe à la porte.
> Aux États-Unis, **on** voyage souvent en avion. (**On** = les gens, les Américains)

ENTRAÎNEMENT

on / nous

Exercice 46

Dans les phrases suivantes, choisissez le pronom ou le nom qui peut remplacer « on » :

	nous	les gens	quelqu'un
1. En Égypte, on mange la « mouloukheya ». C'est une sorte de soupe. C'est très bon.	☐	☐	☐
2. Hier soir, à l'aéroport, on m'a volé mon sac.	☐	☐	☐
3. Avec Cyril, cet été, on va faire le tour de la Méditerranée en moto.	☐	☐	☐
4. Pour venir à Athènes, on a pris le vol de 13 h 25.	☐	☐	☐
5. Pour aller en Égypte, on voyage sur la compagnie Égyptair.	☐	☐	☐
6. On m'a dit qu'il fait très chaud au Koweït.	☐	☐	☐
7. Avant d'embarquer, on doit faire enregistrer ses bagages.	☐	☐	☐
8. Pardon, Monsieur, on arrive à quelle heure à Caracas ?	☐	☐	☐
9. En Malaisie, la spécialité est le « saté ». Ce sont de petites brochettes que l'on mange avec du riz.	☐	☐	☐
10. Pour aller à Orly, on peut prendre le bus ou le RER.	☐	☐	☐

ÉCRIT

La francophonie

Le français est la deuxième langue étrangère enseignée après l'anglais.
Il est parlé dans 37 pays et on estime que 120 millions de personnes sont francophones.
Le français est parlé sur les cinq continents : en Afrique dans une vingtaine de pays ainsi qu'au Maghreb, en Amérique du Nord : au Québec et en Louisiane, en Europe : en Suisse, en Belgique, mais aussi en Guyane, en Nouvelle-Calédonie et dans l'Océan Indien.
Une organisation regroupe plusieurs pays qui ont en commun l'usage du français : les chefs des états francophones se réunissent régulièrement et collaborent dans le domaine de l'éducation et de la culture.

Lisez le texte et répondez au questionnaire suivant :

	vrai	faux
Le français est la deuxième langue parlée dans le monde.	☐	☐
L'anglais est la première langue enseignée dans le monde.	☐	☐
On parle anglais dans 37 pays.	☐	☐
Dans le monde, 120 000 personnes parlent français.	☐	☐
En Afrique, il y a 30 pays francophones.	☐	☐
Il y a souvent des réunions des pays francophones.	☐	☐
En Europe, il y a 2 pays francophones.	☐	☐
On ne parle pas français sur tous les continents.	☐	☐

À VOUS !

■ *Regardez la carte et dites dans quels pays on parle français.*
Citez quelques pays lusophones (portugais), arabophones (arabe),
hispanophones (espagnol) ou anglophones (anglais).

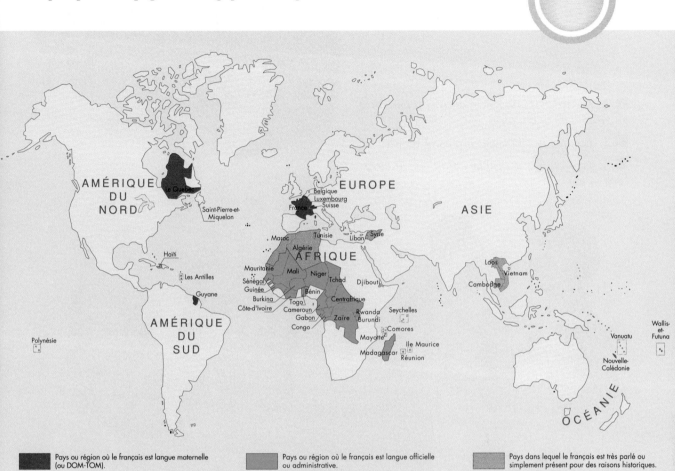

■ Pays ou région où le français est langue maternelle (ou DOM-TOM).

Pays ou région où le français est langue officielle ou administrative.

Pays dans lequel le français est très parlé ou simplement présent pour des raisons historiques.

PAYS ET GOUVERNEMENTS MEMBRES DES SOMMETS FRANCOPHONES

- Belgique (Royaume)
- Communauté française de Belgique
- Bénin
- Bulgarie
- Burkina
- Cambodge
- Cameroun
- Canada
- Canada-Nouveau
- Brunswick
- Canada-Québec
- Cap-Vert
- Centrafrique

- Comores
- Congo
- Côte-d'Ivoire
- Djibouti
- Dominique
- Égypte
- France
- Gabon
- Guinée
- Guinée-Bissau
- Guinée équatoriale
- Haïti
- Laos
- Liban

- Luxembourg
- Madagascar
- Mali
- Maroc
- Maurice
- Mauritanie
- Monaco
- Niger
- Roumanie
- Rwanda
- Sainte-Lucie
- Sénégal
- Seychelles
- Suisse

- Tchad
- Togo
- Tunisie
- Vanuatu
- Viêt-nam
- Zaïre

Invités spéciaux
- Louisiane (États-Unis)
- Nouvelle-Angleterre (États-Unis)
- Val d'Aoste (Italie)
- Mauritanie
- Moldavie
- Onu

© *Repères*, Haut Conseil de la Francophonie.

Remarque : dans cette liste, figurent des pays pour lesquels le français n'est ni langue maternelle,
ni langue officielle.

COMPRÉHENSION

■ **1.** *Regardez les images et essayez d'imaginer les paroles de la chanson.*

■ **2.** *Écoutez la chanson* Ni plus ni moins.

■ **3.** *Reproduisez le couplet « Tant que la terre sera ronde ».*

Depuis que la terre est ronde
On est tous du même monde
De simples êtres humains
Ni plus ni moins

Tant que la terre sera ronde
J'irai au bout du monde
Voir d'autres êtres humains
Ni plus, ni moins.

J'ai des amis de partout
J'ai des amis n'importe où
J'aime aller dans tous les sens
Rencontrer des différences

■ 1. *Essayez d'imaginer un dialogue pour chaque image en utilisant des chiffres et des nombres.*

LES NOMBRES

■ 2. *Écoutez les dialogues enregistrés et notez les chiffres que vous avez entendus.*

GRAMMAIRE : comment écrire les nombres

Attention ! De 1 000 à 1 900 deux formulations possibles :

100	cent	1 000	mille	
200	deux cents	2 000	deux mille	
300	trois cents	3 000	trois mille	
400	quatre cents	4 000	quatre mille	
500	cinq cents	5 000	cinq mille	
600	six cents	6 000	six mille	
700	sept cents	7 000	sept mille	
800	huit cents	8 000	huit mille	
900	neuf cents	9 000	neuf mille	
		10 000	dix mille	

1 100 mille cent (ou onze cents)
1 200 mille deux cents (ou douze cents)
1 300 mille trois cents (ou treize cents)
1 400 mille quatre cents (ou quatorze cents)
1 500 mille cinq cents (ou quinze cents)
1 600 mille six cents (ou seize cents)
1 700 mille sept cents (ou dix-sept cents)
1 800 mille huit cents (ou dix-huit cents)
1 900 mille neuf cents (ou dix-neuf cents)

101, 102, 111   cent un, cent deux, cent onze.
210, 231, 245   deux cent dix, deux cent trente et un, deux cent quarante-cinq.
Construction : **deux cent…, trois cent…, quatre cent…, etc. + chiffre de 1 à 99.**

Attention !
200, 300, 400, etc. : **« cent » s'écrit avec « s »** (deux cents, trois cents, quatre cents, etc.).
201, 202, 203, etc. : **cent + chiffre de 1 à 99 s'écrit sans « s »** (deux cent un, deux cent deux, deux cent trois, etc.).
Vingt prend un « s » dans 80 (quatre-vingts). Le « s » disparaît quand « vingt » est suivi d'un chiffre : quatre-vingt-huit, quatre-vingt-dix-neuf, etc.
Mille est invariable : deux mille, deux mille cinq cents.

De 1 100 à 1 900 deux possibilités : mille cent, mille deux cents, mille trois cents ou onze cents, douze cents, treize cents, etc.

Où placer le trait d'union (-) ?
– Entre les dizaines (10, 20, 30, 40, etc.) et les unités (2, 3, 4, 5, 6, etc.) : dix-huit, vingt-sept, soixante-huit, etc.
– Pour former 70, 80, 90 : soixante-dix, quatre-vingts, quatre-vingt-dix, soixante-dix-huit, quatre-vingt-dix-sept, etc.

ENTRAÎNEMENT
les nombres

Exercice 47

*Écoutez les phrases et écrivez
les nombres que vous entendez :*

1. .... **5.** ....
2. .... **6.** ....
3. .... **7.** ....
4. .... **8.** ....

Écrivez en lettres :

624 F
1982
66 52 00 32
500 000 F
70 000 habitants
1 272 m

Mettez les phrases en relation :

Ton numéro de téléphone.   Le 24 / 01 / 61
Votre date de naissance ?   65 km
La prochaine ville, c'est à combien ?   55 66 54 01
Ça fait combien ?   Le 21 juillet 69
Le premier homme a marché sur la lune.   271 francs

Écrivez en chiffres :

- Cinq cent quarante francs.
- Mille neuf cent soixante-quatorze.
- Quarante-quatre, cinquante-deux, soixante, zéro deux.
- Quatre cent cinquante mille francs.
- Cinquante mille habitants.
- Six cent soixante-huit mètres.

GRAMMAIRE : les adjectifs démonstratifs

MASCULIN

J'aime **ce** pays.
Tu connais **cet** endroit ?
On utilise « ce » quand le nom commence par
une consonne ou un « h » aspiré :
  J'ai lu **ce** livre dans l'avion.
  J'ai acheté **ce** hamac à Mexico.
On utilise « cet » quand le nom commence par
une voyelle ou un « h » muet :
  Je vais prendre **cet** avion.
  J'habite dans **cet** hôtel.

FÉMININ

Donne-moi **cette** carte routière.
J'ai adoré **cette** exposition de Combas.
On utilise « cette » dans tous les cas.

PLURIEL

Vous avez visité tous **ces** pays ?
Il y a beaucoup d'animation dans **ces** petites
rues.
On utilise « ces » dans tous les cas.

À quoi ça sert ?
On utilise les démonstratifs pour montrer quelque chose ou quelqu'un :
  Il coûte combien, **ce** hamac ?
  Tu connais **cette** fille ?
On les utilise aussi pour parler de quelqu'un ou de quelque chose dont on vient de parler :
  J'ai visité Venise et j'aime beaucoup **cette** ville (= Venise).

ENTRAÎNEMENT
les démonstratifs

Exercice 48

Choisissez le mot qui convient pour compléter la phrase :

1. Je voudrais acheter ce ....   ❏ dictionnaire   ❏ robe   ❏ chaussures

2. J'aime beaucoup cette ....   ❏ région   ❏ pays   ❏ endroit

3. Jean-Paul habite dans cette ....   ❏ quartier   ❏ rue   ❏ village

4. Je préfère ce ....   ❏ forme   ❏ couleur   ❏ modèle

5. Passe-moi cette ...., là, sur la table.   ❏ carte   ❏ cahier   ❏ couteau

6. Ma copine travaille dans un de ces ....   ❏ maisons   ❏ immeubles   ❏ rues

7. Je crois que je vais acheter cette ....   ❏ chemisier   ❏ pantalon   ❏ robe

8. Je ne viens pas cet .... ?   ❏ matin   ❏ soir   ❏ après-midi

9. Je voudrais bien rencontrer cet ....   ❏ artiste   ❏ actrice   ❏ metteur en scène

10. Je voudrais bien terminer ce travail cette .... ❏ mois   ❏ année   ❏ jour

ÉCRIT

■ *Sur le modèle suivant, aidez-vous des informations données et écrivez un petit texte pour présenter Toulouse :*

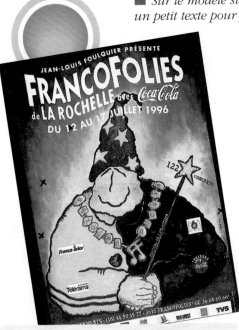

La Rochelle
C'est la préfecture de la Charente-Maritime.
Elle compte 74 000 habitants.
Une de ses principales curiosités touristiques est un aquarium (le plus grand de France) avec un bassin pour les requins.
C'est une ville moyenne, à l'ouest de la France.
Elle est reliée à Paris par le TGV (4 h 30 de trajet). Le climat est océanique et doux.
À La Rochelle, il faut visiter le port, très pittoresque, et l'hôtel-de-ville.
La spécialité gastronomique de La Rochelle est la « mouclade » (moules au safran).
Mais La Rochelle est surtout connue pour son festival de chanson francophone, les « Francofolies », qui a lieu chaque année en juillet.

Toulouse
Population : 365 000 habitants.
Localisation : sud-ouest de la France.
Distance de Paris : 700 km
Particularité géographique : traversée par la Garonne.
Spécialité gastronomique : le cassoulet (à base de haricots et de saucisses).
Surnom : la ville rose.
Fleur : la violette de Toulouse.
Activités industrielles : construction aéronautique.
Toulousain célèbre : le chanteur et poète Claude Nougaro.

Claude Nougaro.

La violette de Toulouse.

Le Cassoulet.

LE TEMPS

1. *Écoutez les dialogues et faites correspondre chaque dialogue à une image :*

a

dialogue	image
1	
2	
3	
4	
5	
6	
7	

b

c

d

e

f

g

h

i

j k l

LE BALLON D'ALSACE

2. *Notez les expressions de temps que vous avez entendues :*

	dialogue 1	dialogue 2	dialogue 3	dialogue 4	dialogue 5	dialogue 6	dialogue 7
aujourd'hui							
hier							
avant-hier							
ce matin							
cette nuit							
ce week-end							
cette semaine							
la semaine dernière							
le mois dernier							
dimanche / lundi dernier							
l'an dernier							

3. *Écoutez à nouveau les dialogues et dites quelles formes du passé composé vous avez entendues dans chaque dialogue :*

infinitif	passé composé	dialogue 1	dialogue 2	dialogue 3	dialogue 4	dialogue 5	dialogue 6	dialogue 7
voir	tu as vu							
manger	on a mangé							
faire	tu as fait							
aller	je suis allé							
faire	vous avez fait							
déménager	j'ai déménagé							
trouver	j'ai trouvé							
partir	il est parti							
sortir	vous êtes sortis							
aller	on est allé							
rentrer	tu es rentré							

À **VOUS !**

4. *Imaginez des dialogues en utilisant les images qui ne correspondent pas à un des documents enregistrés.*

CIVILISATION

La France, c'est comme ça !

■ *Choisissez la réponse qui convient :*

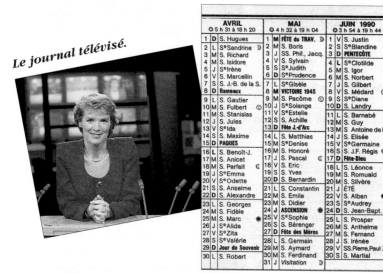

Le journal télévisé.

Lyon entre Rhône et Saône.

Dans les villes, certains magasins sont fermés :

❑ le lundi.
❑ le mercredi.
❑ le samedi.

Les magasins ouvrent généralement le matin :

❑ à 7 heures.
❑ à 8 heures.
❑ à 9 heures.

Les écoles primaires et beaucoup de collèges sont fermés :

❑ le vendredi.
❑ le jeudi.
❑ le mercredi.

À Paris, le métro ferme :

❑ à 11 heures 30.
❑ à minuit.
❑ à une heure du matin.

Les musées sont fermés :

❑ le dimanche.
❑ le lundi.
❑ le mardi.

Le soir, le journal télévisé est :

❑ à 19 heures.
❑ à 20 heures.
❑ à 20 heures 30.

On peut acheter des timbres-poste :

❑ à la poste et dans les bureaux de tabac.
❑ seulement à la poste.
❑ à la poste et dans les librairies.

La Fête de la Musique, c'est :

❑ le 21 mars.
❑ le 21 juin.
❑ le 21 septembre.

Quelques jours fériés en France :

❑ le 1er mai, le 21 juin, le 13 septembre, le 25 décembre.
❑ le 1er mai, le 14 juillet, le 15 août, le 11 novembre, le 25 décembre.
❑ le 3 mars, le 1er avril, le 14 juillet, le 15 août, le 5 octobre, le 25 décembre.

La journée alimentaire des Français

Sondage BVA, portant sur un échantillon représentatif
de 1 003 adultes de 18 à 75 ans, selon la méthode des quotas.

**En France,
la majorité est à :**

❐ 16 ans.
❐ 18 ans.
❐ 21 ans.

**Les Français ont,
en moyenne :**

❐ un enfant par couple.
❐ deux enfants par couple.
❐ trois enfants par couple.

**Les trois plus grandes
villes de France sont,
dans l'ordre :**

❐ Paris, Lyon, Marseille.
❐ Paris, Lille, Lyon.
❐ Paris, Bordeaux, Lyon.

**En France métropolitaine,
les régions administratives
sont au nombre de :**

❐ 12.
❐ 22.
❐ 31.

**Pour appeler les pompiers au
téléphone, il faut faire :**

❐ le 11.
❐ le 12.
❐ le 18.

**Pour appeler les renseignements,
il faut faire :**

❐ le 12.
❐ le 22.
❐ le 36 15.

La population de la France est de :

❐ 45 millions d'habitants.
❐ 51 millions d'habitants.
❐ 59 millions d'habitants.

**À Paris, on peut prendre le bus
avec un ticket de métro :**

❐ Vrai
❐ Faux
❐ Pas toujours

La fête nationale c'est :

❐ le 1er mai.
❐ le 11 novembre.
❐ le 14 juillet.

PETIT DÉJEUNER :
5 % des personnes interrogées
en font l'impasse. Pour les
autres, c'est un petit déjeuner
traditionnel. Seuls les 18-24
ans y ajoutent des fruits et
des céréales. Le week-end,
17 % des Français mangent
des viennoiseries.

DÉJEUNER :
73 % le prennent chez eux en semaine,
81 % le week-end. 60 %
commandent une entrée,
composée dans la moitié des cas
de crudités, 59 % un dessert.
3 Français sur 4 accompagnent
ce repas de pain.

DÎNER :
Le soir, les Français mangent
plus légèrement qu'à midi.
Au menu, de la soupe (surtout
les plus âgés : 43 % des plus
de 50 ans) et du fromage.

66%
38%
36%
23%
29%
19%
23%
9%
7,1%
14%
11%
9%
3%
6%
9%
27%
59%
41%
25%
17%
7,5%
2,3%
43%
7%
5%

DES REPAS TÉLÉVISÉS :
C'est surtout le soir que le
repas se passe devant la télé.
Mais ils sont tout de même
3 millions de Français à
prendre le petit déjeuner
devant leur écran.

*Paris vu
des toits.*

*Pour
prendre
le métro.*

*Marché aux poissons sur
le Vieux Port de Marseille.*

Horaires.

ÉVALUATION

Compréhension orale (CO)

1. *Écoutez le dialogue et cochez la bonne réponse :*

1. La Côte-d'Ivoire se trouve :
❒ en Afrique de l'Ouest.
❒ en Afrique de l'Est.

2. Elle se trouve :
❒ à l'ouest du Ghana.
❒ entre le Ghana et le Liberia.

3. La capitale de la Côte-d'Ivoire, c'est :
❒ Abidjan.
❒ Yamoussoukro.

4. À Abidjan, il y a :
❒ 2 millions d'habitants.
❒ 12 millions d'habitants.

5. Les habitants de la Côte-d'Ivoire s'appellent :
❒ les Ivoiriais.
❒ les Ivoiriens.

2. *Écoutez le dialogue et remplissez la grille :*

1. Strasbourg, c'est la capitale :
❒ de l'Alsace.
❒ de la Lorraine.

2. Strasbourg se trouve :
❒ à l'est de l'Allemagne.
❒ à l'est de la France.

3. Il y a :
❒ 56 000 habitants.
❒ 256 000 habitants.

4. Les habitants de Strasbourg s'appellent :
❒ les Strabourgiens.
❒ les Strasbourgeois.

5. La spécialité de Strasbourg c'est :
❒ le cassoulet.
❒ la choucroute.

Expression orale (EO)

À partir des informations suivantes, présentez ce pays :

Viêt-nam
Superficie : 331 684 km²
Population : 65 000 000 d'habitants
Localisation : Asie du Sud-Est
à l'ouest de la Chine
à l'est du Laos

Capitale : Hanoï
Langue : vietnamien
Monnaie : le dông

Compréhension écrite (CE)

Lisez ce texte et complétez le questionnaire :

Avec une superficie de 41 000 km² et une population de 6 500 000 habitants, la Suisse est un pays de dimensions modestes. On y parle 3 langues : le français, l'allemand et l'italien, ce qui fait de la Suisse un carrefour linguistique de l'Europe. La montagne (les Alpes) occupe 60 % du territoire.

Le tourisme représente une part importante des ressources économiques de la Suisse avec ses 42 000 km de rivières, ses nombreux lacs dont le plus connu est le lac Léman où se trouvent Genève et Lausanne.

De nombreux événements culturels et artistiques ponctuent l'année en Suisse : le carnaval de Bâle en mars, le festival de jazz de Montreux en juillet, les feux d'artifice de Genève le 1er août, jour de la fête nationale.

Les visiteurs doivent goûter les spécialités locales, les fromages (gruyère, emmenthal, vacherin), la viande séchée des Grisons, les saucisses et saucissons, les pommes de terre poêlées (Rösti), et parcourir la route des vins de Lausanne à Genève.

La Suisse ne fait pas partie de l'Union européenne. En votant non au référendum sur l'entrée de la Suisse dans l'Union européenne, les Suisses ont préféré conserver le statut de pays neutre.

De nombreuses organisations internationales, comme la Croix rouge, ont leur siège en Suisse.

	vrai	faux
La Suisse est très peuplée.	❒	❒
En Suisse, tout le monde parle français.	❒	❒
La Suisse est un pays montagneux.	❒	❒
La Suisse fait partie de l'Union européenne.	❒	❒
La Suisse est un pays neutre.	❒	❒

Citez 2 événements qui ont lieu en Suisse :

1. .... **2.** ....

Citez 2 spécialités gastronomiques suisses :

1. .... **2.** ....

Expression écrite (EE)

Présentez votre pays, ou un pays de votre choix ou écrivez une carte postale de Suisse.

vos résultats	
CO	… /10
EO	… /10
CE	… /10
EE	… /10

Ma ville

OBJECTIFS

Savoir-faire linguistiques :
- Donner, obtenir un itinéraire.
- Situer, localiser.

Grammaire :
- Expressions indiquant la situation d'un lieu.
- Phénomènes liés à la présence d'une voyelle ou d'une consonne au début d'un mot.
- Les ordinaux.
- La négation : « ne… pas… / ne… plus… »

Écrit :
- Prendre des notes.

MISE EN ROUTE

■ **1.** *Écoutez le dialogue.*

■ **2.** *Cochez les phrases que vous avez entendues.*

■ **3.** *Écoutez à nouveau le dialogue et vérifiez vos réponses. Essayez de tracer l'itinéraire.*

1. ❏ **a)** la rue en face
   ❏ **b)** la rue à droite, tout près
2. ❏ **a)** jusqu'au bout
   ❏ **b)** jusqu'au fond
3. ❏ **a)** vous tournez à droite
   ❏ **b)** vous allez tout droit
4. ❏ **a)** vous continuez jusqu'au feu rouge
   ❏ **b)** vous tournez au feu rouge

5. ❏ **a)** vous tournez à gauche
   ❏ **b)** vous tournez à droite
6. ❏ **a)** vous traversez une place
   ❏ **b)** vous passez le pont
7. ❏ **a)** vous passez à côté de la boulangerie
   ❏ **b)** vous passez devant la boulangerie
8. ❏ **a)** c'est tout près du Palais des Sports
   ❏ **b)** c'est juste en face du Palais des Sports

1. *Écoutez les 20 extraits sonores et identifiez les lieux qu'ils évoquent.*

| à droite | à gauche | aller tout droit | traverser | passer devant | faire le tour | en face de | au coin de à l'angle de |

2. *Écoutez le dialogue 1 et dessinez les symboles correspondant aux renseignements entendus. Tracez l'itinéraire donné :*

Dialogue 1

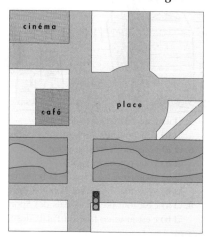

1	2
3	4
5	6
7	

3. *Écoutez le dialogue 2 et dessinez les symboles correspondant aux renseignements entendus. Si vous le pouvez dessinez un plan de l'itinéraire donné :*

1	2	3

Votre plan :

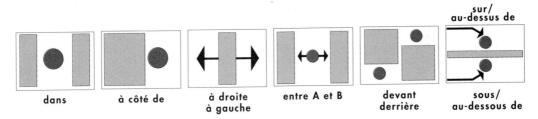

| dans | à côté de | à droite à gauche | entre A et B | devant derrière | sur/ au-dessus de sous/ au-dessous de |

4. *Regardez le plan, choisissez un point de départ et un lieu de destination et imaginez un dialogue :*

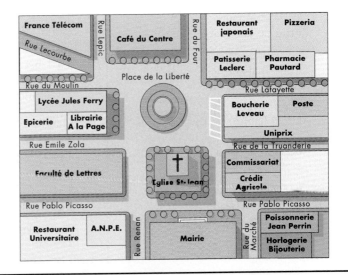

unité 5 — Ma ville

COMPRÉHENSION

– Tu habites où, à Paris ?
– J'habite en banlieue, mais je travaille au centre, près du Forum des Halles.

■ **1.** *Pour chacun des dialogues suivants, dites quelles expressions vous avez entendues :*

Expressions	dialogue 1	dialogue 2	dialogue 3	dialogue 4	dialogue 5
en banlieue					
dans la banlieue de					
au centre-ville					
au centre de / du					
rue					
à .... kilomètres de					
près de					
dans un quartier ancien					
dans un village					
à l'extérieur de					
à côté de					
en face de					

■ **2.** *Écoutez à nouveau les dialogues et choisissez les réponses qui correspondent :*

1. Elle travaille :
❒ dans la banlieue de Rouen.
❒ à Rouen.
❒ au centre-ville.
❒ à la poste.

Elle habite :
❒ en banlieue.
❒ au centre-ville.
❒ à la campagne.
❒ rue de la Poste.

Elle habite :
❒ une maison.
❒ un appartement.

2. Marcel habite :
❒ en ville,
❒ dans un village.

C'est à :
❒ 15 km de Charmes.
❒ 15 kilomètres de Dijon.
❒ 5 kilomètres de Dijon.

3. Elle a trouvé :
❒ une maison.
❒ un appartement.

Elle l'a trouvé(e) :
❒ à Paris.
❒ dans la banlieue parisienne.

C'est :
❒ loin de son travail.
❒ près de son travail.

C'est :
❒ à 1 heure en RER.
❒ à 20 minutes en voiture.
❒ à 20 minutes en RER.

4. Il habite :
❒ dans la ville nouvelle.
❒ dans la ville ancienne.

Il habite :
❒ au centre-ville.
❒ en banlieue.

Son appartement est :
❒ calme.
❒ bruyant.

5. Elle cherche :
❒ une maison.
❒ un appartement.

❒ à l'extérieur.
❒ au centre.

❒ dans une ville.
❒ dans un village.

C'est :
❒ près de Grenoble.
❒ loin de Grenoble.
❒ à Grenoble.

82 •

GRAMMAIRE : dans la ville / en dehors de la ville

Dire où dans la ville :
Au centre-ville
En banlieue
Dans un vieux quartier
Dans un quartier neuf
Dans la vieille ville

Dire où par rapport à un autre lieu :
Près de la poste / de la gare
À 5 minutes de la poste / de la gare
À 500 mètres du théâtre

Dire où exactement :
Rue Boileau
Place de l'Europe
Avenue de l'Opéra
Boulevard Léon-Blum

Dire comment c'est :

– La taille :
C'est une petite ville.
C'est une grande ville.
C'est une ville moyenne.
C'est une ville de … habitants.

– L'aspect :
C'est une jolie petite ville de 5 000 habitants.
C'est calme, très calme.
C'est animé, très animé.
C'est pittoresque.

– Les spécialités, les surnoms :
Montélimar, c'est la capitale du nougat.
Toulouse, la ville rose.
Paris, la ville lumière.

PHONÉTIQUE
[y]

■ *Écoutez et répétez :*

Petit déjeuner :
1. Tu aimes la confiture ?
2. La vie, c'est dur sans confiture.
3. Zut alors !
4. Je t'assure, c'est super.
5. Du sucre ? Plus ? Encore plus de sucre ?

Désaccord :
6. C'est sûr ? Tu es sûr ? Absolument sûr ?
7. Oui, c'est sûrement ça.
8. Allons, c'est stupide, c'est absurde.

Rendez-vous :
9. Tu viens ?
Dans une heure ? Dans une demi-heure ?
Tout de suite ? Dans une minute ?

GRAMMAIRE : les ordinaux

1er – premier	6e = sixième
2e = deuxième	7e = septième
3e = troisième	8e = huitième
4e = quatrième	9e = neuvième
5e = cinquième	10e = dixième

ENTRAÎNEMENT
les ordinaux

Exercice 49

Complétez :

1. « Un verre, ça va ; deux verres, bonjour les dégâts ». Vous prenez un .... verre ?

2. À la course, je suis arrivé .... sur onze coureurs, c'est-à-dire avant-dernier !

3. La .... symphonie de Beethoven a été écrite en 1824.

4. Le Jour de l'An (1er janvier), c'est le .... jour de l'année.

5. Le vainqueur du match Marseille-Bordeaux en .... de finale, affrontera Nice en quart de finale.

6. On appelle le cinéma : le .... art.

7. On est trois pour jouer au bridge, il en faut un autre pour faire le ....

8. Samedi, c'est le .... jour de la semaine.

9. Si une personne est inutile, on dit qu'elle est « la .... roue de la voiture ».

10. Sur un bateau, le .... personnage après le commandant, c'est le second.

À VOUS !

■ **1.** *Écrivez le numéro de la phrase dans le cercle fléché qui correspond sur le plan.*

■ **2.** *Numérotez chaque photo de la page 85, selon son emplacement sur le plan. Expliquez votre choix.*

1. Le photographe est **au coin / à l'angle** de la Grande Rue et de la Place du 8 septembre. Il aperçoit l'église **sur la gauche**.

2. Le photographe est **dans** la Grande Rue. L'autre partie de la Grande Rue **est en face de** lui, **de l'autre côté de** la place. Il voit le magasin Lissac **en face, du côté gauche** de la rue.

3. Le photographe est **dans** la rue de la République, **à droite**. **Devant** lui, il y a la terrasse du café de la Mairie.

4. Le photographe est **sur** la place du 8 septembre, **entre** l'église **et** la mairie. **En face de** lui, il voit une partie de la mairie et le magasin Lissac, **sur sa gauche**.

5. Le photographe est **au coin / à l'angle de** la Grande Rue et de la Place du 8 septembre. **Devant** lui se trouve le magasin Lissac.

6. Le photographe est **dans** la rue Jean-Jacques Rousseau. La mairie est sur **sa droite**. L'église est **en face de** lui.

7. Le photographe est **dans** la rue du Palais de justice. L'église est **en face de** lui.

8. Le photographe est **en face de** l'arrêt de bus, **sur** la place. Il a l'église **derrière** lui et la mairie **en face**.

9. Une rue traverse la place en diagonale. **À droite de** cette rue, il y a l'église ; **à gauche** se trouve un arrêt de bus. Le photographe est à peu près **au milieu de** la place.

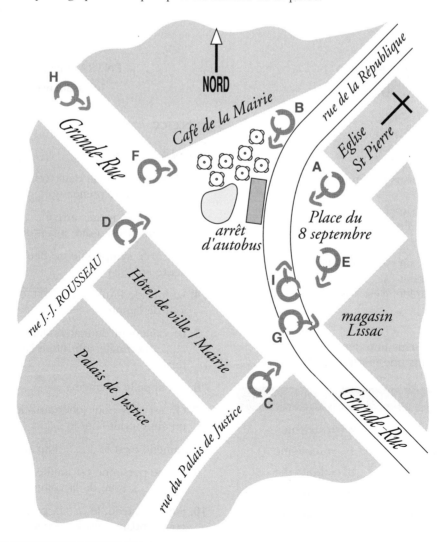

OÙ ÉTAIT LE PHOTOGRAPHE ?

a

N° ....

b

N° ....

c

N° ....

d

N° ....

e

N° ....

g

N° ....

f

N° ....

h

N° ....

GRANDE-RUE

i

N° ....

POUR COMMUNIQUER : parler d'un lieu avec précision ou imprécision

AVEC PRÉCISION :

À / au / à la / à l' :
Rendez-vous **à la** brasserie du Commerce !
C'est **à l'**angle de la rue Michelet et de la rue de la Gare.

Adresse :
J'habite 8, place du Tertre.
Et vous pouvez ajouter :
au deuxième étage, **à** droite.

En face, devant, sur, etc. :
Je t'attends **devant** les Nouvelles Galeries.
Mon bureau est **en face** du prisunic.
On se retrouve **sur** le quai de la gare.
Pour plus de précision vous pouvez ajouter « juste » :
C'est **juste en face** de la BNP.

AVEC IMPRÉCISION :

Vers :
Il habite **vers** la poste.

Du côté de :
Il travaille **du côté de** la gare.

Dans les environs :
C'est un petit village **dans les environs** de Poitiers.

Dans le coin :
Est-ce qu'il y a une pharmacie **dans le coin** ?

Par rapport à une ville :
C'est **dans la banlieue** de Marseille.
J'habite **en banlieue**.
La fac de Lettres ? C'est **au centre-ville**.
Est-ce qu'il y a une banque **dans le quartier** ?

ENTRAÎNEMENT
lieu précis / imprécis

PHONÉTIQUE
[e] / [ɛ]

PHONÉTIQUE
[k] / [g]

Exercice 50

Dites si on parle d'un lieu avec précision ou avec imprécision :

	précision	imprécision
1		
2		
3		
4		
5		
6		
7		
8		
9		
10		
11		
12		
13		
14		
15		
16		
17		
18		

■ *Écoutez et répétez :*

1. Qu'est-ce que tu as fait hier ?
2. Hier, j'ai fait la fête.
3. Hier, avec ma mère, j'ai acheté une veste.
4. Hier, avec mon père, je suis allé à la pêche.
5. Hier, j'ai acheté des lunettes de soleil.
6. Hier, j'ai rangé mon étagère.
7. Hier, j'ai regardé la mer.
8. Hier, j'étais fatigué et j'ai fait la sieste.
9. Hier, j'ai rêvé d'été.
10. Hier, j'ai rencontré Pierre.

■ *Écoutez et répétez :*

1. – C'est qui ?
   – C'est Guy.
2. – Que fait-il ?
   – Il va à la gare prendre le car.
3. – Où va-t-il ?
   – Quelque part entre Gand et Caen.
4. – Quand part-il ?
   – Il part à trois heures moins le quart avec Edgar.
5. – Qu'emporte-t-il ?
   – Il emporte un cadeau. C'est un bon gâteau.
6. – C'est pour qui ?
   – C'est pour sa copine Agathe.
7. – Il quitte le quai très gai car il sait qu'Agathe l'attend, sur un quai, entre Caen et Gand.

À VOUS !

Acheter :
un tube d'aspirine
un pain
4 steaks
Le Monde
un paquet de Gauloises légères
un réveille-matin
une douzaine d'huîtres
6 timbres à 3 F
un kilo de tomates
une salade
un kilo de riz
6 éclairs au chocolat
un cahier
un roman policier
une pellicule 24 × 36 Couleurs
6 roses rouges –

1. *Madame Legrand va faire ses courses. Reconstituez son itinéraire en vous servant du plan.*

2. *Madame Legrand explique à sa cousine, qui ne connaît pas la ville, où elle pourra faire ses courses.*

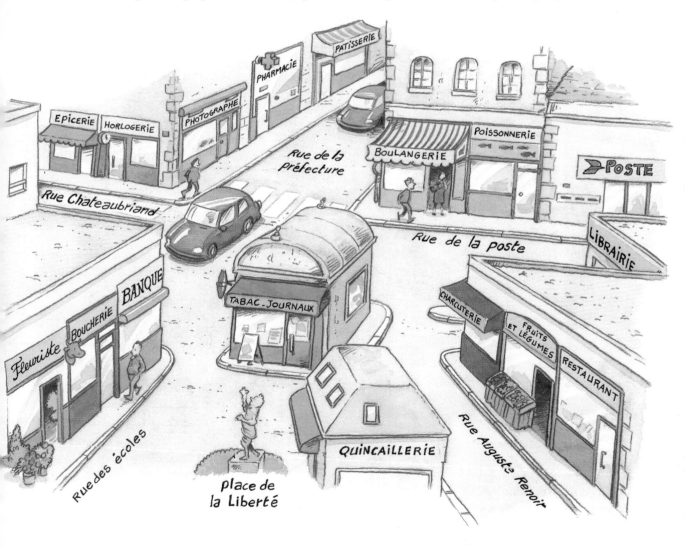

GRAMMAIRE : consonnes et voyelles

Récapitulation des phénomènes liés à la présence d'une voyelle ou d'une consonne au début d'un mot. Les mots féminins sont soulignés.

	+ voyelle	+ consonne	+ voyelle	+ consonne
Pronoms :	j'	je	j'arrive	je viens
Articles (ou pronoms) :	l', les	le, la, les Marie, je l'aime	l'hôpital, l'épicerie la porte, le livre Pierre, je l'aime les enfants, les amies	les voisins, les voisines je le connais je la connais
de	de l', des	du, de la, des	rue de l'Hôpital en face de l'église de l'eau, de l'air des oranges, des amis	rue de la Gare, rue du Port rue des Jardins du pain, de la salade des pommes, des croissants
à	à l', aux	au, à la, aux	à l'hôtel, à l'université aux États-Unis, aux Antilles	au café, à la pharmacie aux Pays-Bas, aux Baléares
mon, ma ton, ta son, sa	mon, mes ton, tes son, ses	ma, mon, mes ton, ta, tes son, sa, ses	mon adresse mon âge mes enfants, mes amies	mon père ma mère mes parents, mes sœurs
au / en	en	en, au	en Espagne, en Iran	en France, au Maroc

ENTRAÎNEMENT
du / de la /de l'

PHONÉTIQUE
un [œ̃] / une [yn] + voyelle

ENTRAÎNEMENT
**le / la / l' / les
du / de la / de l'**

Exercice 51

Dites combien (un, deux, trois, etc.) ou utilisez « du, de la, de l' » :

1. Aujourd'hui il y a .... soleil.

2. Garçon ! .... bières et .... café.

3. Qu'est-ce que vous voulez boire ? J'ai .... bière, ... vin, ... jus d'orange et .... eau minérale.

4. Tu veux .... pomme ou .... banane ?

5. Je voudrais .... pain et .... croissants.

6. Vous voulez .... frites ou .... riz avec votre steak ?

7. Non, merci, donnez-moi .... eau.

8. Tu veux encore .... soupe.

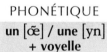 *Dites si c'est « un » ou « une » que vous avez entendu :*

	un	une
1		
2		
3		
4		
5		
6		
7		
8		
9		
10		
11		
12		

Exercice 52

Complétez en utilisant « le, la, l', les » ou « du, de la, de l', des » :

1. Où est .... pain ?

2. Tu n'aimes pas .... riz ?

3. Vous voulez .... vin ou .... bière ?

4. Tu peux acheter .... lait ?

5. À midi, il y a .... poisson ou .... poulet.

6. Je déteste .... fromage.

7. J'adore .... chocolat.

8. Vous voulez .... glace dans votre Perrier ?

9. Mon médecin m'a dit d'éviter .... sucre.

10. Avec le poisson, on boit .... vin blanc.

VOCABULAIRE

la maison

ENTRAÎNEMENT
au / à la / à l' / dans

Exercice 53

Complétez en choisissant :

1. Je vais au ...., j'ai sommeil.
❏ lit   ❏ salle de bains   ❏ bureau

2. Il est dans la ...., il regarde la télévision.
❏ toilettes   ❏ salle de séjour   ❏ jardin

3. Elle est à la ...., elle prépare le repas.
❏ cave   ❏ cuisine   ❏ chambre

4. On passe au ...., prendre l'apéritif ?
❏ cave   ❏ toilettes   ❏ salon

5. Pierre ? Il est à la .... Il prend une douche.
❏ cuisine   ❏ salle de bains   ❏ salon

6. Vous allez aux .... ? Attendez, c'est occupé !
❏ jardin   ❏ lit   ❏ toilettes

7. Passez à la ...., le repas est prêt.
❏ chambre   ❏ salle à manger   ❏ salle de bains

8. Il est dans sa ...., il dort.
❏ chambre   ❏ lit   ❏ cuisine

9. Je vais chercher du vin à la ....
❏ grenier   ❏ chambre   ❏ cave

10. Il est au ...., il prépare le barbecue.
❏ grenier   ❏ salon   ❏ jardin

GRAMMAIRE : la négation : ne... pas.../ne... plus...

Être :
ne/n' + être + pas + adjectif
Il n'est pas français.
Je ne suis pas content.

Avoir, il y a :
n' + avoir + pas + de + nom
n' + avoir + plus + de + nom
Je n'ai pas de feu.
Je n'ai plus de cigarettes.
Il n'y a pas de restaurant dans cette rue.
Il n'y a plus de métro à 4 heures du matin.

Pas ou plus ?
pas : je constate.
plus : c'est fini.
Il n'y a pas de travail : je constate.
Il n'y a plus de travail : le travail, c'est fini.

Attention !
de + consonne = de
pas de travail
de + voyelle = d'
pas d'alcool

Autres verbes :

aimer quelque chose :
n' + aimer + pas + le, la, les ...
Je n'aime pas le bruit.

prendre, vouloir :
du → ne ... pas de ...
Je prends du café. → Je ne prends pas de café.
le → ne ... pas le, la, les ...
Je prends le métro. → Je ne prends pas le métro.
du → ne ... pas de ...
Je veux du café. → Je ne veux pas de café.
le → ne ... pas le, la, les ...
Je veux la robe bleue. → Je ne veux pas la robe bleue.

Avec « avoir » c'est pareil !
J'ai du travail. → Je n'ai pas de travail.
J'ai le temps. → Je n'ai pas le temps.

PHONÉTIQUE
[p] / [b]

ENTRAÎNEMENT
**pas de / plus de
pas le / plus le**

Exercice 54

Écoutez et répétez :

Pierre ! Pas de bière ?

Paul ! Pas de bol !

Pépé ! Le bébé !

Baptiste ? Il n'est pas triste.

Pour Boris ? Non, pour Brice.

Bernard ? Il est peinard.

Babette ? Elle n'est pas prête !

Il est en bas, papa ?

Banane ou papaye ?

Barbara part au bar ?

Complétez les phrases suivantes :

1. Je n'aime pas .... pluie.
❒ de   ❒ la

2. Je ne comprends pas .... français.
❒ de   ❒ le   ❒ la

3. Tu peux payer ? Je .... monnaie.
❒ n'ai pas le   ❒ n'ai pas de

4. Vous n'avez pas .... chance.
❒ de   ❒ la

5. Il n'a pas d'.......... Il est au chômage.
❒ travail   ❒ argent

6. Il n'y a plus .... eau.
❒ de   ❒ d'

7. C'est fini, je n'ai plus .... argent.
❒ d'   ❒ le

8. C'est mercredi, il n'y a pas .... magasins ouverts.
❒ de   ❒ les

ÉCRIT

■ **1.** *Prise de notes. Écoutez la conversation et complétez le bloc-notes. Aidez-vous de la carte :*

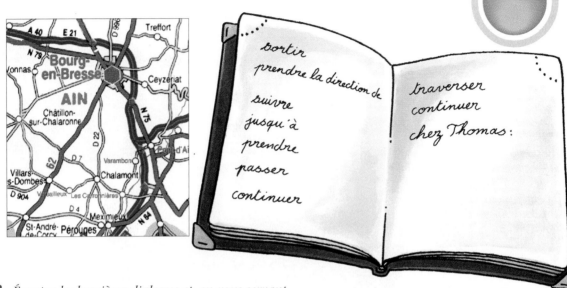

sortir
prendre la direction de
suivre
jusqu'à
prendre
passer
continuer

traverser
continuer
chez Thomas :

■ **2.** *Écoutez le deuxième dialogue et, en vous servant du plan, notez l'itinéraire que vous avez entendu :*

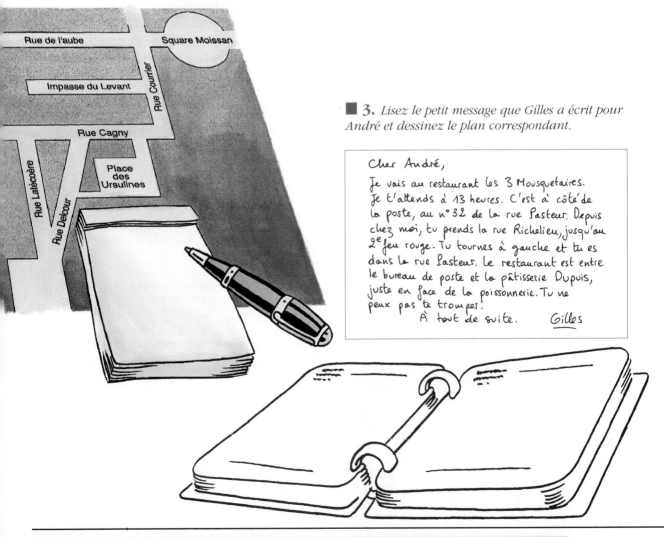

■ **3.** *Lisez le petit message que Gilles a écrit pour André et dessinez le plan correspondant.*

Cher André,
Je vais au restaurant les 3 Mousquetaires.
Je t'attends à 13 heures. C'est à côté de
la poste, au n°32 de la rue Pasteur. Depuis
chez moi, tu prends la rue Richelieu, jusqu'au
2ᵉ feu rouge. Tu tournes à gauche et tu es
dans la rue Pasteur. Le restaurant est entre
le bureau de poste et la pâtisserie Dupuis,
juste en face de la poissonnerie. Tu ne
peux pas te tromper !
À tout de suite.   Gilles

CIVILISATION

LE PALMARÈS DES VILLES DE FRANCE

(Enquête du *Nouvel Observateur* du 31.03 au 06.04.1994)

■ **1.** *En vous appuyant sur les tableaux de statistiques, dites dans quelle ville de France vous souhaiteriez vivre et expliquez pourquoi.*

■ **2.** *Dites ce qui vous paraît important pour qu'une ville soit agréable : essayez de définir ce qu'est pour vous la ville idéale (nombre d'habitants, activités économiques, équipements culturels et de loisirs, transports et aménagements publics, etc.)*

Montpellier.

Lille.

Grenoble.

LES PLUS ENSOLEILLÉES
Marseille, bien sûr !
Nombre d'heures d'ensoleillement en moyenne annuelle.

• MARSEILLE	2 835,2
• NICE	2 688,3
• MONTPELLIER	2 686,2
• BORDEAUX	2 083,3
• TOULOUSE	2 047,3
• GRENOBLE	2 015,4
• SAINT-ÉTIENNE	1 977,4
• LYON	1 974,1
• NANTES	1 956,3
• LIMOGES	1 946,3
• POITIERS	1 930,3
• CLERMONT-FERRAND	1 907,0
• BESANÇON	1 871,6
• RENNES	1 851,2
• DIJON	1 831,0
• ORLÉANS	1 804,4
• PARIS	1 797,5
• CAEN	1 763,7
• REIMS	1 728,9
• ROUEN	1 668,8
• METZ	1 638,1
• AMIENS	1 638,0
• LE HAVRE	1 638,0
• STRASBOURG	1 636,9
• LILLE	1 600,3

C'est bien entendu au bord de la Méditerranée, puis en Rhône-Alpes, que le soleil brille le plus souvent. Il y a plus de mille heures par an d'écart avec Paris.

LES PLUS GASTRONOMIQUES
Paris, évidemment

• PARIS	2,15
• LYON	1,68
• STRASBOURG	1,60
• BORDEAUX	1,43
• CAEN	1,18
• ROUEN	1,17
• METZ	1,03
• LILLE	1,03
• RENNES	0,98
• DIJON	0,89
• ORLÉANS	0,73
• REIMS	0,70
• CLERMONT-FERRAND	0,61
• SAINT-ÉTIENNE	0,58
• GRENOBLE	0,57
• NICE	0,52
• MONTPELLIER	0,50
• NANTES	0,44
• TOULOUSE	0,43
• LIMOGES	0,40
• POITIERS	0,34
• BESANÇON	0,32
• AMIENS	0,28
• MARSEILLE	0,25
• LE HAVRE	0,05

Le tiercé de tête n'est pas surprenant : Paris, Lyon et Strasbourg. Avant-dernière : Marseille. Sans doute parce que cette ville réserve ses meilleurs aïolis aux seuls connaisseurs.

LES PLUS SÛRES
Montpellier bon dernier
Nombre de cambriolages en 1992 pour 10 000 habitants.

• AMIENS	17,0
• RENNES	17,2
• CLERMONT-FERRAND	18,5
• LIMOGES	19,2
• REIMS	22,8
• METZ	23,5
• POITIERS	24,7
• DIJON	29,3
• NANTES	32,6
• ORLÉANS	33,1
• GRENOBLE	38,9
• BESANÇON	48,3
• LYON	49,1
• SAINT-ÉTIENNE	50,5
• LE HAVRE	51,0
• BORDEAUX	51,4
• MARSEILLE	53,2
• CAEN	55,5
• STRASBOURG	61,5
• LILLE	61,8
• TOULOUSE	67,2
• NICE	69,1
• ROUEN	95,2
• PARIS	139,8
• MONTPELLIER	150,8

À Montpellier, il y a presque dix fois plus de cambriolages par habitant qu'à Amiens ou Rennes. Paris est très mal classé par rapport à Lyon et Marseille.

LES VILLES LES PLUS DYNAMIQUES

1) CAEN (Basse-Normandie)	2,9	5) BESANÇON (Franche-Comté)	2,4	14) RENNES (Bretagne)	2,1
2) TOULOUSE (Midi-Pyrénées)	2,8	8) NANTES (Pays de la Loire)	2,3	15) DIJON (Bourgogne)	2,0
2) MONTPELLIER (Languedoc-Roussillon)	2,8	8) GRENOBLE (Rhône-Alpes)	2,3	15) REIMS (Champagne-Ardenne)	2,0
4) PARIS (Ile-de-France)	2,6	8) SAINT-ÉTIENNE (Rhône-Alpes)	2,3	17) AMIENS (Picardie)	1,9
5) ORLÉANS (Centre)	2,4	8) NICE (Paca)*	2,3	18) POITIERS (Poitou-Charentes)	1,8
5) STRASBOURG (Alsace)	2,4	8) MARSEILLE (Paca)*	2,3	19) LE HAVRE (Haute-Normandie)	1,7

* Provence-Alpes-Côte d'Azur.

LES VILLES LES PLUS CULTURELLES

1) PARIS	8) DIJON	15) RENNES
2) STRASBOURG	9) CAEN	16) LIMOGES
3) BORDEAUX	10) BESANÇON	17) CLERMONT-FERRAND
4) LYON	11) MONTPELLIER	18) METZ
5) ROUEN	12) NICE	19) AMIENS
6) GRENOBLE	13) ORLÉANS	20) TOULOUSE
7) LILLE	14) NANTES	21) POITIERS

Les critères utilisés pour ce classement sont : la fréquentation des cinémas, le nombre de librairies, le nombre de festivals et une note gastronomique.

LES VILLES OÙ IL FAIT BON VIVRE

1) MARSEILLE	8) RENNES	15) POITIERS
2) BESANÇON	9) NICE	16) CLERMONT-FERRAND
3) LYON	10) DIJON	17) CAEN
4) NANTES	11) MONTPELLIER	17) METZ
5) GRENOBLE	12) TOULOUSE	17) AMIENS
6) SAINT-ÉTIENNE	13) BORDEAUX	20) LIMOGES
7) PARIS	14) REIMS	21) STRASBOURG

Les critères utilisés pour ce classement sont : la fréquentation des transports en commun, le nombre de personnes par pièce d'habitation, le nombre d'heures de soleil par an et le nombre de licenciés sportifs.

LES VILLES LES MIEUX PRÉPARÉES POUR L'AN 2000

1) PARIS	7) LYON	15) RENNES
2) LILLE	9) TOULOUSE	16) ORLÉANS
3) GRENOBLE	10) NANTES	17) LIMOGES
4) STRASBOURG	11) NICE	18) METZ
4) MONTPELLIER	12) CAEN	19) BESANÇON
6) BORDEAUX	13) REIMS	19) POITIERS
7) MARSEILLE	14) CLERMONT-FERRAND	21) DIJON

Les critères utilisés pour ce classement sont : le nombre de jeunes diplômés, le nombre d'échanges Erasmus, le nombre de chercheurs, la capacité d'accueil pour les congrès, la croissance du secteur tertiaire et la présence d'une ou plusieurs technopoles.

ÉVALUATION

Compréhension orale (CO)

▨ *Écoutez et tracez l'itinéraire sur le plan :*

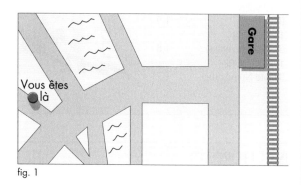

Gare

Vous êtes
là

fig. 1

Compréhension écrite (CE)

▨ *Choisissez une note et dessinez un petit plan correspondant à l'itinéraire choisi :*

Restaurant Le Gourmet :

Prendre direction Belfort,
à la sortie de la ville, ligne droite,
tourner à gauche, traverser le pont,
restaurant à droite, dans village.

Chez Jean-Louis :

Prendre autoroute jusqu'à
Montélimar Sud, sortie,
suivre centre-ville,
boulevard, tourner à droite,
continuer 2 km, suivre
indication, quartier des
Founettes, 6ᵉ à droite,
26, rue des Jonquilles.

Expression orale (EO)

▨ *Regardez le plan et expliquez comment faire :*

1. *Pour aller de la gare à l'hôtel Lux.*

2. *Pour aller de la place du marché à la mairie.*

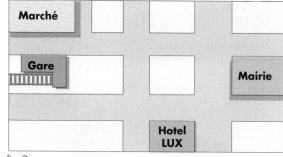

Marché

Gare

Mairie

Hotel
LUX

fig. 2

Expression écrite (EE)

▨ *Utilisez le plan et écrivez un petit message pour expliquer l'itinéraire à prendre pour aller au cinéma Vox :*

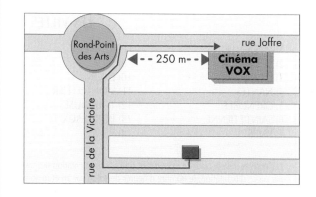

Rond-Point
des Arts

rue Joffre

◄- - 250 m - -► **Cinéma
VOX**

rue de la Victoire

vos résultats	
CO	... /10
EO	... /10
CE	... /10
EE	... /10

MISE EN ROUTE

■ *Lisez les deux textes et choisissez les bonnes réponses :*

Découvrez la Franche-Comté…

Région frontalière avec la Suisse, à proximité immédiate de l'Allemagne, au sud de l'Alsace et à l'est de la Bourgogne, la Franche-Comté occupe une position centrale dans l'Europe.

Le pays de la forêt…

Pays de la forêt, la Franche-Comté offre à tous les amoureux de nature et de silence ses grands espaces avec 5 000 km de sentiers de randonnée à parcourir à pied, à cheval ou en vélo tout terrain. Elle vous invite à découvrir ses paysages préservés et ses deux parcs naturels.

Le pays des eaux vives :

L'eau est présente partout : lacs, rivières, torrents, cascades, sources vous attendent.
Si vous aimez la pêche sportive, la Franche-Comté a de quoi vous satisfaire, avec ses plus belles réserves mondiales de truites.
Eaux vives et eaux sauvages vous invitent au plaisir du canoë-kayak, alors que la Saône romantique et le Doubs vous proposent de nombreuses croisières fluviales.

Pays de l'insolite…

La Franche-Comté, c'est également un pays riche de traditions, d'un héritage historique et culturel exceptionnel : villes fortifiées, châteaux, églises, musées sont là pour témoigner de la diversité et de la richesse de son patrimoine architectural.

D'après une plaquette du syndicat d'initiatives.

La Franche-Comté est :
- ❐ proche de l'Espagne.
- ❐ proche de la Suisse.
- ❐ loin de l'Alsace.

On peut y pratiquer des sports :
- ❐ le volley-ball, le ski et la voile.
- ❐ le football, le tennis et le ski.
- ❐ la pêche, le vélo et le canoë-kayak.

On peut se promener en Franche-Comté :
- ❐ en bateau et en avion.
- ❐ à pied et en voiture.
- ❐ à pied, à cheval et en vélo tout terrain.

La Franche-Comté est une région de forêts :
- ❐ vrai
- ❐ faux

La Franche-Comté est une région de rivières et de lacs :
- ❐ vrai
- ❐ faux

La Franche-Comté est riche en monuments historiques :
- ❐ vrai
- ❐ faux

MISE EN ROUTE

Le Moyen Atlas marocain

Proche des grands centres touristiques de Meknès et de Fez, la région nord du Moyen Atlas est mal connue. Elle offre pourtant les ressources touristiques d'une nature intacte.

Azrou, Ifrane et Imouzzer…

Azrou, Ifrane et Imouzzer n'ont pas de monuments ou de « curiosités » touristiques. Ce sont des stations de ski bien équipées sur le plan hôtelier. On peut faire de très agréables promenades à pied dans les environs, parmi les forêts de cèdres du Moyen Atlas. Azrou est à 67 km de Meknès et 78 de Fez. Le principal centre d'intérêt de la ville est sa coopérative artisanale où l'on travaille le bois de cèdre.

Le circuit des lacs :

Lorsqu'on quitte Ifrane en direction de Fès, la route aborde bientôt le circuit des lacs. Elle traverse un paysage d'origine volcanique parsemé d'anciens lacs de cratère. Arrêtez-vous pour pique-niquer au bord d'un lac !

Le pays du cèdre :

Le cèdre de l'Atlas peut atteindre 9 m de circonférence et 40 m de hauteur. Sa croissance est longue, mais il peut vivre plusieurs siècles.

D'après *Le Guide bleu Maroc,* © Hachette.

Forêt de cèdres.

Les neiges du Moyen Atlas.

Le Moyen Atlas est :
❏ proche de Meknès et de Fès.
❏ loin de Meknès et de Fès.
❏ au nord du Maroc.

On peut pratiquer des sports :
❏ la chasse et la pêche.
❏ le ski.
❏ la natation.

On peut se promener dans le Moyen Atlas :
❏ dans les villages.
❏ dans les forêts de pins.
❏ dans les forêts de cèdres.

Le Moyen Atlas est une région de forêts :
❏ vrai
❏ faux

Le Moyen Atlas est une région de rivières et de lacs :
❏ vrai
❏ faux

Le Moyen Atlas est une région riche en monuments historiques :
❏ vrai
❏ faux

■ *Écoutez les dialogues et dites à quelles photos s'appliquent, pour vous, personnellement, les jugements énoncés :*

COMPRÉHENSION

jugement	photo 1	photo 2	photo 3	photo 4	photo 5
1					
2					
3					
4					
5					
6					
7					
8					
9					
10					
11					
12					
13					
14					
15					
16					

COMPRÉHENSION

Bien chers tous,
Je vous écris cette petite carte pour vous dire que tout va bien. Il fait un temps magnifique, la mer est splendide. J'ai trouvé un petit hôtel génial et pas cher.
A bientôt Roger

■ *Identifiez les arguments positifs ou négatifs utilisés dans chaque dialogue :*

arguments positifs	dialogue	arguments négatifs	dialogue
beaucoup à voir		cher	
c'est le paradis		gens agressifs	
coloré		gris	
fantastique		moche (familier)	
génial (familier)		mort	
merveilleux		nul (familier)	
pittoresque		pollué	
splendide		sale	
super (familier)		sans intérêt	
sympa (familier)		triste	
sympathique		trop de monde	
très beau			
vivant			

ÉCRIT

■ *À partir des phrases proposées, composez deux cartes postales, l'une négative, l'autre positive :*

Il fait beau.
Il pleut.
Il fait un temps de chien.
Le temps est au beau fixe.

Je bronze.
J'ai la grippe.
J'ai attrapé la malaria.
Je suis en pleine forme.

Sur la plage, on est serré comme des sardines.
La région est très belle.
La ville est magnifique.
Les plages sont très polluées.

Je me suis fait beaucoup d'amis.
Les gens sont très sympas.
Je ne connais personne.
Les gens sont insupportables.

C'est calme.
C'est animé.
C'est bruyant.

Ma chambre donne sur l'autoroute.
Depuis ma fenêtre, je vois la mer.
Ma chambre donne sur la décharge publique.
Le matin, je suis réveillé par le chant des oiseaux.

La cuisine locale est délicieuse.
J'ai attrapé une hépatite virale.
Je mange des conserves.
J'ai pris trois kilos.

Les couchers de soleil sont splendides.
Avec la fumée des usines, on ne voit plus le soleil.
J'aime l'odeur des parfums exotiques.

Nous passons notre temps à jouer aux cartes.
Nous allons à la plage tous les jours.
Ouf ! Je rentre demain.
J'aimerais vivre ici.
Malheureusement, il faut rentrer.

Regardez les documents concernant *deux régions de France (l'Ardèche et l'Aquitaine) et dites :*

ce qu'on peut y faire,
ce qu'on peut visiter,
ce qu'on peut voir,
ce qu'on peut manger.

À VOUS !

L'Ardèche...

Une invitation au voyage, à la rencontre d'un pays traditionnellement terre de refuge et aujourd'hui terre d'accueil.

– La diversité des paysages, des climats, des cultures, de la végétation, des sites et des loisirs.

– Le dépaysement, des vacances différentes à la portée de vos souhaits, un parfum d'aventure.

– Ses campings, tous différents, tous accueillants, où il fait bon séjourner tout en découvrant l'Ardèche.

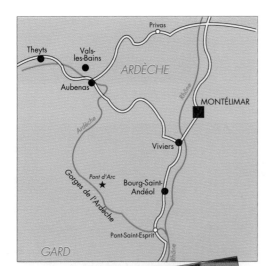

La pêche en rivière.

Les produits régionaux.

La descente de rivière en canoë.

L'escalade.

À VOUS !

L'Aquitaine

Sensations fines.

Sensations fortes.

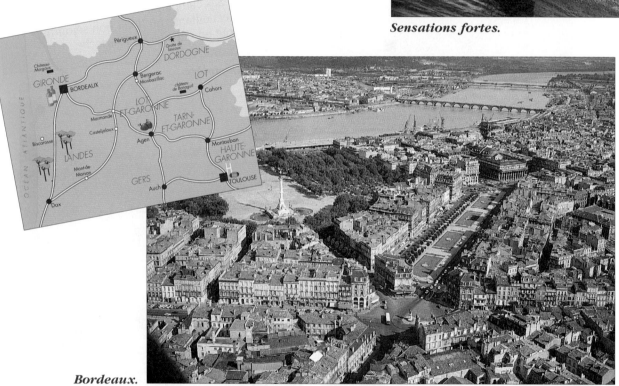

Bordeaux.

POUR COMMUNIQUER : donner des informations sur un lieu

Dire ce qu'il y a.

Il y a...
• des lacs,
• des rivières,
• des plages,
• des dunes,
• des forêts,
• des falaises.

Dire ce qu'on peut faire.

On peut...
• skier, faire du ski.
• faire du canoë, du kayak, de la planche à voile.

• faire des randonnées, du VTT (vélo tout terrain).
• faire de l'escalade.
• faire de la voile, se baigner, nager.

Parler de l'habitat.

On peut...
• faire du camping, du caravaning.
• loger chez l'habitant.
• trouver des hôtels pas chers.
• louer un bungalow, une chambre d'hôtel, un studio.

• aller dans une auberge de jeunesse.

Parler de la gastronomie.

La spécialité de...
Montélimar, c'est le nougat.
Marseille, c'est la bouillabaisse.
Dijon, c'est la moutarde.
Morteau, c'est la saucisse.
Caen, c'est les tripes.
Bordeaux, c'est le vin.
Strasbourg, c'est la choucroute.

Vacances de santé au centre de thalassothérapie de Quiberon

Vous êtes épuisé par le stress de la vie moderne : venez à Quiberon pour une cure de santé.

La presqu'île de Quiberon jouit d'un climat océanique idéal. Le célèbre centre de thalassothérapie, fondé par le champion cycliste Louison Bobet, vous offre ses installations les plus modernes pour une complète remise en forme : douches d'eau de mer, bains d'eau de mer chauffés, bains bouillonnants, massages, etc. Des médecins diététiciens vous conseillent le régime alimentaire qui vous convient.

Mais Quiberon, c'est aussi la Bretagne avec ses ressources touristiques :
À vous les longues promenades au bord de mer sur les plages désertes de l'océan.
À vous les repas de crêpes arrosées de cidre dans les petits restaurants.
Visitez Vannes et ses remparts ou le port de La Trinité sur Mer.

Toutes les solutions d'hébergement sont possibles : camping, hôtels toutes catégories, locations d'appartements ou de studios meublés. Il est prudent de réserver plusieurs mois à l'avance pour un séjour d'été.

Imaginez un dialogue où vous répondez aux questions suivantes (Utilisez les informations données par le texte qui précède) :

– Voilà, je suis très fatiguée, je voudrais prendre quelques semaines de vacances en France en juillet pour retrouver la forme. Qu'est-ce que vous me proposez ?
....
– C'est où Quiberon ?
....
– J'ai quelques kilos de trop. Qu'est-ce que je peux faire ?
....
– Louison Bobet, ce n'est pas un footballeur ?
....
– Et qu'est ce qu'il y a d'intéressant à voir près de Quiberon ?
....
– Qu'est-ce qu'il y a comme spécialités gastronomiques en Bretagne ?
....
– Et pour l'hébergement ?
....
– Il faut réserver ?
....

ÉCRIT

Écrivez une carte postale de Quiberon :

À VOUS !

AGENCE DE VOYAGES

– Je désire faire un petit voyage
pendant les vacances de Noël.
– Nous allons voir ça tout de suite.

Imaginez le dialogue entre l'employé de l'agence de voyages et le client. Servez-vous des documents suivants (Nouvelle-Calédonie et Parc national du Mercantour) pour faire des propositions :

Sous le soleil du Pacifique !

**Vous avez envie de soleil,
de mer turquoise
et de sable chaud ?**

La richesse des fonds sous-marins.

Des îles de rêve.

Envolez-vous pour la Nouvelle-Calédonie !

À 28 heures d'avion de Paris,
la Nouvelle-Calédonie,
c'est la France avec le dépaysement en plus.
À partir de Nouméa, la capitale de la Grande-Terre,
vous pourrez visiter les petites îles voisines :
Ouvéa, Lifou, l'Île des Pins et découvrir
une nature intacte.

La Nouvelle-Calédonie vous offre ses paysages
merveilleux, de mer et de montagne.
Vous pouvez, bien sûr, pratiquer tous les sports
nautiques : voile, planche à voile, ski nautique,
baignade, etc. Le bronzage est garanti !

Hôtels toutes catégories à Nouméa.
Possibilité de louer des bungalows
en bordure de mer.
Renseignements au Syndicat d'initiatives de Nouméa.

**1 semaine
en Nouvelle-Calédonie
à partir de 12 000 F
transport + hébergement**

En brousse.

Une nature intacte.

Le Parc national du Mercantour
Alpes du sud

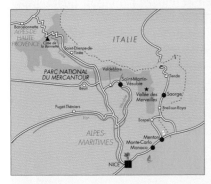

Hébergement pour tous les goûts, à tous les prix :

- Hôtels toutes catégories
- Gîtes ruraux
- Refuges
- Campings

Situé au sud des Alpes et à proximité de la Côte d'Azur, le Parc national du Mercantour est un domaine alpin à la fois sauvage et riant qui bénéficie du climat méditerranéen.

À 60 km seulement des plages surpeuplées, le promeneur découvre avec ravissement une nature de montagne intacte où fleurs et animaux abondent.
Saint-Martin-Vésubie est un des principaux points de départ pour les « balades » au cœur du parc.

Symbole par excellence de la vie sauvage, le loup, venu d'Italie, a fait, il y a peu, son apparition dans une vallée du parc. Son arrivée provoque des réactions d'enthousiasme chez les écologistes et de colère chez les bergers dont de nombreux moutons disparaissent.

Contrastant avec les vallées voisines, dans un site lunaire et magique, la Vallée des Merveilles réserve la découverte de milliers de gravures d'un culte vieux de 3 500 ans.

Vous pouvez obtenir tous renseignements dans les **Maisons du Parc de la région**, et à titre indicatif, aux adresses suivantes :

• **Maison du Parc national**
Avenue Kellerman - 06450 St-Martin-Vésubie
Tél. : (16) 93 03 23 15

• **Maison du Parc national**
Ardon - 06660 St Étienne de Tinée
Tél. : (16) 93 02 42 27

LE TEMPS

■ *Écoutez et dites si vous avez entendu « c'était », « il y avait », ou « il faisait ». Précisez la situation :*

	c'était	il y avait	il faisait	où ?	il y avait quoi, qui ? c'était comment ? il faisait quel temps ?
1					
2					
3					
4					
5					
6					
7					
8					
9					
10					

ENTRAÎNEMENT

**c'était
il y avait
il faisait**

Exercice 55

Complétez les phrases en utilisant « c'était », « il y avait », « il faisait » :

1. Hier, je suis allé au concert de Malavoi. .... super!
2. .... qui chez Mathilde?
3. Excusez-moi, je suis en retard, mais .... des embouteillages.
4. – .... beau à New York?
   – Non, ... très froid.
5. Je suis sorti tout de suite, ... trop chaud.
6. .... comment la fête chez Jean?
7. L'examen de français, ... facile?
8. Je suis resté à la maison, ... un bon film à la télévision.
9. – J'ai mangé à la cantine.
   – .... bon?
   – Bof…
10. – .... intéressant la conférence sur la couche d'ozone?
    – .... passionnant, mais .... personne.

PHONÉTIQUE

[i]

Qu'est ce qu'on mange ?

■ *Écoutez, répétez et remplissez le menu de la semaine :*

Tous les lundis ....
et le mardi ....
le mercredi ....
et le jeudi ....
le vendredi ....
et le samedi ....
le dimanche ....

brocolis
rôti
pâtisserie
fruits
raviolis
spaghettis
riz

PHONÉTIQUE

[y]

■ *Écoutez l'exemple et posez des questions sur le modèle suivant en respectant l'intonation :*

– Tu as su ?
– Oui, j'ai su.

■ *Utilisez les verbes :*

répondre → répondu
voir → vu
lire → lu
entendre → entendu
boire → bu
courir → couru
attendre → attendu
pouvoir → pu
vouloir → voulu

À VOUS !

Regardez les images et racontez ce qui s'est passé, quand et où.
Précisez la situation (c'était, il y avait, il faisait) :

Chère maman,

Nous sommes bien arrivés à Avignon. Il y avait beaucoup de monde sur l'autoroute. Il faisait très chaud. Nous avons trouvé un petit hôtel pas cher. Nous sommes allés au théâtre hier soir. C'était vraiment extraordinaire. Aujourd'hui nous nous reposons.

Au revoir et à bientôt.
Nous t'embrassons
Josette et André

POUR COMMUNIQUER : raconter un événement

Dire quand :
hier,
ce matin,
la semaine dernière,
en août,
il y a un an,
etc.

Dire où :
à la piscine,
dans la rue,
chez Pierre,
à Bordeaux,
en Alsace,
etc.

Dire ce qui s'est passé (passé composé) :
J'ai rencontré
Je suis allé
J'ai vu
J'ai trouvé
J'ai mangé
etc.

Dire comment c'était (imparfait) :
C'était sympa (sympathique).
C'était intéressant.
C'était passionnant.
C'était amusant.
C'était nul,
etc.

Parler du temps (Imparfait) :
Il faisait chaud.
Il faisait beau.
Il faisait froid.
Il y avait du vent.
Il y avait de la neige.
Il y avait des embouteillages,
etc.

Dire qui était là (imparfait) :
Il y avait beaucoup de monde.
Il n'y avait personne.
Il y avait Jean et Lucie.
Il y avait le Président.
Il y avait toute ma famille,
etc.

Le groupe Kassav.

CIVILISATION

LES DOM-TOM

Les départements d'outre-mer (D.O.M.) et les territoires d'outre-mer (T.O.M.)

Pays mêlé
Maryse Condé

HATIER • CÉLA

L a France, ce n'est pas seulement la métropole : c'est aussi la France d'outre-mer. Ces terres lointaines mais françaises sont liées à l'histoire coloniale du pays. Certains départements d'outre-mer, qui sont d'anciennes colonies, sont français depuis plus longtemps que certains départements de la France métropolitaine. Ainsi, la Guadeloupe et la Martinique sont françaises depuis 1635, la Réunion depuis 1638, alors que la Corse, la Savoie ou le Comté de Nice sont devenus français beaucoup plus tard.

Outre-mer, la France est présente dans quatre océans : dans l'Atlantique avec la Guadeloupe, la Martinique, Saint-Pierre-et-Miquelon ; dans l'océan Indien avec la Réunion, Mayotte et différentes petites îles ; les Terres australes et antarctiques que baigne également l'Antarctique ; dans le Pacifique avec la Nouvelle-Calédonie, Wallis-et-Futuna, la Polynésie française. De plus, l'Outre-mer est présent en métropole où résident plus de 600 000 personnes qui viennent des D.O.M - T.O.M.

LES D.O.M.

La Guadeloupe.

L a Martinique et la Guadeloupe sont des îles des Petites Antilles qui constituent chacune un département français depuis 1946. À 7 000 kilomètres de la France, la Martinique compte une population de 360 000 habitants, en majorité des mulâtres. La ville principale est Fort-de-France.

La Guadeloupe est peuplée de 390 000 habitants. Elle est composée de deux parties, Basse-Terre et Grande-Terre. La Martinique et la Guadeloupe cultivent la canne à sucre et

La Martinique.

produisent un rhum réputé. Le tourisme constitue également une activité économique essentielle.

À l'autre bout de l'Atlantique, la Guyane française est un département d'outre-mer situé entre le Surinam et le Brésil. Peuplée de 115 000 habitants, la Guyane française a longtemps été connue parce que sa capitale, Cayenne, abritait un bagne. Aujourd'hui, le bagne de Cayenne a disparu et c'est le Centre spatial de Kourou qui donne à la Guyane sa renommée. C'est en effet de Kourou que partent les fusées européennes Ariane. La Guyane est un D.O.M. depuis 1946.

La Réunion.

LES COLLECTIVITÉS TERRITORIALES

La Martinique, la Guadeloupe, la Guyane et la Réunion sont des terres de soleil. Mais une autre circonscription d'outre-mer est située dans une région particulièrement froide. C'est Saint-Pierre-et-Miquelon, un archipel situé au sud de Terre-Neuve et qui compte 6300 habitants. La pêche y constitue la principale activité. Saint-Pierre-et-Miquelon a le statut de collectivité territoriale. La deuxième collectivité territoriale est l'île de Mayotte.

Autre département d'outre-mer, mais situé dans l'océan Indien, à l'est de Madagascar, l'île de la Réunion compte 518 000 habitants. Ses principales villes sont Saint-Louis et Saint-Pierre. On y parle français, bien sûr, mais aussi un créole, c'est-à-dire une langue née d'un mélange de français, d'anglais, d'espagnol, de portugais et de langues locales. La population y est très mélangée : descendants des esclaves noirs et des colons blancs, métis, immigrés Indiens et Chinois cohabitent sur l'île.

Saint-Pierre-et-Miquelon.

LES T.O.M.

La Polynésie.

Les T.O.M. font partie de la République française et leurs habitants sont des citoyens français. Mais ils sont administrés par des assemblées locales.

La Nouvelle-Calédonie est une île française du Pacifique, située à l'est de l'Australie. Elle compte 165 000 habitants. Les Européens sont 54 000, en majorité des Français de métropole. Les Kanaks, qui sont les premiers habitants de l'île, sont 62 000. Certains d'entre eux demandent leur indépendance (On prévoit un référendum sur cette question). La capitale de la Nouvelle-Calédonie est Nouméa, une ville de 60 000 habitants. L'exploitation des mines de nickel est l'activité économique la plus importante.

La Polynésie française est un autre territoire du Pacifique. C'est un archipel qui compte 189 000 habitants. Sa capitale, Papeete, se trouve sur l'île de Tahiti. Le tourisme, la pêche et l'agriculture sont les ressources principales de ce T.O.M.

D'autres territoires encore – plus discrets et moins connus – sont français, telles les îles de Wallis et Futuna ou l'îlot inhabité de Clipperton (5 km² de superficie !) ou les Terres australes et antarctiques françaises.

■ *Essayez de retrouver ces territoires sur la carte de la page 69.*

unité 6 — Mes voyages

Compréhension orale (CO)

Écoutez l'enregistrement et répondez au questionnaire suivant :

1. Venise est la capitale :
❏ de l'Italie. ❏ de la Vénétie. ❏ de l'Helvétie.

2. Venise est au bord de :
❏ la mer Adriatique.
❏ la mer Méditerranée.
❏ la Baltique.

3. Venise a :
❏ 375 000 habitants.
❏ 25 000 habitants.
❏ 325 000 habitants.

4. Ses habitants s'appellent :
❏ les Vénitiens. ❏ les Vénusiens. ❏ les Véniçois.

5. C'est une capitale :
❏ industrielle. ❏ politique. ❏ touristique.

6. Venise est connue pour :
❏ ses plages.
❏ ses ponts et canaux.
❏ ses églises.

7. Le lieu de Venise le plus célèbre :
❏ le Rialto,
❏ la Place St-Marc,
❏ Le Palais des Médicis.

8. À Venise, il y a :
❏ 400 canaux et 200 ponts.
❏ 200 canaux et 400 ponts.
❏ 200 canaux et 205 ponts.

9. Citez 2 problèmes que rencontre Venise.

Expression orale (EO)

Présentez le lieu que vous voyez sur le dessin. Présentez Monsieur Valère. Imaginez ce qu'il fait dans la vie et pourquoi il est là :

Compréhension écrite (CE)

Lisez le petit texte suivant et répondez au questionnaire :

En 1995, la ville de Venise a décidé d'innover pour gagner de l'argent. Les couples qui viennent (parfois du bout du monde) pour s'offrir le plus romantique des mariages, avec promenade en gondole et photos sur le célèbre Pont des Soupirs, peuvent en plus célébrer leur union dans le prestigieux Salon des Stucs à la mairie de Venise.
Ils peuvent aussi recevoir leurs amis, leur famille, sur la terrasse qui donne sur le Grand Canal. Ce supplément de romantisme coûte 350 000 lires (environ 1000 francs français). La moitié des mariages célébrés à Venise unissent des étrangers : Allemands surtout, mais aussi Belges, Français et même Américains et Japonais. Ainsi ces mariages de luxe permettent de payer l'entretien de cette cité magique, malade de son succès.

(d'après la revue *Atlas,* mai 95)

	vrai	faux
La ville de Venise ne veut pas gagner d'argent.	❏	❏
Beaucoup d'étrangers se marient à Venise.	❏	❏
On pense que Venise est une ville très romantique.	❏	❏
Les mariages ont lieu sur le Pont des Soupirs.	❏	❏
Le Salon des Stucs est une salle de la mairie de Venise.	❏	❏
Les couples de jeunes mariés aiment se promener en gondole.	❏	❏
La gondole est une voiture (FIAT).	❏	❏
Un mariage à Venise, ça ne coûte pas cher.	❏	❏
Ce sont surtout les Japonais et les Américains qui viennent se marier à Venise.	❏	❏
Avec l'argent gagné avec les mariages, la ville de Venise construit un hôpital.	❏	❏

Expression écrite (EE)

Écrivez une petite carte postale de Venise :

vos résultats	
CO	... /10
EO	... /10
CE	... /10
EE	... /10

Expression orale (EO)

1. *Parlez du lieu où vous vivez.*

Comment est ce lieu ?
Comment sont les gens ?

2. *Présentez-vous et parlez de vos activités pendant l'année : travail, vacances, etc.*

3. *Parlez d'une ville que vous connaissez.*

Compréhension orale (CO)

Écoutez le dialogue et cochez les bonnes réponses :

Il est allé en vacances : ❐ au sud du Maroc.   Il est allé à : ❐ Marrakech.
                         ❐ au nord du Maroc.   ❐ Rabat.
                         ❐ au centre du Maroc.   ❐ Agadir.

❐ Il a aimé.   Les gens sont ❐ sympathiques.
❐ Il a détesté.   ❐ agressifs.

Ses activités au Maroc : ❐ visite des musées,   Il a passé une semaine : ❐ à Marrakech.
                      ❐ visiter des villes,   ❐ dans un village.
                      ❐ la mer,
                      ❐ le vélo,
                      ❐ promenades.

Toulouse

Qu'il est loin mon pays, qu'il est loin
Parfois au fond de moi se raniment
L'eau verte du canal du Midi
Et la brique rouge des Minimes
Ô mon païs, ô Toulouse...

Je reprends l'avenue vers l'école
Mon cartable est bourré de coups de poing
Ici, si tu cognes tu gagnes
Ici, même les mémés aiment la castagne
Ô mon païs, ô Toulouse...

Auteur : Claude NOUGARO
Compositeurs : Claude NOUGARO
et Christian CHEVALLIER

© 1991, by les éditions du Chiffre Neuf
et EMI Music Publishing France S.A.

56. Prépositions + noms de pays

Complétez en utilisant la préposition qui convient :

1. Je suis allé .... Brésil pendant le Carnaval.
2. Je ne suis jamais allé .... Hongrie.
3. Il habite .... Honduras.
4. Le film a été tourné .... Guatemala.
5. Il vit .... Mali depuis 10 ans.
6. Il a émigré .... États-Unis en 1948.
7. Mon oncle vit .... Ouganda.
8. Il est rentré .... Argentine en septembre.
9. Je viens de Bilbao, ... Espagne.
10. Maracaïbo, c'est .... Venezuela ?

57. Le / la / l' / les / du / de la / de l' / des

Complétez les phrases :

1. Je n'aime pas .... poisson.
2. J'ai acheté .... fruits. Il y a .... pommes, ... fraises et .... pêches.
3. Tu veux .... sucre dans ton café ?
4. Aujourd'hui, il y a .... poulet avec .... riz ou .... poisson avec .... pommes de terre.
5. .... poisson, c'est bon avec .... citron.
6. .... eau, c'est la vie.
7. Tu as faim ? Il y a .... pain et .... fromage.
8. J'adore .... fromage.
9. Je n'aime pas .... sucre.
10. Tu veux .... lait dans ton café ?

58. Le pronom « on »

Complétez en utilisant « on », ou « il / elle » :

1. En France, ... consomme chaque année 6 kilos de café par habitant.
2. Cette année, ma femme et moi, ... va au Portugal.
3. Dans cette région, ... est très hospitalier.
4. .... est très sympathique, ton frère.
5. .... habite toute seule dans un grand appartement.
6. Ce soir, ... mange tous les deux au restaurant.
7. .... parle très bien l'anglais. C'est un excellent traducteur.
8. Nous, ... aime beaucoup voyager.
9. Quand .... est français, ... n'a pas besoin de visa pour aller aux USA.
10. J'ai une Renault. .... consomme 6 litres aux cents kilomètres.

59. Ne ... pas le / Ne ... pas de

Transformez les phrases à la forme négative.
Exemple :
J'aime le chocolat. → Je n'aime pas le chocolat.
Il y a du café. → Il n'y a pas de café.

1. Je veux du café.
2. Je prends le train.
3. Tu connais le Maroc.
4. Je prends du thé.
5. Tu bois du lait.
6. Il a bu le vin ?
7. Il boit du vin ?
8. Vous aimez le soleil ?
9. Vous avez du pain.
10. Il a le journal d'hier.

60. Les démonstratifs

Complétez à l'aide d'un démonstratif :

1. Tu vas où .... été ?
2. Je ne connais pas .... pays.
3. J'adore .... région.
4. Je vais acheter .... chaussures.
5. On va dans .... magasin ?
6. .... année, je ne pars pas en vacances.
7. Ils sont avec vous, ... enfants ?
8. Il est très gentil, ... garçon.
9. Qu'est-ce que tu fais .... week-end ?
10. Elle est à vous, ... voiture ?

61. Les démonstratifs

Complétez en choisissant :

1. Tu travailles ce ...
   ❏ matin ❏ après-midi ❏ semaine
2. J'aime beaucoup cette .... bleue.
   ❏ fille ❏ robe ❏ lunettes
3. Cette .... est très belle.
   ❏ pays ❏ région ❏ village
4. Tu connais cette .... ?
   ❏ fille ❏ garçon ❏ ami
5. Qu'est-ce que tu fais cette .... ?
   ❏ jour ❏ matin ❏ semaine
6. Ce ...., je vais à Paris.
   ❏ semaine ❏ week-end ❏ après-midi
7. Elle s'appelle comment, cette .... ?
   ❏ villes ❏ village ❏ rue
8. Cet .... est très cher.
   ❏ hôtel ❏ restaurant ❏ boutique
9. Cet ...., je visite le musée.
   ❏ soir ❏ après-midi ❏ semaine
10. Elle est à vous, cette .... ?
    ❏ taxi ❏ mobylette ❏ autobus

62. Au / à la / à l'

Complétez en choisissant :

1. Tu vas au .... ? Tu peux m'acheter deux timbres à 3 F ?
   ❏ bureau de tabac   ❏ poste   ❏ garage
2. Il est parti à l' .... Il attend le vol de 22 h 50.
   ❏ hôpital   ❏ aéroport   ❏ banque
3. Il travaille à la .... Il est caissier.
   ❏ bar   ❏ banque   ❏ hôtel
4. Il est étudiant à la .... .Il veut être médecin.
   ❏ lycée   ❏ poste   ❏ faculté de médecine
5. Elle est à l' .... On va l'opérer demain.
   ❏ hôtel   ❏ épicerie   ❏ hôpital
6. Salut ! Je vais boire une bière au ....
   ❏ Café du Théâtre   ❏ Gare du Nord
   ❏ cimetière municipal
7. Il travaille au .... Il s'occupe des crocodiles.
   ❏ zoo   ❏ jardin   ❏ restaurant
8. Qu'est-ce qu'il y a ce soir à la .... ?
   ❏ télévision   ❏ poste   ❏ cinéma

63. Du / de la / des + noms de pays

Complétez en utilisant « du / de la / des » suivi d'un nom de pays :

1. Les habitants .... s'appellent les Kirghizes.
2. La capitale ...., c'est La Haye ou Amsterdam ?
3. Le Texas, c'est dans le sud ....
4. Il travaille à Buenos Aires, la capitale ....
5. La Bretagne ? C'est à l'ouest ....
6. Les habitants ...., ce sont les Finnois ou les Finlandais ?
7. La Namibie, c'est à l'ouest ....
8. La capitale ...., c'est Tegucigalpa.
9. La spécialité ...., c'est le vin et le fromage.
10. Les principales villes du nord .... sont Milan, Turin et Florence.

64. Prépositions + noms de pays

Complétez en choisissant :

1. Il vient de Bogota en ....
   ❏ Colombie   ❏ Pérou   ❏ Salvador
2. J'ai passé quinze jours de vacances en ....
   ❏ Maroc   ❏ Espagne   ❏ Portugal
3. Au .... on parle portugais.
   ❏ Angola   ❏ Mozambique   ❏ Guinée
4. Il est médecin en ....
   ❏ Angola   ❏ Mozambique   ❏ Mali
5. Au .... , on parle français.
   ❏ Québec   ❏ Antilles   ❏ Suisse
6. Il travaille à Johannesbourg, en ....
   ❏ Madagascar   ❏ Afrique du Sud   ❏ Norvège
7. Il a ouvert un restaurant en ....
   ❏ Uruguay   ❏ Paraguay   ❏ Pérou

65. Articles définis / indéfinis

Complétez en utilisant « le / la / les » ou « un / une » :

1. C'est .... mère de Pierre.
2. J'ai .... ami qui habite Rio.
3. .... capitale du Brésil, c'est Rio ou Brasilia ?
4. Bordeaux ? C'est .... ville du Sud-Ouest de la France.
5. J'habite .... petit village à 30 kilomètres de Florence.
6. Lons-Le-Saunier, dans le Jura, c'est .... ville natale de Rouget de Lisle, ... auteur de La Marseillaise.
7. Il travaille où, ... mari de Christine ?
8. La Grèce, c'est .... pays très touristique.
9. La Hollande, c'est .... pays des tulipes et des moulins à vent.
10. .... gare, c'est près de .... rue où j'habite.

66. Les chiffres

Écoutez et écrivez les nombres que vous entendez :

1. Je suis né en ....
2. Paris-Strasbourg ? Cela fait .... kilomètres.
3. Le record de vitesse du TGV ? .... km/heure. C'est le record du monde sur rail.
4. Je gagne .... francs par mois.
5. Mon téléphone ? C'est le ....
6. Dans mon village, il y a .... habitants.
7. De la terre à la lune, il y a .... kilomètres.
8. Voilà, cela fait .... francs.
9. Le sommet du Mont Blanc ? C'est à .... mètres d'altitude.
10. La tour Eiffel fait .... mètres de haut.

67. Passé composé

Complétez en choisissant :

1. Tu as .... ce film ?
   ❏ lu   ❏ vu
2. Qu'est-ce que vous avez .... ce week-end ?
   ❏ fait   ❏ allé
3. J'ai .... un roman policier.
   ❏ lu   ❏ regardé
4. Hier, j'ai .... au restaurant avec Sylvie.
   ❏ allé   ❏ mangé   ❏ fait
5. Cette semaine, j'ai beaucoup ....
   ❏ sorti   ❏ travaillé   ❏ déménagé
6. J'ai .... 100 francs dans la rue.
   ❏ regardé   ❏ travaillé   ❏ trouvé
7. Hier soir, j'ai .... la télévision.
   ❏ trouvé   ❏ regardé   ❏ allé
8. Samedi, je suis .... au cinéma.
   ❏ vu   ❏ allé   ❏ trouvé

68. En / y

Complétez en utilisant « en » ou « y » :

1. – N'oublie pas, tu dois aller à la banque!
    – Oui, j'.......... vais tout de suite.

2. – Vous allez au Japon?
    – Non, j' .... viens. J'étais à Tokyo avant-hier.

3. – Vous travaillez chez Peugeot?
    – Oui, j' .... suis depuis deux mois.

4. – Tu es allé à la poste?
    – Oui, j' .... reviens.

5. – On .... va?
    – D'accord!

6. – On s' .... va?
    – Oui, il est tard.

7. – Tu .... veux encore?
    – Non merci, je n'ai plus faim.

8. – Tu .... as combien, d'enfants?
    – Deux. Un garçon et une fille.

69. Ne pas ... ne plus

Mettez en relation les phrases du groupe 1 avec les phrases du groupe 2 :

Groupe 1

1. Je ne vais plus en Crète cet été.

2. Vous avez *le Monde*?

3. Tiens, j'ai reçu une carte de Pascal.

4. Tu n'es plus en Fac de Lettres ?

5. Il n'y a plus rien dans le frigo.

6. Non, Marielle ne sort pas ce soir.

7. Tu veux encore du fromage ?

8. Tiens ! Tu ne portes plus de lunettes ?

9. On peut commencer la réunion.

10. Je viens d'arriver dans cette ville.

Groupe 2

a. *Elle a trop de travail.*

b. *Moi, je n'ai pas de nouvelles de lui depuis deux mois.*

c. *Je n'ai pas fait les courses cette semaine.*

d. *Maintenant, je mets des lentilles de contact.*

e. *Non, je n'ai plus que France Soir.*

f. *Il y a trop de touristes.*

g. *Non, ça ne m'intéresse plus. Je fais droit.*

h. *On n'attend plus personne.*

i. *Je n'ai pas encore d'amis.*

j. *Non merci, je n'ai plus faim.*

70. La négation

Mettez les phrases suivantes à la forme négative :

1. J'ai de la chance.

2. Je cherche du travail.

3. Je veux du sucre.

4. Ils ont des enfants.

5. Ils prennent du thé.

6. Il y a du soleil.

7. Il veut de l'argent.

8. Vous avez du courrier.

9. Il boit du vin.

10. Ils vendent des fruits.

71. Ne ... pas / ne ... plus

Complétez les phrases par « ne ... pas » ou « ne ... plus » :

1. Attends-moi. Je passe à la banque, je .... ai .... d'argent.

2. Il est fâché. On .... se parle ....

3. Il .... y a .... de pain. Tu peux aller en chercher ?

4. Je .... ai .... reçu de courrier aujourd'hui.

5. Tiens ! Il .... pleut .... Tu viens te promener avec moi ?

6. Non, Monsieur, je suis désolé, il .... y a .... de places assises.

7. Cette année, nous .... avons .... pris de vacances.

8. Je .... peux .... marcher. J'ai trop mal aux pieds !

9. Il .... y a .... rien à manger.

10. Non merci, je .... fume .... J'ai arrêté il y a un mois.

72. La négation

Mettez les phrases suivantes à la forme négative :

1. Il travaille beaucoup.

2. Je connais bien Paris.

3. Je regarde souvent la télévision.

4. Ils ont beaucoup de travail.

5. Vous pouvez entrer.

6. Il sait nager.

7. Elle veut partir.

8. J'aime lire.

9. J'ai faim.

10. Je vais souvent au cinéma.

73. Le / la / l' / les, compléments

Complétez en utilisant « le / la / l'» ou « les » :

1. Je .... connais très bien, c'est ma voisine.

2. Je .... vois demain, ils viennent à la maison.

3. Je voudrais voir Pierre. Vous pouvez .... appeler ?

4. Où est ta sœur ? Je .... cherche partout.

5. Vous .... voulez comment votre café ? Avec ou sans sucre ?

6. La télévision ? Je ne .... regarde jamais.

7. – Vous parlez très bien français.
   – Je .... ai appris à l'école.

8. Pierre et Mireille, je .... aime beaucoup.

9. Ils arrivent ! Je .... entends.

10. Lui, je ne .... aime pas beaucoup.

74. Au / à la / à l' / aux

Complétez les phrases suivantes :

1. Je vais .... banque.

2. Il habite .... campagne.

3. Je vais .... lit, j'ai sommeil.

4. Ce week-end, je reste .... maison.

5. C'est à toi ou .... enfants ?

6. Il est .... cuisine.

7. J'ai réservé une chambre .... hôtel Parisiana.

8. Je vais chercher les enfants .... lycée.

9. J'habite .... huitième étage.

10. Il est toujours .... heure.

75. Passé composé négatif

Mettez les phrases suivantes à la forme négative :

1. J'ai beaucoup aimé cette conférence.

2. J'ai passé de bonnes vacances.

3. J'ai trouvé une solution.

4. Il est allé en Suisse.

5. Vous avez compris ?

6. Ils sont restés longtemps.

7. Elle a voulu rester.

8. J'ai lu le journal.

9. Il a fini son travail ?

10. Vous avez vu Lucie ?

76. Indications de temps

Complétez en utilisant l'indication de temps qui convient :

1. Il arrive ....
   ❒ demain   ❒ hier

2. Il est là .... 5 minutes.
   ❒ depuis   ❒ il y a

3. .... j'ai acheté une voiture.
   ❒ Demain   ❒ Hier

4. .... il faisait très chaud.
   ❒ Aujourd'hui   ❒ Demain

5. Il revient .... une heure.
   ❒ dans   ❒ il y a

6. Il attend .... une heure.
   ❒ dans   ❒ depuis

7. Il a déménagé .... une semaine.
   ❒ depuis   ❒ il y a

8. Je l'ai rencontré ....
   ❒ ce matin   ❒ demain matin

9. Rendez-vous .... à 15 heures.
   ❒ hier   ❒ demain

10. .... je ne suis pas là.
    ❒ Hier   ❒ Demain

11. Il est parti .... midi.
    ❒ il y a   ❒ depuis

12. .... quinze jours, c'est les vacances.
    ❒ Depuis   ❒ Il y a

77. Verbe + infinitif

Complétez en choisissant :

1. Il a voulu ....
   ❒ partir   ❒ parti

2. Il est ....
   ❒ sorti   ❒ sortir

3. Il a .... il y a 5 minutes.
   ❒ téléphoner   ❒ téléphoné

4. Il ne va pas ....
   ❒ voulu   ❒ vouloir

5. Je n'ai pas .... lui ....
   ❒ pouvoir   ❒ pu
   ❒ parlé   ❒ parler

6. Qu'est-ce que vous voulez .... ?
   ❒ fait   ❒ faire

7. Il va .... une chanson.
   ❒ chanté   ❒ chanter

8. Vous devez .... son retour.
   ❒ attendez   ❒ attendre

9. Il n'aime pas ....
   ❒ attendu   ❒ attendre

10. Qu'est-ce que vous allez .... ?
    ❒ dit   ❒ dire

78. Verbes avec ou sans préposition

Complétez les phrases suivantes en utilisant « le / la / l' / les » ou « au / à la / à l' / aux » :

1. J'ai téléphoné .... enfants.

2. Tu demandes .... addition?

3. Il a demandé l'addition .... serveur.

4. J'ai parlé .... professeur.

5. J'ai rencontré .... directeur.

6. Je vais le dire .... voisins.

7. Est-ce que vous pouvez me dire .... nom de jeune fille de votre mère?

8. Je vais donner .... courrier .... directrice.

9. J'ai appelé .... plombier, mais c'est occupé.

10. Tu peux m'appeler .... maison.

79. Le / la / l' / les, compléments

Dites à quoi correspondent « le / la / l' / les » :

1. Vous le voulez comment votre .... ?
❒ steak
❒ salade
❒ frites

2. Vous les connaissez bien ....
❒ Monsieur Morand
❒ les Morand
❒ Pierre

3. .... ? Je les aime beaucoup. Elles sont très sympathiques.
❒ Marie et Roger
❒ Céline et Julie
❒ Les Durand

4. Tu la connais, ... ?
❒ son mari
❒ sa sœur
❒ son ami

5. – Ils ne sont pas là, ... ?
– Non, je les attends.
❒ tes copines
❒ tes amies
❒ tes collègues

6. Tu la vois souvent, ... ?
❒ Christian
❒ René
❒ Sylvie

7. Vous pouvez appeler .... ? On le demande au téléphone.
❒ votre frère
❒ vos parents
❒ votre amie

8. Tu les invites, ... ?
❒ tes parents
❒ ton copain
❒ ton voisin

80. Le / la / l' / les, compléments

Complétez en utilisant « le / la / l' / les » sur le modèle suivant :
– Tu connais les Dupont?
– Je les connais depuis dix ans.

1. – Tu prends souvent le métro?
– Le métro? .... jamais. J'ai un vélo.

2. – Vous voyez souvent vos enfants?
– Non, ... souvent. Ils habitent à l'étranger.

3. – Vous avez reçu ma lettre?
– Non, ...
– Pourtant je l'ai envoyée hier.

4. – Vous avez retrouvé votre portefeuille?
– Non, malheureusement ....

5. – Vous l'avez perdu où, votre portefeuille?
– .... dans le bus.

6. – Vous regardez souvent la télévision?
– .... jamais. Je n'ai pas la télévision.

7. – Vous aimez ce garçon?
– Non, ... Il n'est pas du tout sympa.

8. – Vous avez les nouveaux contrats?
– Oui, ... Ils sont signés.

9. – Vous avez traduit mon discours?
– Non, ... Je vais le faire tout de suite.

10. – Vous avez lu le dernier Djian?
– Oui, ... C'est très bien.

81. C'était / Il y avait / Il faisait

Complétez en utilisant « c'était », « il y avait » ou « il faisait » :

1. .... bien ton anniversaire?

2. – Alors, ces vacances à la montagne?
– .... super. Mais .... très froid.

3. – .... qui à son mariage?
– Ben… la famille, les amis.

4. – .... comment, le concert de Johnny?
– .... très bien. .... des jeunes et des moins jeunes.

5. – Qu'est-ce qu' .... dans ton bureau, Monsieur Lanvin?
– Il est venu pour signer un contrat.

6. – Tu as fait du vélo ce week-end?
– Non, ... trop chaud. Je suis allé à la patinoire.

7. – .... beaucoup de monde à la piscine?
– Non, ... tranquille, ... n' .... pas un chat.

8. Alors cet examen? .... facile?

9. – J'ai emmené la voiture au garage.
– Pourquoi? .... un problème?

10. J'ai visité un bel appartement, mais .... trop cher.

Savoir-faire linguistiques :
- Demander / donner :
  horaires, rendez-vous,
  emploi du temps.
- Demande polie, standard,
  directe

Grammaire :
- Le conditionnel
- L'heure

Écrit :
- La lettre privée et la lettre
  administrative.

MISE EN ROUTE

■ **1.** *Écoutez le dialogue et dites
quel train la dame va prendre.*

■ **2.** *Utilisez le document et
répondez aux questions.*

Numéro de train		931	58917	5406/7	5403/2	58923	983	58927	985	5432/3	6731	58871	58929	6751	607	58931	416/7	925/4
Notes à consulter		12	5	13	14	5	15	16	17	18	19	4	20	21	22	23	24	25
		TGV					TGV		TGV						TGV			TGV
Paris-Gare-de-Lyon	D	07.09					08.26		09.18						10.00			10.24
Lyon-Part-Dieu	A														12.00			
Lyon-Part-Dieu	D			09.18	09.18					09.40							12.38	
Satolas TGV	D																	
Culoz	D																	
Aix-les-Bains-le-Revard	D	10.25		10.47	10.53					10.51	11.20						13.48	13.49
Annecy	D	10.54		11.22	11.31							12.17	12.42					14.18
La Roche-sur-Foron	A			11.55	12.13							13.17	13.25					
Bonneville	A			12.10	12.28								13.48					
Cluses (74)	A			12.22	12.42		12.55		13.45				14.09					
Sallanches-Comb.Megève	A			12.36	12.56		13.11		14.01				14.33					
St-Gervais-L-B-Le-Fayet	A		11.27	12.46	13.04	13.09	13.20	13.42	14.11					14.16	14.45		15.21	
Chamonix-Mont-Blanc	A			12.03		13.45			14.19						14.51		16.00	

4. Circule : tous les jours sauf le 29 sept- &.

5. Circule : tous les jours sauf les dim et fêtes- ⚲.

12. Circule : du 21 déc au 5 jan : les mer, sam et dim;du 11 jan au 30 mars : les sam et dim;le 31 mars- ⚲.

13. Circule : du 21 déc au 29 mars : les sam- Via Annemasse- ☕- &.

14. 2ᵉ CL- AUTOCAR.

15. Circule : à partir du 16 nov : tous les jours- 🍽.

16. Circule : tous les jours sauf les dim et fêtes- 2ᵉ CL- AUTOCAR.

17. 🎬 1ʳᵉ CL assuré certains jours- ☕- &.

18. Circule : le 21 déc;du 8 fév au 15 mars : les sam.

19. 🍽 assuré certains jours.

20. Circule : du 14 déc au 26 avr : les sam et les 20 et 21 fév- 🍽- &.

21. &.

22. Circule : tous les jours sauf les sam, dim et fêtes- ⚲.

23. Circule : tous les jours sauf les sam- ⚲.

24. ⚲- 🍽.

25. ☕- &.

Questions :

1. Combien y a-t-il de trains directs entre Paris et Saint Gervais ?

2. Dans combien de trains peut-on manger en première classe ?

3. Quels sont les numéros de TGV où il n'y a pas de service bar ?

4. Je veux aller à Chambéry par le train de 7 h 09. Est-ce possible ?

5. Je dois être à St Gervais le 18 février avant 13 h 00.
Date et heure de départ de Paris : ....
Date et heure d'arrivée à St-Gervais : ....

Écoutez les dialogues et cochez la forme interrogative entendue :

dialogue n°	1	2	3	4	5	6	7	8	9	10	11	12
À quelle heure… ?												
Où est-ce que… ?												
Il / elle est où… ?												
Qu'est-ce que… ?												
C'est qui… ?												
Comment… ?												

ENTRAÎNEMENT

les mots interrogatifs

Exercice 82

Complétez par le mot interrogatif ou la locution interrogative qui convient (cf. liste) :

1. –.......... je peux faire réparer ma montre ?
– À la boutique « Le temps retrouvé ».
2. –.......... est votre avion, demain après-midi ?
– À 14 h 15.
3. –.......... , mon pantalon ?
– Là, sur la chaise !
4. –.......... je peux te joindre ?
– Tiens, je te donne mon numéro de fax. C'est le 95.74.36.36.
5. – Le responsable de cette école, ... ?
– C'est Monsieur CLAVELOUX. C'est le directeur.
6. –.......... tu fais, la semaine prochaine ?
– Je suis en vacances. Je vais passer quelques jours dans ma famille.
7. –.......... peut m'accompagner à l'épicerie pour porter le carton d'eau minérale ?
– Moi.
8. – Il est joli, ton chemisier. Tu l'as trouvé.......... ?
– À « Vêtensoldes ». C'est une boutique de vêtements d'occasion.
9. –.......... tu ne m'as pas parlé de tes ennuis ?
– Je n'ai pas voulu te déranger.
10. –.......... Gilles peut me prêter sa voiture, vendredi ?
– Oui. Je pense qu'il n'y a pas de problème.

Comment ?
Pourquoi ?
Il est où ?
Qui est-ce qui ?
Qu'est-ce que ?
Où est-ce que ?
Où ?
À quelle heure ?
Qui est-ce ?
Est-ce que ?

COMPRÉHENSION

■ *Écoutez les phrases et cochez dans le tableau ce que vous avez entendu pour exprimer la demande :*

Demande polie	**Demande standard**	**Demande directe ou familière**
↓	↓	↓
je voudrais …	vous pouvez … ?	question directe
vous pourriez … ?	est-ce que vous pouvez … ?	je veux …
tu pourrais … ?		tu peux (familier) … ?
est-ce que vous pourriez … ?		
est-ce que tu pourrais … ?		

	1	2	3	4	5	6	7	8	9	10	11	12	13	14	15	16	17	18	19	20
Demande polie																				
Demande standard																				
Demande directe																				

MISE EN FORME

POUR COMMUNIQUER : Demander un renseignement

Pour demander une information, pour demander quelque chose, vous pouvez utiliser :

Une question directe :
(demande standard ou familière)
> Où se trouve la gare ? Vous avez *Le Monde* ?
> Combien ça coûte ? Vous avez de la monnaie ?
> À quelle heure part le prochain train pour Paris ?
> Qu'est-ce que vous faites, comme travail ?

Ça marche mieux si vous êtes poli et utilisez :
> s'il vous plaît – pardon – excusez-moi

Et si vous dites à votre interlocuteur :
> Monsieur, madame ou mademoiselle
> S'il vous plaît, madame, où se trouve la gare ?

Le conditionnel (forme de politesse) :
> Je voudrais savoir quand part le prochain train pour Paris.
> Est-ce que vous pourriez me dire où se trouve la poste ?
> Vous pourriez me dire à quelle heure ouvrent les banques ?
> J'aimerais savoir s'il y a encore des places.

Pour un maximum de politesse, n'oubliez pas, d'ajouter :
> S'il vous plaît, excusez-moi, monsieur / madame, etc.

Pour exprimer une demande polie à un ami :
> S'il te plaît, tu peux me passer le sel ?
> Tu pourrais me donner le numéro de Jacques ?

CONJUGAISON : le conditionnel

En rouge les formes à connaître absolument pour demander quelque chose :

pouvoir	**vouloir**	**avoir**	**aimer**
je pourrais	**je voudrais**	j'aurais	**j'aimerais**
tu pourrais	tu voudrais	**tu aurais**	tu aimerais
il pourrait	il voudrait	il aurait	il aimerait
nous pourrions	**nous voudrions**	nous aurions	**nous aimerions**
vous pourriez	vous voudriez	**vous auriez**	vous aimeriez
ils pourraient	ils voudraient	ils auraient	ils aimeraient

COMPRÉHENSION

Écoutez le dialogue. Mettez en relation une heure dans le tableau des horloges et ce que fait Gérard à cette heure-là :

image n° ....

image n° ....

image n° ....

image n° ....

image n° ....

image n° ....

image n° ....

image n° ....

1

2

3

4

5

6

Utilisez à nouveau les images ci-dessus pour :

1. *donner le programme de la journée de quelqu'un qui a vraiment beaucoup de travail.*

2. *donner le programme de la journée de quelqu'un qui ne pense qu'à s'amuser.*

POUR COMMUNIQUER : dire l'heure

L'heure officielle :

13 h :	treize heures
1 h :	une heure
23 h :	vingt-trois heures
16 h 45 :	seize heures quarante-cinq
17 h 30 :	dix-sept heures trente
12 h 15 :	douze heures quinze

L'heure courante :

une heure (de l'après-midi)
une heure (du matin)
onze heures (du soir)
cinq heures moins le quart
cinq heures et demie
midi et quart

Remarque : précisez (en utilisant : « du matin, de l'après-midi, du soir ») seulement si c'est nécessaire :
Il arrive quand ? Il arrive dimanche à six heures du soir.
Il est quelle heure ? Il est six heures.

Pour demander :
– Il est quelle heure ?
– C'est quelle heure ? (courant)
– Quelle heure est-il ? (plus rare)
– Il arrive à quelle heure ?

Pour répondre :
– Il est six heures.
– C'est sept heures moins dix.
– Il est huit heures.
– À huit heures.

ENTRAÎNEMENT
conditionnel

Exercice 83

Complétez en utilisant « pouvoir, vouloir, aimer, avoir » au conditionnel :

1. Est-ce que vous.......... me dire où se trouve le bar ?

2. Je.......... savoir où je peux faire une réservation.

3. Tu.......... m'indiquer la sortie ?

4. Où est-ce que je.......... changer de l'argent ?

5. J'.......... prendre un rendez-vous.

6. Je.......... un renseignement.

7. Vous.......... me dire où sont les toilettes ?

8. Excusez-moi, mademoiselle, est-ce que vous.......... un programme des spectacles ?

9. Tu n'.......... pas une carte de la région, par hasard ?

10. Tu.......... m'expliquer où il habite ?

11. Je.......... un café et un croissant.

12. Est-ce qu'il.......... m'aider ? C'est lourd.

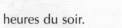

PHONÉTIQUE
[y] / [u]

▨ *Trouvez la deuxième partie de l'expression :*

1. Tu avances ou.......... ?
2. Tu mets du sel ou.......... ?
3. Tu éteins ou.......... ?
4. Tu ouvres ou.......... ?
5. C'est cuit ou.......... ?
6. Tu veux ou.......... ?
7. Tu pars ou.......... ?
8. Tu entres ou.......... ?

Édouard et Lucie

▨ *Construisez de petits dialogues sur le modèle suivant :*

– Édouard ? Oui, il est doux, c'est sûr.
– Lucie aussi, elle est douce, c'est sûr.
– Au début, il n'était pas doux.
– Lucie non plus, au début, elle n'était pas douce.
– Maintenant, il est de plus en plus doux.
– Elle aussi, elle est de plus en plus douce.

▨ *En utilisant les adjectifs suivants :*

sourd / sourde	fou / folle
jaloux / jalouse	roux / rousse
souple	rouge
mou / molle	lourd / lourde

COMPRÉHENSION

– Il arrive à quelle heure, le train de
Claudine ?
– À 3 h moins 25, cet après-midi.

■ **1.** *Dites quelle heure vous avez entendue. Choisissez l'horloge correspondant à chaque phrase :*

Phrase n°.........	**9:07**	Phrase n°.........	**11:30**
Phrase n°.........	**14:43**	Phrase n°.........	**2:30**
Phrase n°.........	**8:00**	Phrase n°.........	**17:30**
Phrase n°.........	**14:00**	Phrase n°.........	**00:00**
Phrase n°.........	**20:00**	Phrase n°.........	**19:30**

■ **2.** *Écoutez les dialogues et notez l'heure que vous avez entendue :*

1. ....
2. ....
3. ....
4. ....
5. ....
6. ....
7. ....
8. ....
9. ....
10. ....

À VOUS !

■ *À partir des dessins et documents suivants, imaginez des dialogues en utilisant l'expression de l'heure :*

COMPRÉHENSION

Schéma de la prise de rendez-vous

          • prendre rendez-vous avec…

1. Je voudrais : • un rendez-vous avec…

          • rencontrer…

2. Je dis qui je suis.

3. Je dis pourquoi je veux un rendez-vous.

4. Je précise le jour, l'heure.

• **C'est possible :** Je remercie puis je prends congé.

          • Je prends congé,

• **C'est impossible :** • ou je propose une autre date, une autre heure,

          • ou j'insiste.

■ *Écoutez les 3 dialogues et identifiez le schéma de prise de rendez-vous utilisé dans chaque dialogue. Précisez pour chaque dialogue les raisons du rendez-vous et identifiez les deux interlocuteurs :*

SCHÉMA 1 → dialogue.........	**SCHÉMA 2 → dialogue.........**	**SCHÉMA 3 → dialogue.........**
Demande	Demande	Demande
Pourquoi ?	Pourquoi ?	Pourquoi ?
Jour - Heure	Jour - Heure	Jour - Heure
C'est possible.	C'est impossible.	C'est impossible.
On prend congé.	Autres jour et heure	J'insiste.
	C'est possible.	C'est impossible.
	On prend congé.	On prend congé.

ou : { On insiste encore. / C'est possible. / On prend congé.

POUR COMMUNIQUER : écrire une lettre

I. LA LETTRE PRIVÉE ADRESSÉE À UN(E) AMI(E).

Formule d'appel :

Cher / Chère + prénom,
Mon cher / Ma chère + prénom,
Très cher / Très chère + prénom,
Mon amour, / Mon chéri, / Ma chérie,
Prénom seul,

Formule finale :

À bientôt.
Je t'embrasse.
Salut.
Bisous.
Grosses bises.
Très affectueuses pensées.

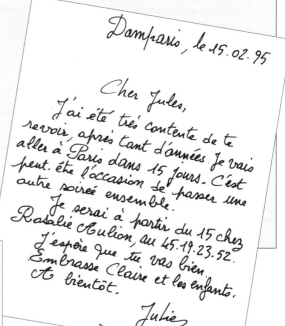

> Damparis, le 15.02.95
>
> Cher Jules,
> J'ai été très contente de te revoir, après tant d'années. Je vais aller à Paris dans 15 jours. C'est peut-être l'occasion de passer une autre soirée ensemble.
> Je serai à partir du 15 chez Rosalie Aulion, au 45.19.23.52.
> J'espère que tu vas bien.
> Embrasse Claire et les enfants.
> À bientôt.
> Julie

> Le 12 avril
>
> Chère Nicole,
>
> Salut ! Catherine a eu trois billets gratuits pour le spectacle de Mimi MATY. Je suis sûre que tu es intéressée…
> Nous pourrions y aller ensemble. Je te propose de passer te prendre en voiture vendredi prochain à 19 heures.
> Si tu as un empêchement, fais-moi le savoir.
>
> Je t'embrasse
> Claudine

ÉCRIT

PHONÉTIQUE
[ʀ] / [l]

PHONÉTIQUE
[ɲ] comme dans « campagne »

 ■ *Rédigez une lettre privée destinée à un ami, un parent :*

Écoutez et dites ce que vous avez entendu :

Écoutez et dites si vous entendez le son [ɲ] :

	[ʀ]	[l]
1	cigares	cigales
2	bar	bal
3	marin	malin
4	rit	lit
5	Rabat	là-bas
6	rappelles	l'appelles
7	Rome	l'homme
8	Armand	allemand
9	recteur	lecteur
10	revoir	le voir

	[ɲ]	
	OUI	NON
1		
2		
3		
4		
5		
6		
7		
8		
9		
10		
11		
12		

Rendez-vous

POUR COMMUNIQUER : écrire une lettre

II. LA LETTRE ADMINISTRATIVE.

En haut, à gauche, le nom et l'adresse de l'EXPÉDITEUR.

Le lieu et la date (en haut, à droite).

Quelques lignes en dessous et à droite, l'adresse du DESTINATAIRE.

Formule d'appel :
Monsieur, / Madame, / Messieurs,
Monsieur le Directeur, /
Madame la Présidente,
Docteur, / Maître,

Pour demander :
Je vous serais reconnaissant de bien vouloir…
Veuillez, s'il vous plaît, …
Pourriez-vous, s'il vous plaît, …
Je vous demande de bien vouloir…
Je vous prie de…
Je vous prie de bien vouloir…
Je demande / Je sollicite…

Formule finale :
Recevez…
Veuillez agréer…
Je vous prie d'agréer mes salutations distinguées /
l'expression de mes sentiments distingués.

Nom et signature

Marcelin VUITTON
8 rue Louis Blériot
59 000 LILLE

Lille le 14.09.97

SÉCURITÉ SOCIALE
15, impasse du Trou
59 000 LILLE

Monsieur,
J'ai le regret de vous informer que j'ai perdu ma carte de Sécurité Sociale.

Je vous serais reconnaissant de bien vouloir m'en envoyer une autre à l'adresse ci-dessus mentionnée.

En vous remerciant, je vous prie d'agréer, Monsieur, l'expression de mes salutations distinguées.

M. VUITTON

ÉCRIT

■ *Vous souhaitez vous inscrire à l'Université de Nantes. En utilisant les informations ci-dessous, rédigez une lettre administrative de demande :*

Expéditeur : Vous

Adresse : Votre adresse

Destinataire : Le Président de l'Université

Adresse : 4, boulevard Lavoisier
49045 NANTES

Objet : Demande de dossier d'inscription

Plan de la lettre : 1) Présentation :
  • nationalité
  • cursus universitaire
  • projet d'études
2) Demande de dossier
3) Formule de remerciements
  + formule finale.

Exemple de lettre de réclamation :

Alain Bogart
9 place de l'Europe
67000 Strasbourg

Strasbourg le 8.03.1995

Gare SNCF
67000 Strasbourg

Monsieur le chef de gare,

Vendredi dernier, j'ai acheté au guichet de la gare de Strasbourg, un billet aller-simple Strasbourg-Paris, plein tarif.
Pour des raisons indépendantes de ma volonté, je n'ai pas pu prendre le train vendredi soir.
C'est pourquoi je sollicite le remboursement de mon billet que vous trouverez ci-joint.
En vous remerciant, monsieur le chef de gare, l'expression de mes sentiments distingués.

A. Bogart

À VOUS !

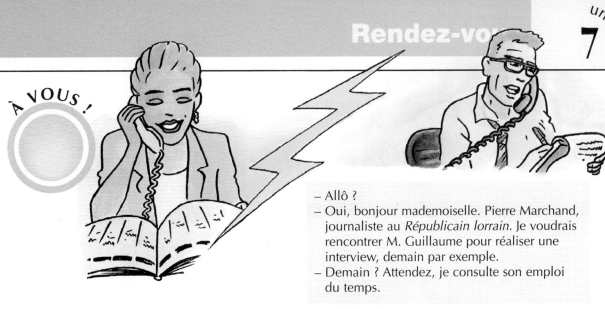

– Allô ?
– Oui, bonjour mademoiselle. Pierre Marchand, journaliste au *Républicain lorrain*. Je voudrais rencontrer M. Guillaume pour réaliser une interview, demain par exemple.
– Demain ? Attendez, je consulte son emploi du temps.

1. *Regardez l'emploi du temps de M. Guillaume. Mettez-vous par deux et continuez la conversation :*

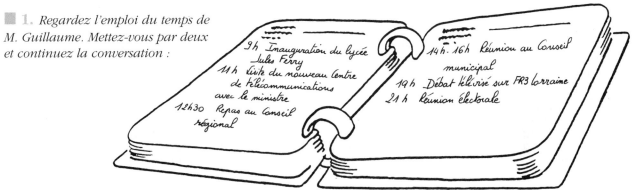

9 h Inauguration du lycée Jules Ferry
11 h Visite du nouveau Centre de télécommunications avec le ministre
12 h 30 Repas au Conseil régional

14 h - 16 h Réunion au Conseil municipal
19 h Débat télévisé sur FR3 lorraine
21 h Réunion électorale

2. *Regardez les images montrant l'emploi du temps de Roger Larchet et imaginez la conversation entre sa secrétaire et un journaliste qui veut le rencontrer :*

PHONÉTIQUE
[t] / [d]

Dites quelle phrase vous avez entendue :

1. ❑ Où est-ce qu'il est, André ?
   ❑ Où est-ce qu'il est entré ?

2. ❑ Tiens, j'ai tes livres.
   ❑ Tiens, j'ai des livres.

3. ❑ Il est d'ici.
   ❑ Il est ici.

4. ❑ Claude est entêté.
   ❑ Claude est endetté.

5. ❑ Il est doux pour moi.
   ❑ Il est tout pour moi.

6. ❑ C'est un peu tôt.
   ❑ C'est un peu d'eau.

7. ❑ Garçon ! Un steak ! Dare-dare !
   ❑ Garçon ! Un steak tartare !

8. ❑ Elle est près d'Agnès.
   ❑ Elle est prête Agnès.

9. ❑ Pardon messieurs, je suis pressé.
   ❑ Partons messieurs, je suis pressé.

10. ❑ Sortons d'ici !
   ❑ Sors donc d'ici !

CIVILISATION

Jours de fête

JOUR de FÊTE — LE PLUS COMIQUE DES FILMS COMIQUES

JANVIER ☼ 7 h 46 à 16 h 03	FÉVRIER ☼ 7 h 23 à 16 h 46	MARS ☼ 6 h 35 à 17 h 32	AVRIL ☼ 5 h 30 à 18 h 20	MAI ☼ 4 h 32 à 19 h 04	JUIN ☼ 3 h 54 à 19 h 44
1 S JOUR de l'AN	1 M Ste Ella	1 M S. Aubin	1 V S. Hugues	1 D FÊTE du TRAVAIL	1 M S. Justin
2 D Épiphanie	2 M Présentation	2 M S. Charles le B.	2 S Ste Sandrine	2 L S. Boris	2 J Ste Blandine
3 L Ste Geneviève	3 J S. Blaise	3 J S. Guénolé	3 D PÂQUES	3 M SS. Phil., Jacq.	3 V S. Kévin 22
4 M S. Odilon	4 V Ste Véronique	4 V S. Casimir	4 L S. Isidore	4 M S. Sylvain	4 S Ste Clotilde
5 M S. Édouard	5 S Ste Agathe 5	5 S Ste Olive 9	5 M Ste Irène	5 J Ste Judith 18	5 D Fête Dieu
6 J S. Mélaine	6 D S. Gaston	6 D Ste Colette	6 M S. Marcellin 14	6 V Ste Prudence	6 L S. Norbert
7 V S. Raymond 1	7 L Ste Eugénie	7 L Ste Félicité	7 J S. J.-B. de la S.	7 S Ste Gisèle	7 M S. Gilbert
8 S S. Lucien	8 M Ste Jacqueline 6	8 M S. Jean de D.	8 V Ste Julie	8 D VICTOIRE 1945	8 M S. Médard
9 D Ste Alix	9 M Ste Apolline	9 M Ste Françoise 10	9 S S. Gautier	9 L S. Pacôme	9 J Ste Diane
10 L S. Guillaume	10 J S. Arnaud	10 J S. Vivien	10 D S. Fulbert	10 M Ste Solange	10 V S. Landry
11 M S. Paulin	11 V N.-D. Lourdes	11 V Ste Rosine	11 L S. Stanislas	11 M Ste Estelle	11 S S. Barnabé 23
12 M Ste Tatiana	12 S S. Félix	12 S Ste Justine	12 M S. Jules	12 J ASCENSION 19	12 D S. Guy
13 J Ste Yvette	13 D Ste Béatrice	13 D S. Rodrigue	13 M Ste Ida 15	13 V Ste Rolande	13 L S. Antoine de P.
14 V Ste Nina	14 L S. Valentin	14 L Ste Mathilde	14 J S. Maxime	14 S S. Matthias	14 M S. Élisée
15 S S. Rémi	15 M Mardi-Gras	15 M Ste Louise de M.	15 V S. Paterne	15 D Ste Denise	15 M Ste Germaine
16 D S. Marcel	16 M Cendres 7	16 M Ste Bénédicte	16 S S. Benoît-J.-L.	16 L S. Honoré 20	16 J S. J.F. Régis
17 L Ste Roseline	17 J S. Alexis	17 J S. Patrice 11	17 D S. Anicet	17 M S. Pascal	17 V S. Hervé
18 M Ste Prisca	18 V Ste Bernadette	18 V S. Cyrille	18 L S. Parfait	18 M S. Éric	18 S S. Léonce 24
19 M S. Marius	19 S S. Gabin	19 S S. Joseph	19 M Ste Emma	19 J S. Yves	19 D S. Romuald
20 J S. Sébastien	20 D Carême	20 D PRINTEMPS	20 M Ste Odette	20 V S. Bernardin	20 L S. Sylvère
21 V Ste Agnès 3	21 L S. Pierre Dam.	21 L Ste Clémence	21 J S. Anselme 16	21 S S. Constantin	21 M ÉTÉ 25
22 S S. Vincent	22 M Ste Isabelle	22 M Ste Léa	22 V S. Alexandre	22 D PENTECÔTE	22 M S. Alban
23 D S. Barnard	23 M S. Lazare	23 M S. Victorien	23 S S. Georges	23 L S. Didier	23 J Ste Audrey
24 L S. Fr. de Sales	24 J S. Modeste	24 J Ste Cath. de Su 12	24 D Jour du Souvenir	24 M S. Donatien	24 V S. Jean-Bapt.
25 M Conv. S. Paul	25 V S. Roméo	25 V Annonciation	25 L S. Marc	25 M Ste Sophie	25 S S. Prosper
26 M Ste Paule	26 S S. Nestor	26 S Ste Larissa	26 M Ste Alida	26 J S. Bérenger	26 D S. Anthelme
27 J Ste Angèle	27 D Ste Honorine	27 D Rameaux	27 M Ste Zita 17	27 V S. Augustin 21	27 L S. Fernand
28 V S. Th. d'Aquin	28 L S. Romain	28 L S. Gontran	28 J Ste Valérie	28 S S. Germain	28 M Ste Irénée 26
29 S S. Gildas 4	Epacte 17 / Lettre dominic. B	29 M Ste Gwladys	29 V Ste Cath. de Si.	29 D Fête des Mères	29 M SS. Pierre, Paul
30 D Ste Martine	Cycle solaire 15 / Nbre d'or 19	30 M Ste Amédée 13	30 S S. Robert	30 L S. Ferdinand	30 J S. Martial
31 L Ste Marcelle	Indiction romaine 2	31 J S. Benjamin		31 M Visitation	

■ **1.** *En vous servant du calendrier, identifiez les dates correspondant aux fêtes et jours fériés en France.*

■ **2.** *Dites quelles sont les fêtes communes à la France et à votre pays.*

■ **3.** *Faites la liste des fêtes de votre pays.*

La fête des amoureux.

La fête du travail.

1. La fête nationale :
- □ le 19 janvier
- □ le 14 juillet
- □ le 11 novembre

2. L'Armistice de 1918 :
- □ le 11 novembre
- □ le 6 octobre
- □ le 3 mars

3. La Saint-Valentin, fête des amoureux :
- □ le 2 janvier
- □ le 14 juillet
- □ le 14 février

4. L'Assomption, fête de la Vierge :
- □ le 22 décembre
- □ le 15 août
- □ le 13 juin

5. La fête de la Musique :
- □ le 21 juin
- □ le 15 mars
- □ le 12 septembre

6. La fête du Travail :
- □ le 15 mai
- □ le 12 avril
- □ le 1er mai

7. La Toussaint :
- □ le 8 avril
- □ le 1er novembre
- □ le 14 janvier

8. L'Épiphanie ou fête des Rois :
- □ le premier dimanche de janvier
- □ le premier dimanche de février
- □ le premier dimanche d'avril

9. La fête des Mères :
- □ le dernier dimanche d'octobre
- □ le dernier dimanche de juillet
- □ le dernier dimanche de mai

10. L'Ascension, c'est :
- □ quarante jours avant Noël
- □ quarante jours après Pâques
- □ trente jours après le Nouvel An

La fête nationale.

La fête de la musique.

La fête de l'Armistice 1918.

La fête des Rois.

La Toussaint.

LA FÊTE DE LA MUSIQUE

C'est en 1982 que le Ministre de la Culture de l'époque, Jack LANG, a instauré la Fête de la Musique. Elle a lieu, depuis, chaque année le 21 juin. Le 21 juin marque également le début de l'été. C'est pourquoi, grâce au temps généralement clément et à l'allongement des jours en cette saison, la Fête de la Musique est devenue très populaire et très appréciée du public.

Dans les villes et les villages de France, les musiciens sortent dans la rue et jouent de leur instrument. Les rues se peuplent d'orchestres ou de solistes. Sur les places publiques, sous les porches des immeubles, devant les maisons, sur les bancs publics, des gens inconnus deviennent pour quelques heures les vedettes d'un public bienveillant qui applaudit facilement. Les rues des villes sont noires de monde et l'on peut passer devant un orchestre péruvien, puis écouter quelques mouvements d'un concerto de Beethoven, avant de danser plus loin sur un air de rock ou de reggae, pour terminer à la terrasse d'un café, un verre de bière devant soi et un morceau de jazz dans les oreilles.

Animation, couleurs, airs de toutes sortes, musiques de tous pays, musiciens de tous âges : bref, c'est l'été et c'est la fête. La Fête de la Musique a connu un tel succès qu'elle s'est exportée dans de nombreux pays du monde.

LA FÊTE DES MÈRES

C'est Napoléon 1er qui, en 1806, a l'idée de cette fête. La Fête des Mères devient officielle en 1929 et populaire après la Deuxième Guerre mondiale. En 1950, une loi institue la Fête des Mères.

Elle a lieu le dernier dimanche du mois de mai. Pour cette occasion, dans les écoles, les enfants fabriquent des petits objets qu'ils offrent à leur maman : fleurs en papier, dessins, bibelots, etc.

Mais la Fête des Mères est d'abord une fête familiale : le père et les enfants achètent ensemble un cadeau à la mère de famille.

La Fête des Mères est aussi une grande opération commerciale. Dès le début du mois de mai, des inscriptions « Fête des Mères » apparaissent sur les vitrines des magasins pour rappeler à chacun qu'il doit acheter son cadeau...

Compréhension orale (CO)

Écoutez les dialogues et dites quand ils ont rendez-vous et pourquoi :

Quand ?	
Lundi à 10 h	
Jeudi soir	
Dimanche 10 h	
Le 23 à 16 h	
Mercredi à 12 h 30	

Pourquoi ?	
déjeuner	
dîner	
sortie à la campagne	
entretien	
visite médicale	

Expression orale (EO)

Avec cette page d'agenda, vous donnez rendez-vous à un ami :

Lundi
Voyage à Paris
Retour à 22 h 30

Mardi
Visite d'école
Déjeuner à la mairie

Mercredi
Réunion de travail
Voir M. MATHILE
Dîner avec Flora

Jeudi
Voyage à Lyon
Retour à 21 h

Samedi
16 h : Cérémonie
à la mairie

Expression écrite (EE)

Vous avez déménagé. Vous écrivez au journal auquel vous êtes abonné pour lui communiquer votre nouvelle adresse en indiquant sur la lettre :

– l'expéditeur,
– le destinataire,
– le lieu, la date,
– une formule d'appel,
– votre problème,
– votre demande,
– remerciements
  et formule de politesse.

Compréhension écrite (CE)

> Montpellier, le 13 mars
>
> Mon petit Jean,
>
> Ça fait bien longtemps que nous ne nous sommes pas vus et tu me manques.
> J'ai appris par ton frère que tu dois passer quelques jours en France au mois d'avril. Je serais très contente de te revoir. Si tu es d'accord, je t'invite à une soirée que j'organise le 29 avril. J'ai invité beaucoup de gens que tu connais... La fête a lieu dans l'appartement de Joëlle, 12 rue Rouget de Lisle, à partir de 9 H. Fais-moi savoir si tu es libre ce jour-là et si tu peux venir.
> J'espère que tu vas bien. J'attends ta réponse.
>
> Je t'embrasse
> Aurélie

	Oui	Non
1. C'est une femme qui écrit à un homme.	❏	❏
2. Jean habite en France.	❏	❏
3. Aurélie connaît le frère de Jean.	❏	❏
4. Aurélie et Jean se connaissent bien.	❏	❏
5. Jean ne connaît personne à Montpellier.	❏	❏
6. Aurélie organise une fête chez elle.	❏	❏
7. Le 28, Aurélie va fêter l'anniversaire du frère de Jean.	❏	❏
8. La fête a lieu à 21 h.	❏	❏
9. Jean est un enfant.	❏	❏
10. La fête a lieu au mois d'avril.	❏	❏

vos résultats	
CO	... /10
EO	... /10
CE	... /10
EE	... /10

MISE EN ROUTE

OBJECTIFS

Savoir-faire linguistiques :
- Décrire, identifier quelqu'un.
- Se décrire dans une petite annonce.

Grammaire :
- Le pronom relatif « qui ».
- L'interrogation avec inversion.
- Les pronoms personnels compléments.
- « Être en train de / venir de » + infinitif.

Écrit :
- Décoder et rédiger une petite annonce.

■ *Écoutez le dialogue et dites à quelle petite annonce il correspond.*

☐ Jolie journaliste 35 a. aimant l'Asie, les voyages, la littérature, les câlins avec Louis (2 a.) cherche Homme charmeur pour vivre à trois. Écrire journal, réf. 643/10U

☐ JF 37 a. Jolie brune yeux bleus 1 m 74 orig. anglaise prof. lib. cultivée enthousiaste sens. aim. littérature et voyages ch. H ouvert âge et goûts id. pour amour + famille Écrire journal, réf. 643/10S

☐ 52 a. Bien conservée gaie très haut niveau socioculturel vie au quotidien agréable aimant communiquer partagerait loisirs tendresse. Écrire journal, réf. 643/10E

☐ Brune, yx noirs, 1 m 65 mince, féminine, agréable dit-on 37 a. univers. souh. enf. et vraie vie de couple avec Homme ouvert et sensible à l'art. Écrire journal, réf. 643/10D

☐ Souhaite rencont. Irlandais pr améliorer anglais, apprendre gaélique, sortir. 27-35 a. Écrire journal, réf. 643/10G

☐ Belle F 60 a. veuve cadre d'orig. allem. allure jeune élég ch. H même âge, bons revenus. Écrire journal, réf. 643/10W

COMPRÉHENSION

– Il est comment, Monsieur Lanvin ?
– Il est gros, pas très grand, il a des moustaches et il porte des lunettes.

■ *Écoutez l'enregistrement, et identifiez sur chaque dessin, la personne qui correspond à la description.*

a

b

c

d

e

f

POUR COMMUNIQUER : décrire, identifier quelqu'un

POUR DONNER DES INFORMATIONS SUR QUELQU'UN, IDENTIFIER UNE PERSONNE, VOUS POUVEZ :

Parler de sa taille, de son aspect physique :

Il (ou elle) est : petit(e), grand(e), gros(se), mince, maigre, vieux (vieille), jeune.

Parler de ses caractéristiques (yeux, cheveux etc.) :

il (elle) a les yeux bleus, noirs, verts, les cheveux longs, courts, bruns, blonds, châtains, frisés...

Parler de ce qu'il porte (vêtements, accessoires : chapeau, lunettes, etc.) :

Il porte des lunettes, une moustache, une barbe, une cravate, un chapeau, un costume bleu, etc.
Elle porte une robe verte, un chemisier bleu, une minijupe, des boucles d'oreilles, etc.

À VOUS !

■ **Situation 1 :** *Vous demandez à un ami d'aller attendre deux personnes à la gare ou à l'aéroport. Regardez les images et décrivez les deux personnes que votre ami doit attendre :*

■ **Situation 2 :** *Choisissez un personnage et identifiez-le parmi d'autres en vous servant de ses caractéristiques physiques ou de détails de son comportement :*

Exemple :

– C'est qui le frère de Sylvie ?

– C'est le garçon à moustaches qui parle avec la petite blonde à la robe bleue.

À VOUS !

■ *En vous aidant des fiches* POUR COMMUNIQUER *de la page 131 et* GRAMMAIRE *ci-dessous, décrivez les personnages représentés en fonction d'une ou plusieurs caractéristiques : vêtement, attitude physique, activité, accessoires, etc.*

1

2

3

4

5

6

7

GRAMMAIRE : qui (pronom relatif)

Observez :

La fille \
Le garçon — qui — parle avec Claudine. \
L'homme / est près de la fenêtre. \
vient de sortir.

Pour identifier quelqu'un, vous pouvez :

1. le décrire :
C'est la fille à la robe bleue.
C'est le garçon à lunettes, avec une moustache.

2. dire ce qu'il fait :
C'est le garçon **qui** est assis près de la cheminée.

3. combiner les deux :
Il s'appelle comment, le petit brun **qui** fume un cigare ?
Tu la connais, la fille à lunettes **qui** joue du piano ?

Dans le langage familier, pour parler :
• **d'un homme :**
vous pouvez dire : le type, le gars, le mec.
C'est qui le mec à lunettes **qui** parle avec le directeur ?

• **d'une femme :**
vous pouvez dire : la fille, la nana.
Tu connais la nana en bleu **qui** danse avec Robert ?

• **d'un enfant :**
vous pouvez dire : le/la môme, le/la gosse,
le gamin / la gamine.
Il est à qui le môme **qui** pleure ?

ou :
C'est qui le petit gros à moustache ?
La petite nana blonde, tu la connais ?

Pour évoquer ce que fait une personne au moment où vous parlez, vous pouvez utiliser :
« Être en train de » + infinitif :
C'est le garçon qui est en train de discuter avec Roger.

Pour évoquer ce qu'a fait une personne il y a quelques secondes, quelques minutes, vous pouvez utiliser :
« Venir de » + infinitif
Raoul, c'est le type qui vient de sortir.

À VOUS !

– Vous êtes étudiante ?
– Non, je suis au chômage.
– Et lui ?
– C'est mon copain. Il est musicien.
  Il joue de la guitare électrique.
– Et le chien, il est à vous ?
– Non, il est à mon copain. Le mien,
  c'est un doberman.

À louer à jeune fille sérieuse, célibataire, calme, petit studio de 24 m², libre de suite, 2500 F par mois. Téléphone : 45 53 66 66 aux heures des repas.

1. *Mettez-vous par deux et imaginez un dialogue en vous basant sur une petite annonce.*

2. *Écoutez les dialogues proposés et dites si la personne correspond à la petite annonce :*

Annonce 1 (dialogue 1)

Cherche représentant de commerce, libre de suite. Permis de conduire indispensable. Moins de 25 ans. Niveau baccalauréat.

Annonce 2 (dialogue 2)

Société multinationale cherche secrétaire parlant anglais. Compétences en informatique requises. Grande disponibilité indispensable (Nombreux voyages à l'étranger).

Annonce 3 (dialogue 3)

Cherche collaborateur jeune et dynamique, parlant couramment anglais, pour organiser notre réseau national et international. Connaissances en informatique obligatoires.

ÉCRIT

PHONÉTIQUE
[œ̃] / [ɛ̃] / [ã]

PHONÉTIQUE
[ɔ̃] / [ã] / [œ̃] / [ɛ̃]

■ *Écoutez le dialogue et écrivez le texte de la petite annonce correspondante :*

■ *Dites si vous avez entendu* [œ̃], [ɛ̃], *ou* [ã].

	[œ̃]	[ɛ̃]	[ã]
1			
2			
3			
4			
5			
6			
7			
8			
9			
10			

■ *Dites si vous avez entendu* [ɔ̃], [ã], [œ̃], *ou* [ɛ̃].

	[ɔ̃]	[ã]	[œ̃]	[ɛ̃]
1				
2				
3				
4				
5				
6				
7				
8				
9				
10				

MISE EN FORME

GRAMMAIRE : l'interrogation avec inversion

Dans la langue écrite (registre soutenu), on utilise parfois l'inversion pour poser une question.

À l'oral, on demandera à quelqu'un que l'on rencontre :
– Vous vous appelez comment ?
– Comment vous vous appelez ?

– Comment est-ce que vous vous appelez ?
– Vous parlez français ?
– Est-ce que vous parlez français ?

Mais dans un questionnaire écrit, on pourra trouver :
– Comment vous appelez-vous ?
– Parlez-vous français ?

ENTRAÎNEMENT
**questions
écrit → oral**

ENTRAÎNEMENT
**questions
oral → écrit**

Exercice 84

*Voici un questionnaire **écrit** pour une enquête d'opinion. Formulez les questions telles qu'elles seront posées **oralement** par le sondeur :*

Quand avez-vous acheté votre premier téléviseur ?
→ Quand est-ce que vous avez acheté votre premier téléviseur ?
→ Vous avez acheté votre premier téléviseur quand ?

1. Combien de temps par semaine regardez-vous la télévision ?

2. Quelle chaîne préférez-vous ?

3. Regardez-vous le journal télévisé ?

4. Quel est votre animateur préféré ?

5. Préférez-vous les films de fiction ou les émissions d'information ?

6. La télévision est-elle pour vous un loisir indispensable ?

7. Allez-vous souvent au cinéma ?

8. Pouvez-vous citer les trois émissions que vous préférez ?

9. Allumez-vous la télévision dès que vous arrivez chez vous ?

10. Pourriez-vous vous passer de téléviseur ?

Exercice 85

À partir des questions orales, ci-dessous, que le sondeur compte poser, rédigez le questionnaire écrit, dans un registre de langue soutenu :

1. Vous lisez le journal ?

2. Est-ce que vous êtes abonné à un quotidien ou à un hebdomadaire ?

3. Vous allez souvent à la bibliothèque ?

4. Est-ce qu'il y a une bibliothèque dans votre quartier ?

5. Vous connaissez les bibliobus ?

6. Vous lisez combien de livres par mois ?

7. Est-ce que vos enfants lisent ?

8. Quand est-ce que vous lisez : le soir ? en fin de semaine ? pendant les vacances ?

9. Vos auteurs préférés ?

10. Vous préférez les romans ou les livres d'information ?

11. Où est-ce que vous achetez vos livres : dans une librairie ? dans une grande surface ?

GRAMMAIRE : les pronoms personnels compléments : le / la / les / lui / leur

Observez :

Je connais Paul / Je parle **à** Paul.
Je connais Caroline / Je parle **à** Caroline.

Paul ? Je **le** connais mais je ne **lui** parle plus.
Caroline ? Je **la** connais mais je ne **lui** parle plus.

Paul et Caroline ? Je **les** connais mais je ne **leur** parle plus.
Anne et Claudine ? Je **les** connais mais je ne **leur** parle plus.

- On emploie « le / la / les » quand le verbe se construit **sans** « **à** » : je connais quelqu'un → je **le** connais.
- On emploie « lui / leur » quand le verbe se construit **avec** « **à** » : je parle à quelqu'un → je **lui** parle.

	verbe + nom		verbe + « à » + nom	
	Masculin	**Féminin**	**Masculin**	**Féminin**
SINGULIER	le (l')	la (l')	lui	lui
PLURIEL	les	les	leur	leur

Quand on utilise « le / la / les », on peut également formuler une information en utilisant « **que** ».

Il le connaît très bien.
Je la trouve très sympathique.

C'est quelqu'un **qu'**il connaît très bien.
C'est une fille **que** je trouve très sympathique.

ENTRAÎNEMENT
le / la / l'

Exercice 86

*Complétez par « le / la »
ou « l' » selon le cas :*

1. Pierrette ? Je .... attends d'une minute à l'autre.
2. Elle parle trop doucement ! Je ne .... entends pas.
3. Virginie, je .... connais à peine, mais je .... adore.
4. J'hésite à téléphoner à Sébastien : je ne veux pas .... déranger.
5. Je sors mon jeune chien dans la neige pour .... habituer au froid.
6. Paul loue un appartement à Cassis, mais il ne .... habite que pendant l'été.
7. Le radiateur électrique est en panne. Je ne peux pas .... brancher.
8. Lundi, je n'ai pas besoin de ma voiture. Tu peux .... prendre.
9. Si tu n'as pas besoin de ta voiture lundi, je peux te .... emprunter ?
10. Bien sûr, je te .... prête volontiers.

ENTRAÎNEMENT
**le / la / l' / les
lui / leur**

Exercice 87

*Complétez par « le / la /
les / lui / leur » :*

1. Si tu vois les Morel, dis- .... que je .... invite à dîner lundi soir.
2. La fille blonde qui porte des lunettes, tu .... connais ?
3. C'est mon professeur de dessin. Je .... vois tous les jeudis.
4. Je n'ai pas vu Agnès depuis quinze jours. Je vais .... téléphoner demain matin.
5. Ma voiture, c'est la Renault 5 garée au coin de la rue, là-bas. Tu .... vois ?
6. Je rencontre André demain. Tu veux .... voir aussi ?
7. Veux-tu me rapporter les journaux, s'il te plaît ? Je ne .... ai pas lus ce matin.
8. J'ai reçu une lettre de mes parents, mais je ne .... ai pas encore répondu.
9. Je ne bois jamais de café : je ne .... supporte pas.
10. Jocelyne a mal aux dents, le dentiste .... a donné rendez-vous à 4 heures.

ENTRAÎNEMENT
c'est... que

Exercice 88

*Transformez en
utilisant « que » :*

(Exemple : Je la rencontre souvent → C'est une fille que je rencontre souvent.)

1. Je l'aime beaucoup.
2. Il la connaît très bien.
3. Je le vois souvent.
4. Je ne le comprends pas.
5. Je le trouve intéressant.
6. Je l'apprécie beaucoup.
7. Je ne la connais pas très bien.
8. Je le déteste.
9. Elle le rencontre tous les jours.
10. Je ne l'invite jamais.

À VOUS !

■ *Lisez les petites annonces et, parmi les présentations, dites qui correspond à la personne recherchée dans les petites annonces. Justifiez vos choix :*

Petites annonces

Tu as 45 ans, tu es seul et libre, tu aimes les voyages, le rock and roll. Moi, j'ai 40 ans, un enfant. On se rencontre ?

Jeune fille, 22 ans, blonde, sportive, infirmière, cherche homme, 25/30 ans, sérieux, sincère, en vue mariage.

Homme 60 ans, paraissant 50, retraité, 15 000 F revenus mensuels, belle maison à la campagne avec piscine, cherche compagne 40/45 ans pour projets communs.

Homme 40 ans, marié, 3 enfants mais libre dans son corps et dans sa tête, cherche /femme, âge indifférent mais préférence 25/30 ans pour échange d'idées sur la culture, le théâtre et le cinéma.

Jeune homme, 19 ans, 1 m 78, blond, timide, étudiant en droit, aimerait rencontrer jeune fille même âge, sentimentale, douce et féminine. Pas sérieux s'abstenir.

Présentations

Je m'appelle Raoul. Je suis épicier. J'aime la pêche à la ligne, l'accordéon et le cinéma. Je suis veuf et j'ai 2 grands enfants.

Je suis étudiant en sciences économiques. J'ai 25 ans, je suis célibataire et j'aime danser.

Je suis une jeune grand-mère de 53 ans. J'habite dans la banlieue de Lyon. J'aime nager, j'aime les grandes promenades à la campagne et les soirées au coin du feu.

Je suis petit, pas très beau, et un peu gros. Je ne sais pas danser et je n'aime pas le cinéma. Je gagne 4 000 F par mois et je suis célibataire.

– Pour vous, quel est l'homme idéal ?
– Il est jeune, il a 19 ans, comme moi. Je suis étudiante. Mon film préféré, c'est *Love Story*. J'adore les romans de Barbara Cartland et je crois au grand amour.

J'aime la vie, l'aventure, l'amour et la liberté. J'ai 31 ans. Tout m'intéresse.

– J'ai 42 ans. Je suis passionné de musique et fan des Rollings Stones. Je suis amoureux des grands espaces. Je m'apprête à faire le tour du monde sur mon voilier mais je n'aime pas la solitude : à deux, c'est mieux.

ÉCRIT

■ *Choisissez une petite annonce et rédigez une lettre de réponse.*

CIVILISATION

Portraits

■ *Faites le portrait d'un personnage typique de votre pays.*

L'instituteur / L'institutrice

Tout le monde en a un, une (ou plusieurs) dans sa mémoire. L'« instit », c'est, pour les enfants, le premier contact avec la société extérieure en dehors du cercle familial. C'est aussi l'ouverture sur le monde du savoir. C'est un guide, souvent un modèle.

Son image a évolué avec le temps. Même si la profession a perdu de son prestige, l'instituteur reste un notable de village. Il est souvent secrétaire de mairie, animateur d'associations culturelles ou sportives, voire maire.

« L'instit » (comme on l'appelle) a une image tellement positive dans l'opinion publique qu'une série télévisée de fiction lui a été consacrée.

Le sapeur-pompier

Les sapeurs-pompiers sont aimés et admirés des Français : au « hit-parade » des métiers, ils arrivent en tête. Professionnels dans les grandes villes et volontaires dans les villages, les sapeurs-pompiers interviennent sur simple appel téléphonique (le numéro 18) en cas d'incendie ou d'accident de la route. Ils sont les héros des temps modernes. Mais on les voit aussi dans des circonstances plus modestes, assurant la sécurité dans les villages de France à l'occasion de manifestations populaires : fêtes, défilés, kermesses, bal du 14 juillet. Et comme on les aime bien, il est de tradition de leur acheter leur calendrier lorsqu'ils passent dans les maisons à la fin du mois de décembre.

Le bricoleur

Les Français sont les rois du bricolage : ils sont un sur deux à manier régulièrement le tournevis ou la truelle, le marteau et la perceuse.

Le bricoleur fréquente, le samedi, les grandes surfaces spécialisées dans l'outillage et les fournitures, où on le voit discuter savamment avec les vendeurs. Les Français consacrent en moyenne, selon une enquête de l'INSEE, plus de 1 000 francs par personne et par année à cette activité de loisirs. Et le dimanche matin, le bricoleur se lève à l'aube pour percer, poncer, scier, raboter, peindre, tapisser.

Certains bricoleurs sont spécialisés dans une activité : celui-ci est un excellent menuisier et a fabriqué lui-même tous les meubles de sa maison ; tel autre s'est fait une spécialité de la mécanique automobile et ne conduit jamais sa voiture chez le garagiste. (Plus encore : s'il entend un bruit suspect sur VOTRE voiture, il vous propose de la réparer !) Mais d'autres sont des bricoleurs universels : ils sont capables de... tout ! Passionnés par des activités que le commun des mortels considère comme des corvées, ils peuvent aussi bien réparer une chaussure trouée, déboucher l'évier, installer un chauffage central ou une antenne parabolique ou même construire une maison de A à Z. Le bricolage est une activité essentiellement masculine. Mais les temps changent et quelques femmes commencent à s'y mettre...

Le boulanger / La boulangère

Campagne publicitaire sur les murs en faveur du bon pain, interventions à la radio des associations de boulangers : la boulangerie française des années 90, en crise, est inquiète. En effet, en cinquante ans, la consommation de pain des Français a été divisée par quatre. Le Français n'est-il donc plus l'homme à la baguette sous le bras ?

Pourtant, la boulangère (ou le boulanger) est encore un personnage important dans les villages et les villes de France. Car même si les Français en mangent de moins en moins, beaucoup d'entre eux demeurent attachés à la qualité du pain. On n'hésite pas à traverser la moitié de la ville, le dimanche matin, pour acheter le pain et les croissants que fabrique tel ou tel artisan-boulanger.

Généralement, le boulanger est au fournil et la boulangère derrière le comptoir. Souriante, impeccable dans sa blouse blanche, elle vous propose les spécialités nombreuses de la maison : pain aux noix, au sarrasin, aux cinq céréales, au levain, au son, tourtes aux épinards, tartes aux fruits et brioches.

Le pain, c'est encore meilleur quand on le mange.

ÉVALUATION

Compréhension orale (CO)

Écoutez le dialogue et choisissez parmi les solutions proposées celles qui correspondent à la description physique entendue :

1. Elle est
❐ jolie.
❐ mignonne.
❐ belle.

2. Elle est
❐ féminine.
❐ féministe.

3. Elle est
❐ timide.
❐ décontractée.
❐ sérieuse.

4. Elle mesure
❐ 1 m 66.
❐ 1 m 60.
❐ 1 m 70.

5. Elle s'appelle
❐ Annie.
❐ Anne.
❐ Anna.

6. Elle a les yeux
❐ bleus.
❐ verts.
❐ noirs.

7. Elle a les cheveux
❐ blonds.
❐ bruns.
❐ noirs.

8. Elle est
❐ étudiante.
❐ pharmacienne.

9. Elle est habillée
❐ d'une robe du soir.
❐ d'un jean.
❐ d'un short.

10. Elle est
❐ simple.
❐ contractée.
❐ intimidée.

Expression orale (EO)

Faites le portrait du garçon ou de la fille idéale. Ou vous téléphonez pour une petite annonce. Décrivez-vous.

Expression écrite (EE)

Imaginez une réponse à cette petite annonce :

> 1. JH 35 ans, brun, yx noirs, 1 m 80, célibataire, bonne sit. (ing. en électr.), aimant sorties, voyages, aventure, ch. JF même âge, mêmes goûts, sachant conduire, pour amitié et traversée du Sahara.

Compréhension écrite (CE)

Lisez le texte suivant et répondez au questionnaire :

Les Français : portrait-robot

Les Français sont près de 60 millions. Ils représentent environ 11,5 % de la population de l'Europe.

Les Français grandissent : ils mesuraient en moyenne 1 m 66 en 1939. En près de 60 ans, ils ont gagné 8 cm. Les Français mesurent, en moyenne, 1 m 74 et les Françaises, 1 m 69. Les experts pensent que la bicyclette, au début du siècle, puis la multiplication des moyens de transport expliquent cette augmentation de taille : les jeunes sont allés plus loin chercher une épouse ou un époux et ont ainsi diminué le nombre des mariages consanguins. Les Français pèsent en moyenne 72,2 kg pour les hommes et 60,6 kg pour les femmes.

31 % des Français ont les yeux bleus, 14 % ont les yeux gris et 55 % ont les yeux foncés ou noirs. Les blonds diminuent et les roux sont en voie de disparition (0,3 %).

L'espérance de vie augmente : 72 ans pour les hommes et 80 ans pour les femmes. (En 1900, elle était de 45 ans pour les hommes et de 48 ans pour les femmes). La consommation d'alcool et de tabac pourrait expliquer cette différence entre hommes et femmes mais l'écart tend à diminuer parce que ces habitudes de consommation augmentent chez les femmes.

1. Population de la France : ....
2. Population approximative de l'Europe :...........
3. Taille actuelle des Français :...........................
4. Taille des Français en 1939 : ....
5. Taille actuelle des Françaises : ....
6. Poids moyen des Français : ....
7. Poids moyen des Françaises : ....
8. Espérance de vie des Françaises :....................
9. Espérance de vie des Français : ....
10. Espérance de vie des Françaises en 1900 : ......

vos résultats	
CO	... /10
EO	... /10
CE	... /10
EE	... /10

O B J E C T I F S

Savoir-faire linguistiques :
- Décrire un objet.
- Demander le prix d'un objet.
- Comparer.
- Quantifier.

Grammaire :
- Les comparatifs.
- Unités de quantification.

Écrit :
- Répondre à une petite annonce.
- Rédiger une invitation.
- Rédiger un mot d'excuse.

MISE EN ROUTE

■ *Écoutez les dialogues et dites à quel document ils correspondent :*

b

DEMEURES DU SOLEIL
Tél. : (16) 55 43 87 55 63 - Fax : (16) 90 21 87 55 55

GORDES
EXCEPTIONNELLE BASTIDE restaurée de 600 m² hab.
Belles réceptions. 6 chambres.
Dépendances aménageables.
Piscine. 2 000 m² de jardin clos.
Superbe vue dominante sur la vallée. Réf. 9056

a

c

d

Version de base		Version multimédia
Processeur	Pentium	Pentium 133
Mémoire Ram	4 Méga	8 Méga
Carte son	non	oui
CD ROM	non	oui
Haut-parleurs externes	non	oui
Écran	14 pouces	15 pouces
PRIX	9 000 F	12 000 F

COMPRÉHENSION

■ **1.** *Écoutez la conversation et dessinez le plan de l'appartement dont on parle.*

■ **2.** *Écoutez les dialogues et mettez le numéro du dialogue sous le dessin des objets.*

LES CHIFFRES

1. *Écoutez l'enregistrement.*
2. *Identifiez l'objet dont on parle.*
3. *Dites combien il coûte en francs.*

4. *Indiquez approximativement le prix du même objet dans votre pays.*
5. *Comparez les prix entre la France et votre pays.*

dialogue	objet	prix en francs	prix dans la monnaie de votre pays
1			
2			
3			
4			
5			
6			
7			
8			
9			
10			

POUR COMMUNIQUER : demander le prix

Pour demander le prix de quelque chose :
Ça coûte combien ?
Combien ça coûte ? (ça = cela)
Cela coûte combien ?
Quel est le prix de… ?
Je voudrais savoir le prix de…

Pour payer quelque chose :
Ça fait combien ?
Cela fait combien ?
Combien ça fait ?
Je vous dois combien ?
Combien est-ce que je vous dois ?

Pour demander de payer dans un café, un restaurant :
L'addition s'il vous plaît !
La note s'il vous plaît !

Pour demander un justificatif :
Vous pourriez me faire une facture ?

À la poste, lorsque vous envoyez un mandat, une lettre recommandée, on vous donne **un récépissé.**
À la banque, si vous versez ou retirez de l'argent, vous obtenez **un reçu.**

ENTRAÎNEMENT
les comparatifs

Exercice 89

Complétez en utilisant « plus… que », « moins… que » :

1. La Belgique est .... grande .... le Luxembourg.
2. Au Sénégal, il fait .... chaud .... en France.
3. Lyon est .... petit .... Marseille.
4. Les Allemands voyagent .... les Français.
5. En Espagne, il y a .... de chômage .... en France.
6. Les Anglais boivent .... de thé .... les Français.
7. Il y a cinquante ans, on vivait .... vieux .... maintenant.
8. Les Français boivent .... de bière .... les Allemands.
9. En hiver, à Nice, il y a .... de touristes .... en été.
10. La France produit .... de vin .... l'Italie.

GRAMMAIRE : les comparatifs

Pour comparer deux choses : (prix, taille, poids, etc.)
Plus… que… En Italie, l'essence est **plus** chère **qu'**en France.
Moins… que… Les voitures françaises sont **moins** chères **que** les voitures allemandes.
Aussi… que… Cela coûte **aussi** cher **qu'**en France. Ça coûte **moins / plus / aussi** cher en France.

Construction : C'est + plus / aussi / moins + grand / cher / intéressant (+ que …)

Objets...

COMPRÉHENSION

dialogue	image
1	
2	
3	
4	
5	
6	

■ *Écoutez les enregistrements et identifiez l'objet dont on parle :*

a

b

c

d

e

f

g

h

i

j

k

l

MISE EN FORME

POUR COMMUNIQUER : décrire un objet

POUR PARLER D'UN OBJET, VOUS POUVEZ DONNER DES INFORMATIONS SUR :

SA FORME

c'est rond   c'est carré   c'est rectangulaire   c'est ovale

SA COULEUR

rouge   bleu   vert   blanc   noir   gris   jaune

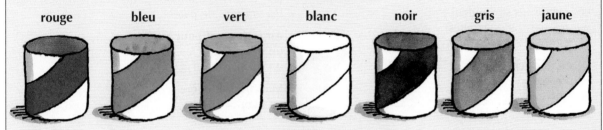

SON POIDS, SA MATIÈRE

lourd   léger   en bois   en métal   en verre   en plastique   en terre   en cuir

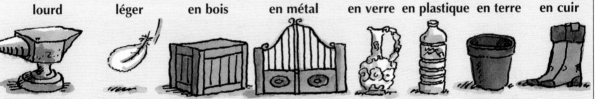

SON CONTENU

un verre d'eau   une tasse de thé   une assiette de frites   une boîte d'allumettes

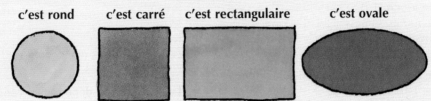

SA DESTINATION, SON USAGE

un verre à vin   un verre à eau   une fourchette à escargots   un couteau à huîtres   une tasse à café   une tasse à thé

une cuillère à café, à soupe   un fer à repasser   une brosse à dents

Pour connaître la destination, l'utilité d'un objet vous pouvez demander :

Est-ce que ça sert à la maison ? à l'école ? à cuisiner ?
À quoi ça sert ? Ça se mange ? Ça se boit ?
Est-ce qu'on peut le manger ? l'ouvrir ? le fermer ?

LES CHIFFRES

GRAMMAIRE : unités de quantification

Poids :
un kilo, une tonne (1 000 kg)
une livre = 500 grammes
une demi-livre = 250 grammes
une livre et demie = 750 gr.

On compte par douzaine ou demi-douzaine :
les œufs
les escargots
les huîtres

Les cigarettes se vendent :
par paquets (20 cigarettes)
par cartouches (10 paquets)

Le sucre s'achète :
en poudre
en morceaux

On peut couper en tranches :
le jambon
le rôti
le pain
certains gâteaux (en tranches ou en parts)
certains fromages

Le saucisson se découpe en rondelles.

On met dans des boîtes :
les conserves (haricots, petits pois, tomates, etc.)
les sardines, le pâté

Au restaurant pour le vin :
un quart = 25 cl
un demi = 50 cl

Mais pour la bière :
un demi = 25 cl

LES CHIFFRES

Identifiez l'unité que vous avez entendue dans chaque dialogue et précisez la quantité :

Unité	1	2	3	4	5	6	7	8	9	10
kilo, livre										
grammes										
litre										
mètre										
douzaine										
1, 2, 3, etc.										
tranche										
rondelle										
paquet										
boîte										
sachet										
sac										
morceau										

ENTRAÎNEMENT

quantifier

Exercice 90

Corrigez les erreurs concernant les unités de mesure utilisées :

1. Je voudrais six litres de pommes de terre et trois kilos de bière.

2. Donnez-moi un kilo de vin et une tranche de spaghettis.

3. Il me faudrait un kilo d'œufs et un mètre de saucisson.

4. Vous pourriez me donner une boîte d'eau minérale et un paquet de sardines ?

5. Il me faudrait un litre de sucre et une livre de pastis.

6. Je voudrais trois rondelles de jambon et une boîte d'œufs.

7. Je voudrais un sachet de lait et une boîte de salade.

8. Je prendrai une cartouche d'huîtres et un litre de citrons.

9. Je voudrais une livre de tissu bleu.

10. Donnez-moi une boîte de cigarettes et un paquet d'allumettes.

■ **Jeu de l'objet inconnu :**

Un élève sort et doit deviner l'objet choisi par le
groupe en posant des questions.
Réponses uniquement par « oui » ou par « non ».

À VOUS !

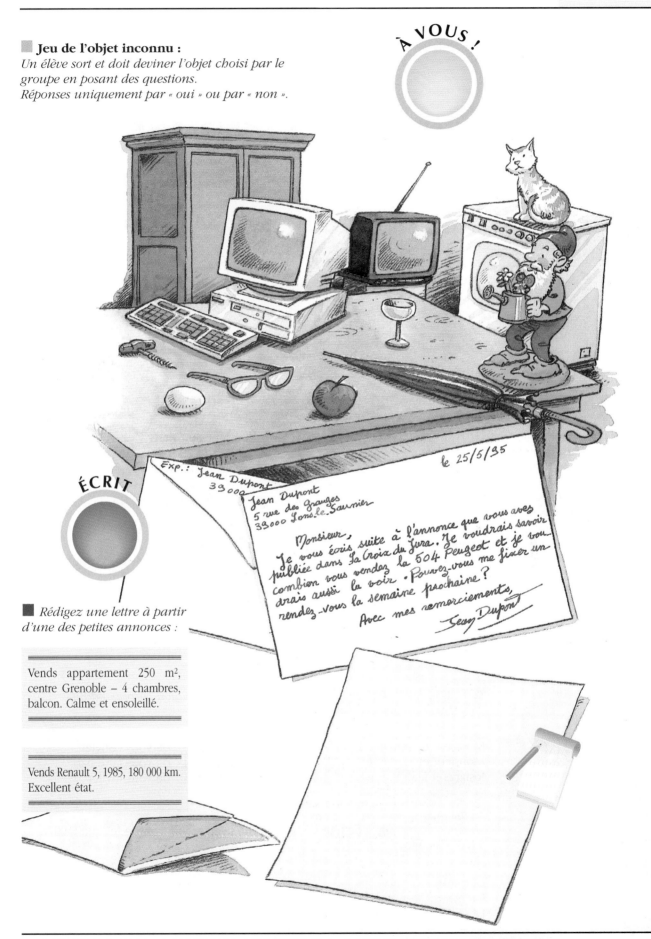

ÉCRIT

le 25/5/95

Exp.: Jean Dupont
33 000

Jean Dupont
5 rue des Granges
33000 Lons-le-Saunier

Monsieur,
Je vous écris suite à l'annonce que vous avez
publiée dans La Croix du Jura. Je voudrais savoir
combien vous vendez la 504 Peugeot et je voudrais aussi la voir. Pouvez-vous me fixer un
rendez-vous la semaine prochaine ?
Avec mes remerciements,
Jean Dupont

■ *Rédigez une lettre à partir*
d'une des petites annonces :

Vends appartement 250 m², centre Grenoble – 4 chambres, balcon. Calme et ensoleillé.

Vends Renault 5, 1985, 180 000 km. Excellent état.

LES CHIFFRES

■ *Écoutez les dialogues et dites si les quantités évoquées sont précises ou imprécises :*

dialogue	précis	imprécis
1		
2		
3		
4		
5		
6		
7		
8		
9		
10		
11		
12		

MISE EN FORME

GRAMMAIRE : quantifier de façon imprécise

Plus / moins :
Plus de cent francs.
Moins de cent francs.

Un peu / beaucoup / plus / moins :
Un peu plus de 100 francs.
Beaucoup plus de 100 francs.
Un peu moins de 1000 francs.

Entre / 5 à 10 / 10-12 :
Un salaire entre 12 et 15 000 francs.
J'en ai pour 5 à 10 minutes.
Je pars 5-6 jours.

Environ / autour de / dans / à peu près :
Il gagne autour de 10 000 francs par mois.
Il gagne environ 10 000 francs par mois.
Il gagne dans les 10 000 francs.
Il gagne à peu près 10 000 francs.

Dizaine / centaine / millier :
Nous sommes une dizaine.
Ils étaient une centaine / plusieurs centaines.
Il y avait un millier de manifestants.
Il a une vingtaine d'années.

ÉCRIT

■ **1.** *Écoutez le dialogue et écrivez un carton d'invitation correspondant à la conversation en utilisant les éléments proposés :*

Monsieur et Madame GANDOIS	ont le regret	de vous convier
Monsieur et Madame TOURNON	ont le plaisir	de vous faire part
Josiane et Jean-Pierre	ont l'honneur	de vous inviter

au mariage	
au repas de mariage	de leur fils Jean-Pierre avec Mademoiselle Josiane DUBY.
à leur mariage.	

La messe		le samedi 5 juin 1997	à 17 h 30
La fête	aura lieu	le vendredi 20 mars 1997	à 16 h 30
La cérémonie civile		le samedi 21 juillet 1997	à 15 h 30

ÉCRIT

à la salle des fêtes	du village.
à la mairie	de Guisau (Aisne).
à l'église	de Guevan.

Un apéritif		à la salle des fêtes.
Un repas	réunira parents et amis	au restaurant *La Mangeoire*.
Un thé dansant		au club hippique.

■ **2.** *Vous avez reçu la lettre ci-dessous. Vous n'avez pas envie d'aller à ce vernissage.*
Vous écrivez une lettre d'excuse à l'aide des éléments présentés :

Cher ami – J'ai le grand plaisir
de vous faire savoir que le vernissage
de mon exposition aura lieu le Ven-
dredi 17 avril, à 20 heures, à la Galerie
Trapon, 19 rue de Waisey –
Naturellement, je vous y invite !
Je compte sur vous –
À bientôt. Georges

Liste d'excuses :

J'ai beaucoup de travail.
Je me suis blessé en jouant au football.
Ma belle-mère est malade.
J'ai le bras droit dans le plâtre.
Je pars en vacances le 17 avril.
Mon petit dernier a les oreillons.
J'ai un rendez-vous avec Richard Gere / Cindy Crawford.

Formules :

| Je suis au regret de vous faire savoir | que je ne peux pas **+ infinitif**. |
| J'ai le regret de vous informer | |

Je regrette	de ne pas pouvoir	assister à ta/votre réunion.
Je suis désolé	de ne pas	répondre à votre/ton invitation.
		venir à ton/votre rendez-vous

Exemple de lettre d'excuse :

chère Marie Claude,

Je suis désolée de ne pas pouvoir assister à ton mariage
samedi prochain car j'accompagne à l'aéroport, à
Paris, Henri qui part aux États-Unis ce jour-là.

Je regrette beaucoup de ne pas partager avec toi ce
moment de joie. Je suis avec toi par la pensée
et je vous adresse, à François et à toi, tous mes
vœux de bonheur.
Amitiés sincères,

Jacqueline

CIVILISATION

BON APPÉTIT !

■ *Répondez à ce petit questionnaire sur la gastronomie française :*

La bouillabaisse.

Plat d'escargots.

La fondue.

On fait la fondue savoyarde avec :
❏ du fromage
❏ du lait
❏ de la viande

La choucroute est une spécialité :
❏ jurassienne
❏ lyonnaise
❏ alsacienne

On produit du cidre :
❏ en Provence
❏ en Normandie
❏ en Franche-Comté

Les crêpes sont une spécialité :
❏ bourguignonne
❏ gasconne
❏ bretonne

Les escargots les plus réputés sont les escargots de :
❏ Bourgogne
❏ Gascogne
❏ Dordogne

À Noël, la volaille traditionnelle est :
❏ le pigeon
❏ l'oie
❏ la dinde

La bouillabaisse est :
❏ une salade
❏ une soupe de poissons
❏ une sauce au poivre

Le premier producteur mondial de vin est :
❏ l'Italie
❏ la France
❏ l'Espagne

Avec les huîtres, on boit généralement :
❏ du vin rouge
❏ du vin blanc
❏ du coca

La France produit :
❏ 340 fromages
❏ 125 fromages
❏ 60 fromages

Pain

1965	1989
84 Kg	44 Kg

par an et par habitant

POMME DE TERRE

1965	1989
95 Kg	35 Kg

par an et par habitant

VIN

1965	1989
91 litres	32 litres

par an et par habitant

SUPERMARCHÉ

1969	1989
10,4 %	59 %

des achats

SUCRE

1965	1989
21 Kg	9 Kg

par an et par habitant

AUTOMOBILE

1965	1991
47 %	77 %

des ménages

TÉLÉPHONE

1954	1991
8 %	94 %

des ménages

TÉLÉVISION

1965	1991
46 %	95 %

des ménages

BAIGNOIRES OU DOUCHES

1962	1990
28 %	93 %

des résidences principales

WC INTÉRIEURS

1962	1990
40 %	94 %

des résidences principales

La consommation des Français.

La choucroute.

Plateau de fromages.

Les crêpes,

Les fruits de mer.

ÉVALUATION

Compréhension orale (CO)

Écoutez l'enregistrement et remplissez la fiche :

1. Objet : ....
2. Marque : ....
3. Nom : ❐ Clio
        ❐ Twingo
4. Prix : ....
5. Année : ....
6. Âge : ....
7. Consommation : ....
8. Carburant : ❐ essence
                ❐ diesel
9. Couleur : ....
10. Nombre de kilomètres : ....

Expression orale (EO)

Vous faites les courses (voir liste des courses). Précisez les quantités, demandez le prix.

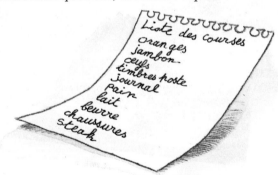

Expression écrite (EE)

Choisissez une petite annonce et écrivez une lettre pour demander des précisions :

Vds appartement centre ville. 4 chambres. Quartier calme. Prix intéressant.

À vendre Renault Clio, 95, bon état. Prix intéressant.

Vds maison campagne, 160 km de Paris. 5 pièces, cheminée en état de fonct., jardin. À rénover. Prix à débattre.

Compréhension écrite (CE)

Indiquez sur le plan où se trouvent le salon, la cuisine, la salle de bains, la salle à manger, le bureau, la mer, le jardin, le garage, les 2 chambres.

Madame,

Voici les renseignements que vous m'avez demandés à propos de la maison que nous louons à Arcachon pour les vacances d'été.

Il y a 5 pièces : trois au rez-de-chaussée et 2 chambres à l'étage. En plus, bien entendu, vous avez une cuisine équipée (frigo, cuisinière, lave-linge et lave-vaisselle) ainsi qu'une salle de bains équipée d'une douche et d'une baignoire.

Parmi les 3 pièces du rez-de-chaussée, à gauche vous avez une salle à manger, à droite un salon et derrière le salon une pièce qui peut également servir de chambre ou de bureau. La cuisine se trouve à droite, en entrant. L'accès à la salle de bains se fait par la cuisine. Derrière la maison vous avez un petit jardin très ensoleillé. Les 2 chambres à l'étage donnent sur la mer et la cuisine et le salon sont du côté jardin. Il y a un garage au fond du jardin. Le quartier est très calme, même en été.

La maison est libre à partir du 1er juillet. Le loyer est de 6 000 francs par mois, et de 11 000 francs si vous louez pour les deux mois.

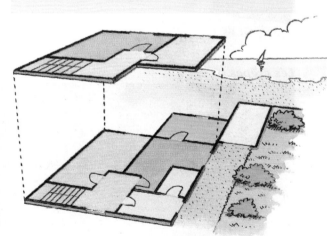

vos résultats	
CO	... /10
EO	... /10
CE	... /10
EE	... /10

Préparation au DELF-A1

Expression écrite (EE)

Répondez à une de ces lettres :

> Lyon, le 12/11/95
>
> Georges,
>
> J'arriverai à Paris, mardi, à 18 H. Je voudrais te voir ... Si tu es libre, nous pouvons nous retrouver au restaurant que tu connais, rue Mazagrand, vers 20 H.
>
> Donne-moi une réponse avant dimanche.
>
> Jacqueline

Nantes, le 6 janvier 1996

Monsieur le Directeur,

Suite à votre courrier du 19 décembre, je vous informe que je serai disponible pour un entretien entre le 10 et le 15 février.

Je vous remercie de bien vouloir m'indiquer la date et l'heure qui vous conviennent.

Je vous prie d'agréer, Monsieur le Directeur, l'expression de mes respectueuses salutations.

P. Deveau

Paul Deveau

Paris, le 20 décembre 1995

Chère Madame,

Vous avez gagné un séjour de 8 jours à l'Alpe d'Huez entre le 5 janvier et le 30 mars 1996.

Pourriez-vous nous indiquer les dates qui conviennent et nous confirmer que vous êtes intéressée par ce séjour ?

Meilleures salutations,

Letellier

Jean Letellier
Directeur du Marketing

Expression orale (EO)

Imaginez un dialogue où, en vous servant de l'emploi du temps suivant, vous essayez de trouvez un moment pour accorder un rendez-vous à quelqu'un qui voudrait vous rencontrer le lendemain matin :

Emploi du temps du lendemain

8 heures : visite du nouveau Garage Renault
9 heures : réunion avec le Directeur de Peugeot
10 heures : rendez-vous avec le directeur de la Banque Populaire

11 heures : dentiste
12 heures : repas avec le responsable du marketing
16 h 15 : départ pour Marseille (Gare de Lyon)

91. Demande polie ou directe

Dites s'il s'agit d'une demande polie (utilisation de formes de politesse) ou d'une demande directe (sans forme de politesse) :

	demande polie	demande directe
1. Tu me donnes du feu, André ?	❒	❒
2. Vous avez l'heure, s'il vous plaît ?	❒	❒
3. Pourriez-vous me rappeler plus tard ?	❒	❒
4. C'est loin d'ici ?	❒	❒
5. S'il vous plaît ! Est-ce que vous auriez de la monnaie de 500 francs ?	❒	❒
6. Allô ? Les renseignements ? J'aimerais avoir le numéro de téléphone de M. Albéric, à Lille.	❒	❒
7. Excusez-moi, Mademoiselle, la place est occupée ?	❒	❒
8. Est-ce que tu pourrais m'envoyer ces renseignements avant samedi ?	❒	❒
9. Je peux fumer ?	❒	❒
10. C'est quelle heure ?	❒	❒

92. L'heure officielle, l'heure courante

Dites si l'heure est donnée de façon officielle ou courante :

	heure officielle	heure courante
1. Roger va prendre le train de quatre heures moins le quart, cet après-midi.	❒	❒
2. Les magasins ferment à sept heures.	❒	❒
3. C'est les vacances ! de 2 à 4, je fais la sieste !	❒	❒
4. Oui, Monsieur, il y a un vol régulier pour Sydney tous les jours à 19 h 40.	❒	❒
5. Tu vas au ciné à la séance de 19 h 45 ou à celle de 22 h 15 ?	❒	❒
6. Au troisième top, il sera exactement zéro heure, six minutes et trente secondes.	❒	❒
7. Je me suis réveillé à 11 heures.	❒	❒
8. Il est vingt heures une, voici notre journal.	❒	❒
9. Je vous donne rendez-vous à deux heures et demie, après le déjeuner.	❒	❒
10. Tu manges où, à midi ?	❒	❒

93. Demander à quelle heure

Trouvez la question :

1. ....
– J'ai rendez-vous à huit heures et demie demain matin.

2. ....
– Rosine travaille le samedi, de 9 heures à midi et de 14 à 18 heures.

3. ....
– Oui, de 10 heures à midi.

4. ....
– Il y a un train à 14 h 07 et un autre à 17 h 14.

5. ....
– Je pense partir vers 9 heures, 9 heures et demie.

6. ....
– Il est parti à 11 heures et demie.

7. ....
– Nous fermons à 19 h 30.

8. ....
– Ils arrivent à 9 heures précises.

9. ....
– Oh... tu viens vers 9 heures.

10. ....
– J'étais là à 7 heures.

94. Poser une question

Complétez les dialogues en utilisant l'expression interrogative qui convient :

1. – .... t'a offert ce bouquet de roses ?
   – C'est Geneviève. Il est joli, hein ?
2. – .... tu ne m'as pas téléphoné ?
   – Je n'ai pas eu le temps.
3. – .... ils habitent, les Levasseur ?
   – Dans le quartier des Micoulis, derrière la gare.
4. – .... tu as pu payer ta nouvelle voiture ?
   – À crédit, comme tout le monde.
5. – .... on peut se voir ?
   – La semaine prochaine ? Ça te va ?
6. – .... vous faites pendant les vacances de la Toussaint ?
   – On va aller à Metz, voir un vieil oncle de Claudine.
7. – J'aime bien tes chaussures. Tu les as achetées .... ?
   – Chez Cornier, en ce moment, il y a des soldes.
8. – Tu commences .... demain ?
   – Je n'ai pas cours avant dix heures.
9. – Vous avez visité .... à Reims ?
   – La cathédrale et les caves de champagne, bien sûr.
10. – .... t'as dit ça ?
    – Un copain.

95. Le conditionnel de politesse

Complétez en utilisant « pouvoir / vouloir / aimer » ou « avoir » au conditionnel :

1. J' .... savoir s'il y a encore des places pour le concert de Julien Clerc.
2. Tu .... me prêter ta voiture jusqu'à lundi ?
3. – Est-ce que vous .... la même robe, mais en bleu ?
   – Désolé mademoiselle. Elle n'existe qu'en rouge ou en blanc.
4. – Est-ce que nous .... rencontrer le directeur ?
   – Il va vous recevoir tout de suite.
5. Je .... une douzaine d'œufs et une bouteille d'Évian.
6. Est-ce qu'on ne .... pas changer la date de la réunion ?
7. Tu n' .... pas un stylo ?
8. Est-ce que tu .... m'attendre deux minutes ? J'ai un coup de téléphone à donner.
9. Est-ce que vous .... quelques minutes à m'accorder ?
10. Je .... un aller simple pour Marseille.

96. Demande polie

Reformulez de façon plus polie les demandes suivantes :

1. Vous avez l'heure ?
2. Prête-moi ton stylo.
3. Un pain et quatre croissants !
4. C'est pour un renseignement.
5. Passe-moi le sel !
6. Vous avez le journal d'aujourd'hui ?
7. On se voit à 10 heures ?
8. Où se trouve la poste ?
9. Vous avez de la monnaie de 100 francs ?
10. Un aller-retour Paris-Lille !

97. Les pronoms relatifs

Reformulez les phrases suivantes en utilisant le pronom relatif « qui » :
Exemple :
Catherine est grande, blonde, elle parle avec Robert.
Catherine, c'est la grande blonde qui parle avec Robert.

1. Pierre est petit, brun, il mange un sandwich.
2. Antoine, il est petit, gros, il lit le journal.
3. Lucie est jolie, blonde, elle est assise à côté de Jean-Louis.
4. Monsieur Lambert est petit, il est chauve, il fume la pipe.
5. Ma voisine est petite, brune, elle coupe le gâteau.
6. Antoine est grand, barbu, il est près de la cheminée.

98. Les pronoms relatifs

Reformulez les phrases suivantes en utilisant le pronom relatif « qui » :
Exemple :
Claude Legrand, il a des lunettes, il est au téléphone.
Claude Legrand, c'est le garçon à lunettes qui est au téléphone.

1. Evelyne, elle a une jupe rouge, elle vient de sortir.
2. André a une moustache, il est assis près de la télévision.
3. Maurice a un costume bleu, il vient d'entrer.
4. Claudine a un chapeau vert, elle joue du piano.
5. Mon frère a une cravate, il regarde la télévision.
6. Joséphine a une robe à fleurs, elle est dans le bureau de Jacques.

99. Les comparatifs

Choisissez l'expression ou les expressions qui ont le même sens que les phrases suivantes :

1. J'aime bien Roger. Il est toujours de bonne humeur. En revanche, son frère Robert, il est d'une tristesse !
   - ❏ Roger est plus gai que Robert.
   - ❏ Robert est plus sympathique que Roger.
   - ❏ Roger a un caractère moins agréable que Robert.

2. Je vais rarement dans les restaurants chinois. Je préfère une bonne pizzeria.
   - ❏ J'aime autant la pizza que les nems.
   - ❏ Je vais plus souvent dans les restaurants chinois que dans les pizzerias.
   - ❏ La cuisine italienne est meilleure que la cuisine chinoise.

3. Tu vois ce téléviseur ? Il coûte 3 600 francs chez Carty. Eh bien, je l'ai vu à 3 200 à Darfour.
   - ❏ Le téléviseur est moins cher chez Carty qu'à Darfour.
   - ❏ Le téléviseur est meilleur marché à Darfour que chez Carty.
   - ❏ Le téléviseur est de meilleure qualité chez Carty.

4. Pour la première fois depuis 10 ans, la fréquentation des cinémas a augmenté cette année.
   - ❏ Cette année il y a eu moins de spectateurs dans les cinémas que l'année dernière.
   - ❏ Plus de gens sont allés au cinéma cette année que l'année dernière.
   - ❏ Il y a eu plus d'entrées au cinéma cette année que pendant les dix dernières années.

5. Aujourd'hui, tout le monde peut se servir facilement d'un ordinateur.
   - ❏ Aujourd'hui, il est plus difficile de se servir d'un ordinateur qu'autrefois.
   - ❏ Les ordinateurs actuels sont plus faciles à utiliser qu'il y a dix ans.
   - ❏ Les anciens ordinateurs sont plus compliqués que ceux de maintenant.

6. En cinquante ans, la consommation de pain des Français a été divisée par quatre.
   - ❏ Les Français mangent plus de pain qu'autrefois.
   - ❏ Le pain d'aujourd'hui est moins bon que celui d'autrefois.
   - ❏ La consommation de pain des Français est moins importante qu'autrefois.

100. Pronoms compléments : « le / la / les / lui / leur »

Complétez par le pronom qui convient :

1. Je n'ai pas de nouvelles des Chamoiseau. Je vais .... appeler cette semaine.

2. J'ai rempli ma feuille d'impôts hier, il faut que je .... poste aujourd'hui, sans faute.

3. Thomas s'est fâché avec Benjamin. Il ne .... parle plus depuis un mois.

4. Donne-moi l'adresse de Christiane et Pierre, je vais .... envoyer les photos des dernières vacances.

5. Céline passe son bac cette année, j'espère qu'elle va .... avoir.

6. J'ai oublié les courses chez l'épicier. Tu peux aller .... chercher ?

7. Géraldine va à l'école cette année. C'est son frère qui .... emmène tous les matins.

8. Ma télé est en panne et je n'ai pas de voiture. Tu peux me .... porter chez le réparateur ?

9. André est rentré de vacances. Je .... ai téléphoné hier soir.

10. J'ai bien aimé le reportage d'hier soir sur France 3. Tu .... as vu ?

101. Les pronoms relatifs « qui / que »

Complétez en utilisant « qui » ou « que » :

1. Tu la connais la fille .... parle avec Michel ?

2. Tu as deux minutes ? Il y a quelqu'un .... je voudrais te présenter.

3. Marcel ? C'est quelqu'un .... j'aime bien.

4. Tu peux me rendre l'argent .... je t'ai prêté ?

5. C'est Marie .... a gagné le concours.

6. J'attends un ami .... je n'ai pas vu depuis dix ans.

7. Est-ce qu'il y a quelqu'un .... parle français ici ?

8. Vous pouvez me donner le nom de la personne .... s'occupe de votre dossier ?

9. Vous pouvez me donner le nom de la personne .... vous voulez voir ?

10. Il y a quelqu'un .... te cherche.

11. C'est un film … tu dois voir absolument.

12. Est-ce que les livres .... j'ai commandés sont arrivés ?

102. Conjugaisons

Complétez en utilisant le verbe indiqué :

1. Je .... le train demain. (prendre)
2. Il .... dans une semaine. (venir)
3. Ce week-end, je .... à la campagne. (partir)
4. Tu .... faire une petite promenade ? (vouloir)
5. Il ne .... pas nager. (savoir)
6. Tu .... ce que je dis ? (entendre)
7. Qu'est-ce que tu .... ? Le bleu ou le rouge ? (choisir)
8. Est-ce qu'il .... venir avec moi ? (pouvoir)
9. Il .... la cuisine. (faire)
10. J' .... du bruit. (entendre)
11. Il ne m' .... jamais. (écrire)
12. Il .... sa voiture. (vendre)

103. Les pronoms relatifs

Remplacez la partie du texte soulignée par une des expressions proposées :

1. J'ai écrit une lettre de protestation <u>à l'homme qui habite le Palais de l'Élysée</u>.
   ❒ le président de la République   ❒ le maire
   ❒ le juge
2. Est-ce que <u>l'homme qui répare les voitures</u> est arrivé ?
   ❒ l'avocat   ❒ le mécanicien   ❒ le professeur
3. J'ai rendez-vous chez <u>l'homme qui soigne les caries</u>.
   ❒ le pâtissier   ❒ le plombier   ❒ le dentiste
4. Est-ce que <u>l'homme qui apporte le courrier</u> est déjà passé ?
   ❒ le peintre   ❒ le facteur   ❒ le banquier
5. Mesdames et Messieurs, <u>l'homme qui pilote l'avion</u> vous souhaite la bienvenue à bord de cet Airbus A 340 d'Air Calédonie.
   ❒ le bagagiste   ❒ le chauffeur
   ❒ le commandant de bord
6. C'était excellent ! Faites mes compliments à <u>l'homme qui cuisine</u>.
   ❒ le boucher   ❒ le charcutier   ❒ le chef
7. Nous sommes le 15 du mois et je n'ai plus un sou. <u>L'homme qui s'occupe de mon argent</u> ne va pas être content !
   ❒ mon banquier ❒ mon avocat ❒ mon notaire
8. Je te présente Mahmoud. C'est <u>l'homme qui habite au même étage que moi</u>.
   ❒ mon beau-frère   ❒ mon voisin de palier
   ❒ ma concierge

104. Conjugaisons

Complétez en utilisant un pronom personnel :

1. Qu'est-ce que .... prends, René ? Du thé ou du café ?
2. Quand est-ce qu' .... viennent ?
3. Qu'est-ce qu' .... veut, Josette ?
4. .... ne sait pas ce que .... vais faire.
5. Est-ce que .... peux m'aider ? .... ne sais pas comment ça marche.
6. .... attend depuis une heure. .... pouvez la recevoir ?
7. Qu'est-ce que .... fais ? .... entres ou .... sors ?
8. .... veux te voir. .... ai une question à te poser.
9. .... vends ma voiture. Ça t'intéresse ?
10. .... part en vacances avec son fiancé. .... vont à Florence.
11. .... vous attendons lundi prochain, à 8 h et demie. .... donnons une petite fête.
12. .... faut que .... te dépêches : .... vas être en retard.

105. Pronoms « le / la / les / en »

Complétez en utilisant le pronom qui convient :

1. Tu .... veux ? C'est du fromage de chèvre que l'on fabrique dans ma région.
2. Je vais .... prendre deux. Ces gâteaux ont l'air excellents.
3. Tu .... veux avec un sucre ou deux sucres, ton café ?
4. – J' .... achète combien ?
   – Tu .... prends deux.
5. Tu .... as payées combien, tes chaussures ?
6. Je .... trouve très jolie, cette robe.
7. La tarte, je .... coupe en quatre ou en huit ?
8. C'est un amateur de café, il .... boit un litre tous les matins.
9. – Je suis allé aux champignons.
   – Tu .... as trouvé beaucoup ?
10. – Je cherche une petite maison à la campagne.
    – J' .... connais une qui est à vendre près de chez moi.
11. – Tu as trouvé une voiture ?
    – J' .... ai vu plusieurs, mais c'était trop cher.
12. – Encore des frites ! On .... mange tous les jours !

106. Parler d'un objet

Dites de quel objet on parle :

livre / bague / réfrigérateur / appareil photo /
autoradio / tente / armoire / voiture / sac à dos /
cuisinière

1. C'est une canadienne à deux places. Elle est
   très facile à monter et à démonter. Je la
   vends parce que je n'en ai plus besoin : j'ai
   acheté un camping-car.
2. Il fait deux cents litres et il y a un
   compartiment congélateur. Il est brun. C'est
   un modèle très récent et il consomme peu.
3. Elle est de 1991. C'est le modèle sport de la
   série : deux litres de cylindrée, 16 soupapes,
   arbre à cames en tête.
4. J'ai hérité ça de ma grand-mère. Je la vends
   parce que mon appartement est meublé en
   moderne. Elle est en chêne. Évidemment,
   c'est cher, mais c'est de style Empire.
5. C'est une quatre feux, avec deux plaques
   électriques. Le four aussi est électrique.
   Elle est livrée avec un tournebroche.
6. La pierre au centre est un saphir. Tout autour,
   il y a des brillants et la monture est en or.
7. Le lecteur de cassette est autoreverse.
   La radio a 3 gammes d'ondes. Bien sûr, il est
   stéréo et les haut-parleurs font 2 fois 8 watts.
8. C'est un modèle un peu ancien, mais très
   performant. Il est tout automatique et
   l'objectif est de très grande qualité.
9. C'est un ouvrage rare, une édition de luxe à
   tirage limité. À ce prix-là, c'est une très bonne
   affaire.
10. Il a une grande poche devant et deux poches
    sur les côtés. Il y en a une autre pour mettre
    les papiers. On peut accrocher un sac de
    couchage. Il pèse à peine un kilo.

107. Les prépositions « à » et « en »

Complétez en utilisant « à » ou « en » :

1. .... vélo, c'est plus rapide qu' ....
   voiture.
2. À Paris, je roule .... moto.
3. Il fait beau, j'y vais .... pied.
4. On va faire une promenade .... cheval.
5. Je n'ai jamais voyagé .... avion.
6. Je vais à mon travail .... taxi.
7. J'ai traversé tout Paris .... patins à
   roulettes.
8. Il est venu .... auto-stop.
9. J'ai traversé tout le pays .... autobus.
10. En Grèce, tu peux y aller .... bateau.

108. Le pronom « y »

Complétez en utilisant « y » ou « le / la / l' / les » :

1. Tu .... vas comment, à Paris ? En train ou
   en voiture ?
2. J'aime beaucoup cette région. Je .... ai
   visitée cet été.
3. – Il connaît le Mexique ?
   – Oui, il .... a vécu pendant quatre ans.
4. Le Sahara, je .... ai traversé à dos de
   chameau.
5. – Tu es à Paris depuis longtemps ?
   – Non, j' .... habite seulement depuis 6 mois.
6. – Tu vas souvent à Lyon ?
   – Oui, j' .... retourne demain.
7. Les États-Unis, je .... ai fait en stop quand
   j'avais 20 ans.
8. – Vous vivez aux États-Unis ?
   – Oui, j'.......... travaille.

109. Les pronoms « y » et « en »

Complétez en utilisant « y » ou « en » :

1. Les Antilles ? J' .... viens. C'est super !
2. L'Allemagne ? j' .... vais la semaine
   prochaine.
3. J'aime beaucoup la Bretagne. J' ....
   retourne tous les ans.
4. – Tu es allée chez le dentiste ?
   – J' .... sors !
5. J' .... suis, j' .... reste !
6. Marseille, j'..........ai travaillé pendant trois ans.
7. C'est l'heure, je m' .... vais.
8. Ces vacances, je m' .... souviendrai toute
   ma vie.
9. – Pourquoi tu vas au Japon ?
   – Pour .... faire des affaires.
10. Chez lui, quand tu .... entres, tu ne sais
    jamais quand tu .... sors.

110. Décrire quelqu'un

*Faites un rapide portrait des personnages suivants
en utilisant les éléments proposés :*

1. Fabien / grand / chauve / yeux verts / un pull
   marron
2. Béatrice / taille moyenne / yeux bleus /
   lunettes / pantalon bleu marine
3. Antoine / gros / musclé / cheveux roux / bague
   en or
4. Roseline / petite / maigre / cheveux longs /
   205 Peugeot / journaliste
5. Étienne / représentant de commerce / bavard
   / sympathique / cheveux blonds / yeux noirs

Événements...

OBJECTIFS

Savoir-faire linguistiques :
- Donner une information sur un événement passé.
- Situer un événement de façon précise ou imprécise.

Grammaire :
- Passé composé avec « être » ou « avoir ».
- Les expressions de temps.

Écrit :
- Rechercher un titre.
- Compréhension de texte narratif.

■ **1.** *Lisez le texte. Identifiez :*

a) Les trois lieux cités. (Où ?)
b) Les 3 personnages cités. (Qui ?)
c) Les 7 objets cités. (Quoi ?)
d) Les 3 étapes du récit. (Événements)

■ **2.** *À partir des informations principales, racontez l'histoire en quelques phrases :*

PAULA, OPÉRÉE AVEC LES MOYENS DU BORD

Y a-t-il un médecin dans l'avion ? Heureusement, il y en avait deux.

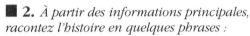

La miraculée du vol Hong Kong-Londres, opérée en plein ciel et avec les moyens du bord d'un collapsus du poumon, est « très fatiguée » mais se porte bien, a déclaré hier un porte-parole de l'établissement londonien où elle est hospitalisée.
Paula Dixon, 39 ans, n'en revient pas d'avoir eu la chance que deux médecins, qui voyageaient à bord du même Boeing 747, aient eu la présence d'esprit et surtout le savoir-faire pour lui pratiquer une opération d'urgence avec pour tout matériel des ciseaux, un cintre et du ruban adhésif. « Ces deux héros m'ont sauvé la vie », a-t-elle déclaré.

Originaire d'Aberdeen dans le Nord de l'Écosse, Paula Dixon avait embarqué après un accident de moto sur la route de l'aéroport, sans se rendre compte de la gravité de son état. À peine installée à bord, son bras se met à la faire souffrir et à gonfler. Le personnel de British Airways, alerté, demande par haut-parleur s'il y a un médecin dans l'avion.
Deux passagers se présentent. Le professeur Angus Wallace, chirurgien orthopédique, et un jeune diplômé de médecine, le Dr. Tom Wong. Diagnostiquant un bras cassé, les deux médecins confectionnent une attelle et laissent leur patiente se reposer. Mais celle-ci se met à « souffrir terriblement » de la poitrine et, alors que l'avion survole la Russie, a les plus grandes difficultés à respirer.

Pour les deux médecins, le diagnostic devient évident : une poche d'air s'est formée dans la poitrine, écrasant le poumon gauche et l'empêchant de se gonfler, la trachée s'est déplacée et la vie de la jeune femme est en danger.

L'opération s'impose donc. Mais il faut improviser. La jeune femme reste à sa place, mais le personnel de cabine construit un théâtre d'opération en tendant des couvertures pour isoler la malade et ses médecins du reste de la cabine.
Le matériel est fourni par la mallette de secours d'urgence de l'avion, sa cuisine et ses placards. On en tire pêle-mêle un anesthésiant

externe, des ciseaux, un cathéter, un cintre, du cognac – de première qualité –, une bouteille d'eau minérale et du ruban adhésif.

Avec les ciseaux désinfectés au cognac, le chirurgien pratique un petit trou dans la poitrine. Pour y insérer son drain improvisé – le cathéter – il le pousse avec un cintre déplié et, aidé par le Dr. Wong, réussit à lui faire franchir muscles et côtes pour atteindre la poche d'air.
Pendant toute l'opération, Paula est restée tout à fait consciente et seulement insensibilisée sur la surface de la poitrine. « C'est l'opération la plus inhabituelle qu'il m'ait été donné de pratiquer », a confié le Pr. Wallace.

Est Républicain,
24 mai 1995.

COMPRÉHENSION

■ *Écoutez le document sonore, puis regardez l'agenda de Paul et trouvez les erreurs sur l'agenda.*

DÉCEMBRE

5 LUNDI
8h		14h
9h	*visite des*	15h
10h	*Salines*	16h
11h	*d'Arc et Senans*	17h
12h		18h
13h		19h

6 MARDI
8h		14h
9h		15h
10h	*dentiste*	16h
11h		17h
12h		18h
13h		19h

7 MERCREDI
8h		14h
9h	*voyage*	15h
10h	*en*	16h
11h	*Suisse*	17h
12h		18h
13h		19h

DÉCEMBRE

8 JEUDI
8h		14h
9h	*passer*	15h
10h	*à la*	16h
11h	*banque*	17h
12h		18h
13h		19h

9 VENDREDI
8h		14h
9h		15h
10h		16h
11h		17h *réception*
12h		18h *chez Henri*
13h		19h

10 SAMEDI
8h		14h
9h	*Ski*	15h
10h	*à Métabief*	16h
11h		17h
12h		18h
13h		19h

11 DIMANCHE

GRAMMAIRE : Passé composé avec « être » ou « avoir »

Observez :

Ils ont eu une petite fille.
J'ai acheté une nouvelle voiture.
Il a trop bu.

Sa fille est partie ce matin.
Ils sont montés au 2e étage.
Il est né un 1er avril.

On forme le passé composé avec :

le verbe AVOIR + le participe passé ou

J'	ai	fini
Tu	as	fini
Il/elle	a	fini
Nous	avons	fini
Vous	avez	fini
Ils/elles	ont	fini

AVOIR
Avec la majorité des verbes.

le verbe ÊTRE + le participe passé

Je	suis	parti(e)
Tu	es	parti(e)
Il/elle	est	parti(e)
Nous	sommes	parti(e)s
Vous	êtes	parti(e)(s)
Ils/elles	sont	parti(e)s

ÊTRE
Avec les verbes pronominaux.
Il s'est levé.
Ils se sont battus.
Avec un groupe de verbes : naître, mourir, aller, venir, monter, descendre, sortir, entrer…

■ *Écoutez les dialogues et précisez si c'est le passé composé ou le présent qui est utilisé :*

dialogue	passé	présent
1		
2		
3		
4		
5		
6		
7		
8		
9		
10		

– Qu'est-ce que tu as fait samedi ?
– J'ai travaillé le matin et j'ai joué au tennis l'après-midi.

– Tu es libre ce soir ?
– Oui, pourquoi ? Tu m'invites ?
– D'accord. Je passe te prendre à 8 h et demie.

■ *Lisez ces petits articles. Écrivez les passés composés avec le verbe « être » ou avec le verbe « avoir ».*

Exemple :
Le Président de la République est rentré mardi de son voyage en Chine. Il a participé hier au Conseil des Ministres.

1. Le tribunal de Sainte-Lucie a condamné Jean Martin, maire de Sainte-Lucie, à 3 mois de prison.

2. Le Président des Comores a quitté la France hier. Il est parti après la signature d'un accord économique.

3. Gustave Lerouge est né en 1917. Il a fait des études à Limoges. Il a publié son premier livre en 1937. Il est devenu rapidement célèbre. Il nous a laissé 30 romans d'aventures. Il est mort en 1962.

4. Deux cambrioleurs se sont introduits au domicile de Jeanne Balluc. Ils ont volé des bijoux.

5. La fusée Ariane a lancé deux satellites japonais.

ÊTRE	AVOIR
est rentré	a participé

COMPRÉHENSION

■ *Écoutez et, en vous servant des images, remettez le récit entendu dans le bon ordre chronologique. Notez en dessous de chaque image le verbe correspondant, puis établissez la liste des 14 verbes qui forment leur passé composé avec le verbe « être » :*

Exemple : Il est devenu ingénieur (image 3) : verbe devenir.

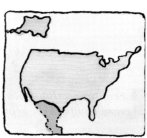

1		2		3	**il est devenu**	4	

5		6		7		8	

9		10		11		12	

13		14	

Liste des verbes conjugués avec « être » au passé composé :

1. ....   8. ....
2. ....   9. ....
3. **devenir**   10. ....
4. ....   11. ....
5. ....   12. ....
6. ....   13. ....
7. ....   14. ....

Mettez une croix en face des expressions de temps que vous avez entendues dans chaque dialogue :

	1	2	3	4	5	6	7	8	9	10	11	12
aujourd'hui												
hier												
avant-hier												
mardi, mercredi, jeudi, etc.												
la semaine dernière												
le mois dernier												
l'année dernière												
il y a 8 jours, 15 jours, etc.												
il y a une semaine, 2 semaines, etc.												
il y a un mois, deux mois, etc.												
il y a un an, deux ans, etc.												
ce matin												
cette nuit												
cet après-midi												
cette semaine												

ENTRAÎNEMENT
les indicateurs chronologiques

Exercice 111

Complétez les phrases en utilisant un des indicateurs chronologiques suivants : « la semaine prochaine / après / de nos jours / à cette époque-là / par la suite / il y a longtemps que / dans le courant de la semaine prochaine / en ce moment / ultérieurement / maintenant » :

1. Georges a pris les clefs de sa voiture ...., il est parti et je ne l'ai pas revu de la journée.

2. André ? Il va très bien .... : il était au chômage ces derniers temps, mais il vient de trouver un emploi.

3. Ah ! Les années soixante-dix ! C'était le bon temps ! ...., on savait s'amuser !

4. Je suis désolée : le docteur Reybier est absent pour le moment. Est-ce que vous pouvez rappeler .... ?

5. Écoutez, j'ai beaucoup de travail en ce moment, mais passez .... Je pourrai vous recevoir quand vous voudrez.

6. J'ai été gravement malade. Mais ...., ça va bien.

7. Mémé Géraldine est très heureuse : elle va retrouver ses petits-enfants ....

8. ...., beaucoup de gens prennent régulièrement l'avion.

9. .... je ne suis pas allée au restaurant : tu m'invites ?

10. Benoît a habité quelque temps dans la région. ...., je l'ai revu une fois, par hasard, dans un café, à Lyon.

À VOUS !

■ *À partir des images, dites ce qui s'est passé avant :*

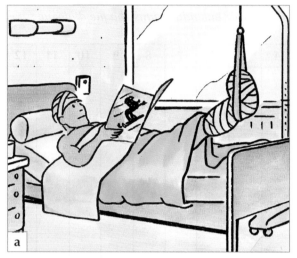

ENTRAÎNEMENT
passé composé

Exercice 111 bis

Transformez les informations suivantes sur le modèle proposé :

1881 : naissance de Pablo Picasso à Malaga (Espagne).
→ Pablo Picasso est né en 1881 à Malaga.

14 mars : déménagement de Jean-Pierre. →
26 juin : mariage de ma sœur. →
1973 : mort de Pablo Picasso à Mougins (France). →
Samedi : achat de deux avions Airbus par la British Airways. →
Jeudi : vente de 6 Airbus aux États-Unis. →
14 juin 1989 : départ de Mireille pour les États-Unis. →
1993 : signature du Traité de Maastricht par la France. →
1944 : débarquement des forces alliées sur les plages de Normandie. →
12 octobre 1492 : découverte de l'Amérique par Christophe Colomb. →
1440 : invention de l'imprimerie par Gutenberg. →

ENTRAÎNEMENT
précis / imprécis

ENTRAÎNEMENT
fréquence

Exercice 112

Écoutez l'enregistrement et dites si l'information est précise ou imprécise :

	précise	imprécise
1		
2		
3		
4		
5		
6		
7		
8		
9		
10		
11		
12		

Exercice 113

Écoutez l'enregistrement et dites si l'événement dont on parle se produit souvent, rarement ou jamais :

	jamais	rarement	souvent
1			
2			
3			
4			
5			
6			
7			
8			
9			
10			

PHONÉTIQUE
expression de la surprise

◼ *Écoutez le dialogue et, sur le même modèle, réagissez aux informations suivantes, puis écoutez les enregistrements :*

Exemple : Pierre est parti.
→ Il est parti ? (surprise)

1. Jean-Paul est malade.
2. Il a trouvé du travail.
3. Le téléphone ne marche plus.
4. Il n'y a plus de pain.
5. Roger s'est marié.
6. Adrienne a retrouvé son chien.
7. Georges a gagné au loto.
8. Le maire a démissionné.
9. Hervé a eu un accident.
10. Les Dupont ont des jumeaux.

COMPRÉHENSION

■ *Écoutez les dialogues et dites quels sont les événements relatés :*

❏ Gagner à un jeu.
❏ Perdre de l'argent.
❏ Trouver des clefs.
❏ Oublier des clefs.
❏ Manger une chose inhabituelle.
❏ Manger quelque chose de très bon.
❏ Ne pas entendre sonner le réveil.
❏ S'endormir quelque part.
❏ Tomber.
❏ Avoir un accident.
❏ Surprendre un voleur.
❏ Entendre un secret.
❏ Ne pas reconnaître quelqu'un dans la rue.

QUAND LE CIEL VOUS TOMBE SUR LA TÊTE !

Un agriculteur d'Indre l'a échappé belle ! Surpris par une forte détonation, celui-ci a retrouvé dans sa grange un objet tombé du ciel, qui s'est révélé être un embout de ravitaillement en vol détaché pendant un exercice de l'armée de l'air. L'objet ne pesait pas moins de 3-4 kilos et est tombé de plus de 10 000 mètres d'altitude...

PHONÉTIQUE
les sons [ø /œ]

■ *Écoutez et répétez :*

Ce matin, il pleut.
Partout, temps nuageux et pluvieux.
Régions montagneuses, ciel neigeux.
Demain, temps capricieux : bleu ou brumeux,
parfois radieux.

■ *Construisez des mini-dialogues sur le modèle suivant :*

– Ma sœur, elle est coiffeuse.
– Et son copain ?
– Il est coiffeur !
– Elle est heureuse ?
– Lui aussi, il est heureux.

Vous pouvez utiliser les mots suivants :

– chanteur, danseur, serveur, vendeur, travailleur, menteur.
– joyeux, merveilleux, amoureux, sérieux, capricieux.

PHONÉTIQUE
expression du doute

■ *Écoutez le dialogue et, sur le même modèle, réagissez aux informations suivantes en mettant en doute ce qui a été dit, puis écoutez les enregistrements :*

Exemple : Je trouve qu'il a maigri.
→ Il a maigri !

1. Patrick a arrêté de fumer !
2. Roseline travaille beaucoup !
3. Claudine est très sympathique !
4. Paul est très compétent !
5. André a beaucoup d'humour !
6. Il a plu pendant un mois !
7. Mon frère va passer son bac !
8. Roger roule en Mercédes !
9. Claude joue très bien aux échecs !
10. Il fait chaud aujourd'hui !

■ *Pouvez-vous raconter un événement qui vous est arrivé ou qui est arrivé à une personne que vous connaissez ? Précisez où, quand, comment :*

■ *Vous est-il aussi arrivé…*

d'avoir un accident,
d'oublier vos clefs,
de trouver de l'argent dans la rue,
de perdre vos bagages,
de tomber,
de ne pas reconnaître un ami,
de gagner à un jeu,
d'arriver en retard ?

■ *Regardez l'agenda de Monique. À la fin de son séjour, elle écrit une carte postale à ses amies.*

JUILLET

25 - APRÈS-MIDI : Arrivée à Roissy,

26 - MATIN : Visite du Centre G. Pompidou,
- APRÈS-MIDI : Visite du Louvre,

27 - MATIN : Grands magasins,
- APRÈS-MIDI : Château de Versailles,
- SOIR : Départ pour Nice,

28 - MATIN : Baignade,
- APRÈS-MIDI : Excursion dans le Mercantour,
- SOIR : Départ pour Marseille,

29 - MATIN : Visite du Vieux port et de la Canebière,
- MIDI : Dégustation de bouillabaisse,
- APRÈS-MIDI : Match O.M. / Lyon.

ÉCRIT

■ *Écoutez les dialogues et dites dans lequel de ces journaux et revues on pourrait trouver les informations données.*

■ *Pour chaque information, trouvez le titre qui convient.*

À VOUS !

■ *Racontez la vie de Gino, le roi de la pizza, en vous servant des informations données :*

1955	Naissance de Gino, fils de Pepe, mécanicien, et d'Olivia, serveuse.
1960-1965	Études primaires à Milan.
1965	Déménagement des parents de Gino à Turin.
1965-1970	Études secondaires à Turin.
1972	Employé dans la pizzeria « Le Vésuve ».
25 mars 1975	Mariage avec Giuseppa, employée à la pizzeria « Le Vésuve ».
15/9/1975	Naissance de Julia, leur petite fille.
1977	Achat de la pizzeria « Le Stromboli » à Rome.
1978	Naissance de leur deuxième enfant, Mario.
1980	Vacances aux États-Unis.
1981	Émigration aux États-Unis, ouverture d'une pizzeria à New York.

ENTRAÎNEMENT

passé composé
verbes irréguliers

Exercice 115

Pour chaque phrase dites quel est le verbe utilisé au passé composé :

	1	2	3	4	5	6	7	8	9	10	11	12	13	14	15	16
apercevoir																
avoir																
boire																
devoir																
être																
faire																
lire																
mettre																
offrir																
paraître																
partir																
pouvoir																
prendre																
répondre																
vivre																
voir																

CIVILISATION

LA PRESSE FRANÇAISE

Les quotidiens

Il existe deux catégories de journaux quotidiens en France : la presse quotidienne nationale, publiée à Paris et en Île de France, et la presse quotidienne régionale, publiée en province. La pénétration de la presse nationale est, en fait, très faible en région non parisienne, sauf dans quelques grandes villes. La presse quotidienne régionale est donc le principal moyen d'information nationale, internationale et locale dans les régions françaises. Elle touche chaque jour plus de vingt millions de lecteurs. Une soixantaine de titres de quotidiens régionaux paraissent en province. (Ils étaient 242 en 1914 !). Ils tirent à 7 500 000 exemplaires. Les principaux titres sont : *Ouest-France* (le premier quotidien français par son tirage de 794 000 exemplaires), *La voix du Nord* (Lille), *Sud-Ouest* (Bordeaux), *Le Progrès* (Lyon), *Le Dauphiné libéré* (Grenoble), *Nice-Matin* (Nice), *L'Est républicain* (Nancy), *La Dépêche du Midi* (Toulouse), *La Nouvelle République du Centre-Ouest* (Clermont-Ferrand), *Le Provençal* (Marseille). La presse régionale doit son succès au fait qu'elle fournit au lecteur des informations sur son environnement global (actualité nationale et internationale) mais surtout sur son environnement immédiat (information locale, manifestations diverses, résultats sportifs, compte rendus des conseils municipaux, carnet, spectacles, petites annonces).

Quant à la presse quotidienne nationale, ses principaux titres sont : *Le Figaro, Le Monde, Le Parisien, L'Équipe* (exclusivement consacré à l'actualité sportive), *Libération, France-Soir, L'Humanité, La Croix.*

La presse hebdomadaire

Les magazines illustrés d'information proposent à leurs lecteurs une analyse et une réflexion sur les événements de la semaine et sur les perspectives d'évolution de l'actualité. Ils sont apparus dans les années soixante, sur le modèle des hebdomadaires américains. Les hebdomadaires que l'on peut trouver chez le marchand de journaux sont : *L'Express, Le Nouvel Observateur, Le Point, Valeurs actuelles* et – le plus récent – *L'Événement du Jeudi.* Leurs lecteurs appartiennent plutôt aux cadres et professions intellectuelles et sont plutôt jeunes (50 % d'entre eux ont moins de 35 ans).

D'autres hebdomadaires illustrés cherchent davantage à distraire qu'à informer leurs lecteurs : il s'agit de magazines comme *Paris-Match, V.S.D.* (pour : Vendredi Samedi Dimanche), *Le Journal du dimanche, Ici Paris* ou *France Dimanche.* Les lecteurs de cette presse sont généralement plus âgés. Ils sont d'origine aussi plus modeste et sont en majorité des femmes. Ces publications privilégient l'illustration («le poids des mots, le choc des photos » pour reprendre le célèbre slogan de *Paris-Match*). Elles s'intéressent à des secteurs de l'actualité très particuliers comme la vie des vedettes et des « grands » de ce monde, les amours des gens du spectacle et des princesses, les héros de faits divers. Enfin, il y a en France un journal qui est une véritable institution : c'est le *Canard enchaîné,* « journal satirique paraissant le mercredi », sans publicité, donc complètement indépendant. Il traite l'actualité en utilisant la satire et la caricature, se moque des faiblesses des hommes politiques et dénonce les scandales.

La presse de radio-télévision

Le but de ces journaux est d'aider le lecteur à choisir ses émissions de télévision et de radio. Ils présentent les grilles de programmes des différentes chaînes et donnent des informations critiques sur le contenu de ces programmes. Ces publications proposent aussi des jeux, des bandes dessinées, un courrier des lecteurs, des reportages sur les vedettes de la télévision et parfois des romans-photos. Les principaux titres sont : *Télérama, Télé 7 jours, Télé Poche, Télé Z.*

Mais on peut également trouver les programmes de la radio et de la télévision dans les suppléments télévision que proposent la plupart des quotidiens nationaux et régionaux. Enfin, si vous êtes à Paris et si vous voulez être informé de l'actualité culturelle (expositions, programmes des cinémas et théâtres, musées, conférences, visites guidées, etc.) procurez-vous *Pariscope* ou *L'Officiel des spectacles*. Des revues comparables existent dans les villes les plus importantes de France.

La presse féminine

La presse féminine consacre ses articles à la beauté et à la mode ou aux travaux et activités qui sont censés intéresser les femmes (recettes de cuisine, informations sur la santé ou sur l'éducation des enfants, problèmes féminins, « trucs » pratiques et bricolage, vie professionnelle, etc.) D'autres sont spécialisés dans les romans-photos sur des thèmes sentimentaux (« la presse du cœur »).

Certains de ces journaux sont très connus à l'étranger et véhiculent l'image stéréotypée de l'élégance féminine « à la française » *(Elle, Marie Claire).* Ils ont même parfois une édition étrangère. En outre, ces magazines sont d'excellents supports publicitaires et ils tirent de la publicité une bonne partie de leurs recettes. Outre *Elle* et *Marie-Claire,* les plus connus sont : *Femme actuelle, Modes et Travaux, Femme d'aujourd'hui, Madame Figaro, Intimité.*

La presse des jeunes

La presse pour la jeunesse compte 180 titres en incluant les revues de bandes dessinées. À chaque âge correspondent différents journaux. Ils présentent des personnages que les jeunes connaissent à travers la télévision et ses émissions enfantines. Il y a aussi beaucoup de bandes dessinées. L'objectif de ces journaux est de distraire et d'amuser mais aussi d'informer et d'éduquer. Il y a très peu de publicité dans les journaux pour enfants.

Les magazines pour adolescents sont souvent liés au monde de la musique, des variétés et des vedettes de la chanson. Mais beaucoup de jeunes lisent des magazines spécialisés que lisent aussi les adultes : magazines de voyages *(Géo),* de cinéma *(Première)* et de vulgarisation scientifique *(Science et Vie, Ça m'intéresse).*

Les principaux titres de la presse pour enfants et adolescents sont : *Le Journal de Mickey, Picsou Magazine, Pif Gadget, Pomme d'Api, Astrapi, Podium, Hit, Top 50, O.K., Salut, Vingt Ans, Rock and Folk.*

■ **1.** *Après avoir lu le texte, dites ce que vous avez appris sur quelques-uns des journaux reproduits en illustration.*

■ **2.** *Lesquels peut-on trouver dans votre pays ?*

Événements...

ÉVALUATION

Compréhension orale (CO)

■ *Écoutez le dialogue et remplissez l'emploi du temps de M. Bertin :*

	Lundi 21	Mardi 22	Mercredi 23	Jeudi 24	Vendredi 25
8 h					
9 h					
10 h					
11 h					
12 h					
13 h					
14 h					
15 h					
16 h					
17 h					
18 h					
19 h					

Expression orale (EO)

■ *Expliquez ce que vous avez fait pendant la semaine qui précède.*

Compréhension écrite (CE)

■ *Dites de quoi il s'agit en remplissant la grille.*

1. Un avion a raté son atterrissage. Il s'est posé en catastrophe en dehors de la piste. Il y a dix blessés légers.

2. Adeline et Johnny ont divorcé. Le couple était marié depuis moins de six mois.

3. Patrice Lumière a traversé l'Atlantique en pédalo. La traversée a duré 45 jours.

4. Deux touristes japonais ont passé la nuit au Louvre. Très fatigués par leur visite, les deux touristes se sont endormis dans une salle peu fréquentée.

5. Monsieur Jacques Chirac a été élu Président de la République avec 53 % des voix.

	Texte
Divorce	
Exploit sportif	
Accident	
Élections	
Faits divers	

Expression écrite (EE)

■ *Vous avez fait un voyage à l'étranger. Écrivez une lettre à un ami pour lui raconter ce que vous avez fait :*

vos résultats	
CO	... /10
EO	... /10
CE	... /10
EE	... /10

OBJECTIFS

Savoir-faire linguistiques :
• Raconter : compréhension et production de récit.

Grammaire :
• Morphologie de l'imparfait.
• Emploi de l'imparfait, du passé composé.
• Les indicateurs temporels : « depuis », « il y a », « ça fait... que »
• Évoquer une durée dans le passé.

Écrit :
• Compréhension de textes narratifs.
• Chronologie

MISE EN ROUTE

■ *Écoutez le dialogue, regardez les images et choisissez le texte qui convient, selon qu'il évoque une action ou une situation.*

❏ Il était 17 h 30.
❏ Il a été 17 h 30.

❏ Dans la rue, il y avait beaucoup de circulation.
❏ Dans la rue, il y a eu beaucoup de circulation.

❏ Claude s'arrêtait à un passage protégé.
❏ Claude s'est arrêté à un passage protégé.

❏ Le feu est passé au vert pour les piétons.
❏ Le feu passait au vert pour les piétons.

❏ Claude a traversé.
❏ Claude traversait.

❏ Une voiture est arrivée à vive allure.
❏ Une voiture arrivait à vive allure.

❏ Elle heurtait Claude violemment.
❏ Elle a heurté Claude violemment.

❏ Le conducteur est sorti de son véhicule.
❏ Le conducteur sortait de son véhicule.

❏ Un passant appelait une ambulance.
❏ Un passant a appelé une ambulance.

COMPRÉHENSION

■ *Lisez les faits divers suivants. Écoutez les dialogues et dites quel fait divers est évoqué dans chaque dialogue :*

a

BRAQUEUR TROP ÉMOTIF

Un « braqueur » amateur de 48 ans a été victime du stress provoqué par la résistance de sa victime, une receveuse des PTT de Mireuil, en Charente, qui lui a claqué la porte au nez. Trop ému, il s'est évanoui et a été arrêté par la police.

ça va mieux ?

b

HISTOIRE À REBONDISSEMENTS...

Bernard Longuet est un adepte passionné du trampoline, ce sport spectaculaire qui consiste a rebondir sur un filet élastique en combinant et en enchaînant des figures acrobatiques. Il a donc équipé une salle de sport, dotée d'un équipement de trampoline dernier cri, au premier étage de la vaste villa qu'il habite à Villeneuve.

Lundi dernier, alors qu'il s'adonnait à son sport préféré, Bernard Longuet a mal calculé son élan : au terme d'un envol spectaculaire, il est passé... par la fenêtre ouverte et est retombé dans la rue. Sa chute de 4 mètres a occasionné une double fracture du fémur et de nombreuses contusions. Mais ses jours ne sont pas en danger.

c

SAUVER LOUISE

C'est par 206 voix contre 2 que les passagers d'un vol Houston-Londres de British Airways ont voté le détournement de leur avion sur Boston pour sauver Louise, une chienne qui allait mourir de déshydratation. Après s'être aperçu de la chaleur excessive dans la soute de l'appareil, le commandant, lui-même propriétaire d'un épagneul, a organisé le référendum salvateur.

d

VACANCES EXPLOSIVES

Un touriste français, Marc Louet, avait garé hier sa voiture quelques minutes pour aller boire un café dans une zone dangereuse de Belfast, en Irlande du Nord. Lorsqu'il est revenu, les forces de sécurité, pensant que le véhicule était peut-être piégé, l'avaient fait exploser.

« Ils ont dû penser que les réservoirs d'eau pour ma douche portative étaient une bombe. Je n'avais pas pensé à ça », a reconnu le Français quelque peu secoué.

Ses vacances ne sont toutefois pas complètement parties en fumée. L'office du tourisme a décidé de lui offrir une voiture de location pour ses trois semaines de séjour ainsi que le vol de retour, et deux hôtels lui ont proposé de le loger gratuitement.

AFP *Libération.*

e

SERPENTS CHARMANTS

Des serpents trop fidèles ont failli empêcher leur charmeur de maître, victime d'un accident de la circulation, d'être secouru en s'interposant entre celui-ci et les ambulanciers. Le charmeur de serpent revenait jeudi du marché de Zinder (750 km à l'est de Niamey) lorsque le véhicule à bord duquel il se trouvait a été accidenté. L'homme fut projeté sur le sol, inconscient. Ses reptiles, qu'il transportait dans une grosse malle posée sur ses genoux, se retrouvèrent en liberté. Mais, loin de s'enfuir, ils se rassemblèrent en « gorilles » improvisés autour du corps de la victime.

Quand les secouristes tentèrent d'approcher, ils se dressèrent en sifflant, visiblement déterminés à défendre leur maître. Il fallut l'arrivée d'un autre spécialiste pour charmer les reptiles et les remettre dans leur malle.

AFP *Libération.*

POUR COMMUNIQUER : emploi de l'imparfait et du passé composé

Pour raconter un événement, vous pouvez donner des informations :

Sur la situation :	Sur les événements, les actions :	Sur l'identification des personnages :
▼	▼	▼
Dire où et quand cela s'est passé, parler du temps qu'il faisait, parler de l'activité des personnages présents, décrire quelqu'un, quelque chose.	Une rencontre, un accident.	Identité, profession, situation familiale, etc.

Situation	Actions	Identification
1. Hier, j'étais à la terrasse du café de la mairie. Il faisait un beau soleil de printemps, je lisais tranquillement mon journal.	**2.** Pierre est arrivé avec une jolie blonde.	
3. Ils se tenaient par la main, ils avaient l'air très amoureux.		**4.** Tu connais Pierre ? Il travaille à la préfecture...
	5. Quand Pierre m'a vu, il est venu s'installer à ma table et m'a présenté sa copine.	**6.** Elle s'appelle Ingrid, elle est allemande et fait des études de journalisme.
	7. On a pris un café ensemble et on a bavardé.	
8. Pierre avait l'air très en forme.		
9. On était en train de bavarder...	**10.** ... quand Marie est arrivée.	**11.** Marie ? C'est la fiancée de Pierre. Elle est psychologue...
12. Elle avait l'air très en colère.	**13.** Elle s'est approchée de notre table et... (à suivre)	

- **Pour évoquer les situations, vous utiliserez l'imparfait (colonne 1).**
- **Pour évoquer les événements, vous utiliserez le passé composé (colonne 2).**
- **Pour donner des informations qui sont toujours vraies au moment où vous parlez, vous pouvez utiliser le présent (colonne 3).**

COMPRÉHENSION

■ *Au cinéma, les événements (les actions), se déroulent dans un décor (les situations).*
Pour évoquer les situations dans un récit, on utilisera l'imparfait, et pour les actions, les événements, on utilisera le passé composé.

SITUATIONS

a

Il **était** midi dans la petite ville de l'ouest.
Le soleil **brillait**.
À cause de la chaleur, les rues **étaient** vides.

b

Les habitants **restaient** dans les maisons.
On ne **voyait** personne dans la rue principale.

ACTIONS

c

Au bout de la rue, un cavalier **est arrivé**.

d

Il **est allé** vers le saloon.

e

Il **a poussé** la porte, **est entré**, **s'est accoudé** au bar et **a commandé** un verre.

f

Tous les regards **se sont tournés** vers lui...

À VOUS !

■ *Jean-Paul Arbelet a été retrouvé mort, rue de Paradis. Dans ses poches,
le commissaire Picard a retrouvé les objets suivants :*

■ *En utilisant la liste de verbes ci-dessous, reconstituez l'emploi du temps de la journée
de Jean-Paul Arbelet :*

venir	entrer	téléphoner	rester	boire
aller	rencontrer	prendre	manger	parler
sortir	lire	attendre	voir	recevoir

■ *Imaginez les circonstances et les causes de sa mort.*

PHONÉTIQUE
**expression de
l'incrédulité**

■ *Écoutez le dialogue, puis, sur le même modèle, exprimez votre incrédulité
par rapport à ce qui a été dit. Ajoutez chaque fois l'une des expressions
suivantes (ou tout autre commentaire de votre choix) pour renforcer votre
incrédulité. Ensuite, écoutez les dialogues et essayez de reproduire les intonations.*

Exemple : La France va gagner la Coupe du Monde !
→ La France ? Gagner la Coupe du Monde ? Ce n'est pas demain la veille !

- Tu te moques de moi !
- Tu plaisantes !
- C'est une plaisanterie !
- Mon œil !
- Arrête !
- Ce n'est pas demain la veille !
- Tu crois au père Noël !
- Ce n'est pas possible !

1. Pierre va faire un régime.

2. Jean-Louis va écrire un livre.

3. Jean-Yves veut faire du sport.

4. Marion va faire la traversée de
l'Atlantique à la voile.

5. Mon grand-père veut faire du
parachutisme.

6. Antoine va faire du cinéma.

7. Jocelyne veut devenir
mannequin.

8. Je vais préparer le repas.

9. Joseph va exposer ses tableaux.

10. Marie-Hélène veut jouer du
piano.

GRAMMAIRE : morphologie de l'imparfait

LES TERMINAISONS

je	→ -ais	**Les terminaisons de l'imparfait**
tu	→ -ais	**sont toujours les mêmes, avec**
il, elle	→ -ait	**tous les verbes.**
nous	→ -ions	
vous	→ -iez	
ils, elles	→ -aient	

Observez les conjugaisons au présent et à l'imparfait des verbes « parler » et « venir ».

Parler :

je	**parl**e	je	**parl**ais
tu	**parl**es	tu	**parl**ais
il/elle	**parl**e	il/elle	**parl**ait
nous	**parl**ons	nous	**parl**ions
vous	**parl**ez	vous	**parl**iez
ils/elles	**parl**ent	ils/elles	**parl**aient

Le verbe « **parl**er » est régulier.
Pour le conjuguer à l'imparfait, c'est facile :

je
tu
il / elle
nous
vous
ils / elles
} **parl** + ais, ais, ait, ions, iez, aient.

Venir :

je	viens	je	**ven**ais
tu	viens	tu	**ven**ais
il/elle	vient	il/elle	**ven**ait
nous	**ven**ons	nous	**ven**ions
vous	**ven**ez	vous	**ven**iez
ils/elles	viennent	ils/elles	**ven**aient

Le verbe « **ven**ir » est irrégulier.
Pour le conjuguer à l'imparfait, c'est facile :

je
tu
il / elle
nous
vous
ils /elles
} **ven** + ais, ais, ait, ions, iez, aient.

« **ven** » est la forme utilisée pour conjuguer au présent le verbe « **ven**ir » avec « **nous** » et « **vous** ».
Cela fonctionne avec **tous** les verbes irréguliers.

Règle de formation de l'imparfait :
forme utilisée avec « nous » (**part**ons, **buv**ons, **apercev**ons, **pouv**ons, **voul**ons, etc.) + terminaisons
de l'imparfait = **part**ais, **buv**ais, **apercev**ais, **pouv**ais, **voul**ais, etc.

Imparfait du verbe être :

j'étais
tu étais
il/elle était
nous étions
vous étiez
ils/elles étaient

ENTRAÎNEMENT

**conjugaison
l'imparfait**

Exercice 116

*Observez les phrases suivantes
et trouvez l'imparfait des verbes
utilisés :*

Exemple : Nous sortons du lit. → Je sortais du lit.

1. Nous buvons de l'eau. → Il ....
2. Vous voulez mon journal ? → Ils ....
3. Nous comprenons bien. → Je ....
4. Nous allons partir. → J' ....
5. Nous ne pouvons pas dormir. → Ils ....
6. Qu'est-ce que nous disons ? → Qu'est-ce que vous .... ?
7. Vous avez beaucoup de travail. → Nous ....
8. Nous ne connaissons personne. → Je ....
9. Nous faisons un voyage. → Elle ....
10. Vous venez de Paris. → Tu ....

ÉCRIT

■ *Reconstituez le texte en numérotant les paragraphes dans l'ordre qui convient :*

La cuisine du sud de la Chine est réputée pour ses spécialités à base de viande de singe, de chien ou de serpent, révèlent les observateurs.

1

SERPENTS ET CIE

Drôle de resto chinois

Pékin : AFP

Le restaurant servait aussi du tigre, de la panthère, de la chouette ainsi que du singe et de la tortue. Quand les inspecteurs responsables de la protection des animaux sauvages sont venus, ils ont découvert 29 têtes de singe dans le réfrigérateur de l'établissement.

Dans le restaurant de « Gros Nez » à Shonzhen, au sud de la Chine, on servait toutes sortes d'animaux sauvages, y compris des boas, des pangolins et des salamandres, a révélé lundi le *Quotidien des Lois*.

Le restaurateur s'est vu condamné à payer une amende de 30 000 yuan (35 000 francs environ) et 16 000 dollars de Hong Kong (10 000 francs environ).

Ce restaurant était géré par un ressortissant de Hong Kong, Lin Huiheng, surnommé « Gros Nez », qui faisait une grande publicité dans ce territoire pour attirer chez lui les clients riches.

Poursuivant leurs recherches, ils ont aussi découvert une série d'animaux encore vivants, dont neuf singes, neuf boas, cinq salamandres, quatre aigles, une chouette. Il y avait aussi dans la réserve quatre peaux de panthère et 140 kg de viande d'animaux sauvages, selon le journal.

■ *Identifiez les mots qui vous ont permis de rétablir l'ordre du texte :*

PHONÉTIQUE

surprise / doute / incrédulité

■ *Écoutez les enregistrements et dites s'ils expriment la surprise, le doute ou l'incrédulité :*

	surprise	doute	incrédulité
1			
2			
3			
4			
5			
6			
7			
8			
9			
10			

À VOUS !

Imaginez un bref récit à partir de chacune des images suivantes, en utilisant l'imparfait et le passé composé :

1

2

3

4

5

ENTRAÎNEMENT
accompli/inaccompli

Exercice 117

Indiquez si l'événement évoqué est fini ou continue à exister au moment où on parle :

	fini	pas fini
Il est dans son nouvel appartement depuis 15 jours.	❑	❑
La semaine dernière, il a déménagé.	❑	❑
Elle pleure depuis une heure.	❑	❑
Je n'ai pas dormi depuis deux jours.	❑	❑
Marc a quitté la France en 1986.	❑	❑
Je l'ai vu il y a trois jours.	❑	❑
Elle travaille à l'université.	❑	❑
Cela fait 3 jours qu'il est malade.	❑	❑
Ça fait une heure que j'attends.	❑	❑
Il y a un an, j'étais en Espagne.	❑	❑
Il y a 15 jours, il a fait très froid.	❑	❑

MISE EN FORME

GRAMMAIRE : parler d'un événement terminé ou non terminé

L'ÉVÉNEMENT CONTINUE AU MOMENT OÙ L'ON PARLE.

1. En précisant la durée :

Depuis + présent :
Il dort depuis une heure.
Il dort depuis 11 heures.

Cela fait (ça fait) + que + présent :
Ça fait une heure qu'il dort.

Il y a + que + présent :
Il y a une heure qu'il dort.

2. Sans préciser la durée :

Il est au chômage.
Il habite à Brest.

Il dort depuis une heure.

Une heure plus tard, il dort encore.

L'ÉVÉNEMENT EST TERMINÉ AU MOMENT OÙ L'ON PARLE.

Passé composé :
Il s'est réveillé à 14 heures.

Passé composé + il y a :
Il s'est réveillé il y a une heure.

Il s'est réveillé il y a une heure.

Pour parler d'une situation qui continue à ne pas exister :
manger, dormir, travailler, etc.

ne ... pas + passé composé + depuis
Je n'ai pas mangé depuis deux jours.

il y a ... que + ne ... pas + passé composé
Il y a deux jours que je n'ai pas mangé.

cela fait ... que + ne ... pas + passé composé
Cela fait deux jours que je n'ai pas mangé.

Regardez le dessin humoristique de Quino (humoriste argentin, père de Mafalda) et racontez la vie de Pedro Malasuerte et celle de Javier Bonaventura :

La vie de Pedro Malasuerte

La vie de Javier Bonaventura

À VOUS !

■ **1.** *Regardez les images et trouvez ce que peuvent dire les personnages des vignettes A2, B2 et C2.*
Essayez de trouver plusieurs formulations possibles en utilisant « depuis »,
« cela fait », « il y a ».

■ **2.** *Reprenez les mêmes images et commentez-les en utilisant, lorsque c'est possible, « en / pendant / mettre » + durée + pour + infinitif / « il faut » + durée + pour + infinitif.*

GRAMMAIRE : évoquer une durée dans le passé

L'événement est terminé au moment où l'on parle :	**Pour parler d'une activité, d'un travail réalisé par quelqu'un :**
pendant : Je suis parti en vacances, il a plu **pendant** quinze jours.	**mettre** **il faut** + 1 heure 3 jours un mois **pour + infinitif.** deux ans etc.
en : Il a écrit ce livre **en** 3 semaines.	
une durée : J'ai passé **3 jours** à l'hôpital.	Il **a mis** trois jours **pour faire** ce rapport. Il m'**a fallu** 5 minutes **pour régler** ce problème.

ENTRAÎNEMENT
**depuis / il y a /
ça fait**

Exercice 118

*Complétez les phrases suivantes en utilisant
« depuis », « cela fait », « il y a ».*

1. .... deux jours qu'elle est malade.
2. Il est au téléphone .... au moins deux heures.
3. .... un an que je ne l'ai pas vue.
4. .... un an, il a eu un grave accident.
5. Ils se sont mariés .... quinze jours.
6. Il est au lit .... lundi.
7. .... une heure que je t'attends.
8. J'attends .... midi.
9. .... deux mois que je cherche un appartement.
10. Il m'a téléphoné .... cinq minutes.

PHONÉTIQUE
[s] / [z]

■ 1. *Écoutez et répétez :*

– Ça va ?
– Si ça va ? Oui, c'est sûr, ça va. Et toi ?
– Moi, ça va aussi.
– Bon, ben, si ça va, ça va.
– Tu as soif ? Non ? Tu es sûr ?
– Une citronnade ?
– Oui, bien sûr. C'est si bon, une citronnade.

■ 2. *Répondez sur le modèle suivant :*

C'est amusant ?
C'est très amusant.

C'est important ?	C'est émouvant ?
C'est utile ?	C'est étroit ?
C'est intéressant ?	C'est embêtant ?
C'est astucieux ?	

■ 3. *Sur le modèle suivant, imaginez des mini-dialogues :*

– Aujourd'hui, j'ai fait des choses très importantes.
– Quoi, par exemple ?
– J'ai tondu la pelouse avec ma voisine Zoé.

Utilisez : importantes, amusantes, intelligentes, intéressantes, utiles.

- Aller voir les zèbres au zoo.
- Téléphoner à Toulouse à ma cousine andalouse.
- Arroser les roses de mon cousin.
- Aller au magasin de la rue Voisin acheter du raisin.

■ 4. *Écoutez les phrases et indiquez celles que vous avez entendues.*

couples de phrases		[s]	[z]
1. Vous savez tout.	❑		
Vous avez tout.	❑		
2. Ils offrent des gâteaux.	❑		
Ils s'offrent des gâteaux.	❑		
3. Ils aiment bien.	❑		
Ils s'aiment bien.	❑		
4. Ils attendent.	❑		
Ils s'attendent.	❑		
5. Ils entendent bien.	❑		
Ils s'entendent bien.	❑		
6. Ils écoutent attentivement.	❑		
Ils s'écoutent attentivement.	❑		
7. Ils observent avec attention.	❑		
Ils s'observent avec attention.	❑		
8. Ils ont froid.	❑		
Ils sont froids.	❑		
9. Ils aiment les carottes.	❑		
Ils sèment les carottes.	❑		
10. J'ai des idées.	❑		
J'ai décidé.	❑		
11. Vous avez parlé anglais ?	❑		
Vous savez parler anglais ?	❑		
12. Combien ? Dix heures !	❑		
Combien ? Dix sœurs !	❑		

CIVILISATION

TV5,
un relais francophone ouvert sur le monde.

TV5, ce sont deux chaînes de télévision, de chaque côté de l'océan Atlantique, gérées par deux entreprises distinctes travaillant en relation étroite et permanente : TV5 Europe, dont le siège est à Paris, regroupe 8 chaînes de télévision (belge, canadiennes, françaises, québécoises et suisse).

TV5 Québec-Canada, installé à Montréal, rassemble, en plus des partenaires de TV5 Europe, les principaux diffuseurs et producteurs du Québec et du Canada.

Télévisions généralistes de langue française, ces deux organismes diffusent chacun un programme spécifique à partir de satellites à couverture continentale :

En Europe : 32 millions de foyers sont raccordés par le câble ou par des antennes paraboliques, via Eutelsat II F-6 13° Est (Hot Bird), dont l'empreinte s'étend de l'Islande à l'Oural et du Golfe au Sahara.

En Afrique sub-saharienne, via Intelsat 702,1° Ouest, bande C. Sur le continent nord-américain,

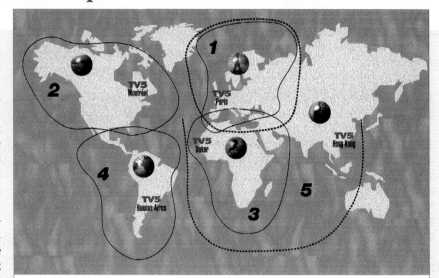

1. *Zone de réception de TV5 Europe*

2. *Zone de réception de TV5 Québec-Canada*

3. *Zone de réception de TV5 Afrique*

4. *Zone de réception de TV5 Amérique Latine*

5. *Zone de réception de TV5 Asie*

Carte des zones de réception de TV5.

5 millions de foyers, dont 3,4 millions hors Québec, auxquels s'ajoutent les téléspectateurs des Caraïbes, reçoivent le programme via Anik E-2, 107,3° Ouest.

En Amérique Latine, les réseaux câblés sont desservis par Panamsat 1,45° Ouest.

■ **1.** *Connaissez-vous une ou plusieurs de ces émissions ?*

■ **2.** *Y a-t-il dans votre pays des émissions du même genre ?*

La Marche du siècle,
France 3 et TV5.

Bouillon de culture,
France 2 et TV5.

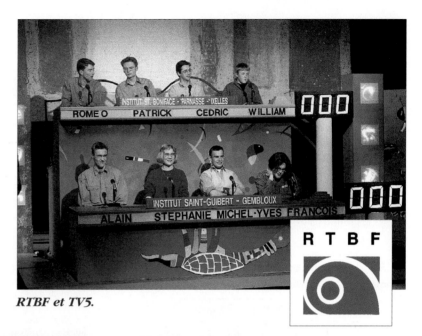

RTBF et TV5.

Taratata, France 2 et TV5.

Lancement
de TV5
à Montréal.

Questions pour un champion, France 3 et TV5.

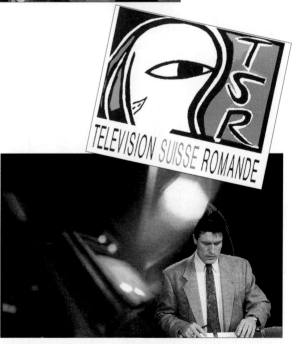

Télévision Suisse Romande et TV5.

ÉVALUATION

Compréhension orale (CO)

▨ *Écoutez les enregistrements et dites à quelle date correspond le jour évoqué dans chaque enregistrement (date de départ : le 25 mars) :*

aujourd'hui

18	19	20	21	22	23	24	25	26	27	28	29

▨ *Écoutez les enregistrements et dites si on évoque une action passée ou une situation passée :*

	Action	Situation
1		
2		
3		
4		
5		

Expression orale (EO)

▨ *Racontez une histoire à partir de ces 3 images en parlant à la place de l'un des deux personnages :*

Compréhension écrite (CE)

▨ *Lisez le texte suivant et répondez aux questions :*

UN ESCROC AU BILLET DE LOTERIE ARRÊTÉ

Le destin parfois repasse les plats. Le 10 juillet, un père de famille est attablé à une terrasse parisienne en compagnie de son fils. Un individu s'approche, bonimente. *« J'ai gagné 10 000 F au Black Jack, mais je n'ai pas le temps d'aller encaisser mes gains. Je vous vends le billet 6 000 francs. »* Le consommateur scrute le billet, parfaitement imité et paye cash. Quand il se présente au comptoir de la Française des Jeux, il déchante. Le billet est faux, évidemment. Un mois plus tard, il se promène, toujours avec son fils, à Bordeaux. Un homme racole les passants, un billet de loterie à la main. Ticket gagnant, 100 000 F, vendu 60 000, il n'a pas le temps d'aller le toucher. L'ex-victime ne reconnaît pas tout de suite l'escroc, son fils, âgé de 6 ans, l'alerte. L'homme s'approche de celui qui l'a roulé, un mois plus tôt, tope là, mais demande un sursis pour payer, le temps de réunir la somme. L'individu le suit. Entre-temps la police a été alertée. Le faussaire a été interpellé.

Libération, 18/08/95

1. Dans quelle ville a lieu la première rencontre ?
  ❏ Paris   ❏ Bordeaux
2. À quel endroit ?
  ❏ un jardin   ❏ un café
3. Qu'est-ce que l'escroc veut vendre ?
  ❏ un billet de banque   ❏ un ticket de jeu
4. À quel prix vend-il l'objet ?
  ❏ 10 000 francs   ❏ 6 000 francs
5. Où a lieu la deuxième rencontre ?
  ❏ Paris   ❏ Bordeaux
6. Qu'est-ce que l'escroc veut vendre ?
  ❏ un billet de loterie
  ❏ un ticket de jeu (Black Jack)
7. Quand a lieu la deuxième rencontre ?
  ❏ le 10 juin   ❏ le 10 août
8. Quel est le prix de ce qu'il vend ?
  ❏ 60 000 francs   ❏ 100 000 francs
9. Qui reconnaît l'escroc ?
  ❏ le père   ❏ le fils
10. L'escroc a été arrêté ?
  ❏ oui   ❏ non

Expression écrite (EE)

▨ *Racontez la rencontre la plus importante de votre vie.*

vos résultats	
CO	... /10
EO	... /10
CE	... /10
EE	... /10

MISE EN ROUTE

OBJECTIFS

Savoir-faire linguistiques :
• Parler de l'avenir.
• Exprimer un conseil.

Grammaire :
• Le futur :
– conjugaison du futur
– le présent à valeur de futur
– le futur proche
• Les indicateurs de chronologie.

Écrit :
• Précision
• Faire des projets.

« Leurs chansons courent encore dans les rues… »

■ **1.** *Écoutez le micro-trottoir et dites si les textes de ces chansons sont écrits au futur ou au passé. Relevez quelques verbes utilisés.*

■ **2.** *Identifiez les artistes qui interprètent ces chansons :*

CHANSON	FUTUR	PASSÉ	Verbes utilisés		
1.	☐	☐	....	....	....
2.	☐	☐	....	....	....
3.	☐	☐	....	....	....
4.	☐	☐	....	....	....
5.	☐	☐	....	....	....
6.	☐	☐	....	....	....
7.	☐	☐	....	....	....
8.	☐	☐	....	....	....
9.	☐	☐	....	....	....
10.	☐	☐	....	....	....

COMPRÉHENSION

■ *Écoutez les dialogues et mettez en relation les problèmes évoqués et les solutions proposées :*

PROBLÈMES :

SOLUTIONS :

infinitif

ENTRAÎNEMENT
futur simple

Exercice 119

Lisez les phrases,
soulignez les verbes
au futur et écrivez
l'infinitif :

1. Le temps changera dans la matinée de demain. ....
2. Le médecin pense que Martine ira mieux la semaine prochaine. ....
3. Tu pourras me prêter ta voiture lundi soir ? ....
4. Pour dîner, nous ferons du poisson. ....
5. Je te préviendrai dès que possible. ....
6. Venez quand vous voudrez ! ....
7. Irène passera la semaine prochaine. ....
8. Avec cette pluie, nos copains ne viendront pas. ....
9. Nous vous écrirons dès notre arrivée. ....
10. Il faudra payer la facture avant le 31 octobre. ....
11. Il reprendra son poste après les vacances. ....
12. Je ne pourrai pas te rembourser avant deux mois. ....
13. Le temps sera assez doux demain, avec des averses dans le Sud-Ouest. ....
14. Après deux kilomètres environ, vous tournerez à droite. ....
15. Dès que je saurai où est allée Catherine, je te le dirai. ....
16. Écoute ! Lundi matin, je viendrai un peu plus tard que d'habitude. ....
17. Je ne pense pas que nous arriverons à Périgueux avant dix heures. ....
18. Elles ne pourront pas terminer ce travail avant jeudi. ....
19. Je t'enverrai ma nouvelle adresse. ....
20. Tu feras attention au chien : il est méchant ! ....

GRAMMAIRE : conjugaison : le futur

Terminaisons du futur :

je	**-rai**
tu	**-ras**
il / elle	**-ra**
nous	**-rons**
vous	**-rez**
ils / elles	**-ront**

Pour la plupart des verbes, c'est très simple :

Verbes en -er			Verbes en -ir			Verbes en -re		
présent :	je parle	j'essaie	infinitif :	finir	dormir	infinitif :	prendre	mettre
je	parlerai	essaierai	je	finirai	dormirai	je	prendrai	mettrai
tu	parleras	essaieras	tu	finiras	dormiras	tu	prendras	mettras
il/elle	parlera	essaiera	il/elle	finira	dormira	il/elle	prendra	mettra
nous	parlerons	essaierons	nous	finirons	dormirons	nous	prendrons	mettrons
vous	parlerez	essaierez	vous	finirez	dormirez	vous	prendrez	mettrez
ils/elles	parleront	essaieront	ils/elles	finiront	dormiront	ils/elles	prendront	mettront

▼	▼	▼
Tous les verbes en -er sauf :	**Tous les verbes en -ir sauf :**	**Tous les verbes, exemples :**
envoyer → j'enverrai	cueillir → je cueillerai	rire → je rirai
aller → j'irai	courir → je courrai	lire → je lirai
	mourir → je mourrai	attendre → j'attendrai
	acquérir → j'acquerrai	connaître → je connaîtrai
	venir → je viendrai	peindre → je peindrai
	tenir → je tiendrai	boire → je boirai

Verbes irréguliers :	**Verbes en -oir**	
faire → je ferai	recevoir → je recevrai	pouvoir → je pourrai
être → je serai	devoir → je devrai	voir → je verrai
avoir → j'aurai	vouloir → je voudrai	il faut → il faudra
aller → j'irai	savoir → je saurai	il pleut → il pleuvra

ÉCRIT

■ **1.** *Relevez les formes du futur dans les cinq textes ci-dessous :*

■ **2.** *Le lendemain, le 1er janvier, les personnes interrogées racontent leur réveillon. Faites le récit au passé.*

PROJETS DE RÉVEILLON

Allez-vous faire des folies pour le Nouvel An ?

• Henri Foucard	• Christophe Lebon	• Joëlle Haccart	• Kokheng Ung	• Frédérique Caron
• Émilie Berckman	• 25 ans	• 40 ans	• 25 ans	• 19 ans
• 63 ans	• G.O. au Club	• Sans profession	• Bagagiste	• Lycéenne (Terminale)
• Retraités	Méditerranée	• Sonan (59)	• Paris (XIIIe)	• Dunkerque (62)
• Bruxelles	• Lens (62)			

« D'habitude, nous faisons seulement un petit dîner tous les deux à la maison, mais cette année, nous avons réservé une table dans un restaurant à Paris. On nous servira deux menus, déjà composés, avec du saumon et du champagne. Nous ne faisons pas de folies, mais nous avons toujours fêté la fin de l'année. Et puis, Henri aura un cadeau car c'est aussi son anniversaire : il est né le 1er janvier. »

« Cette année, ce sera vraiment de l'improvisation. J'arrive juste de Miami, en Floride, où je travaille au Club Med. J'aurais pu fêter le Nouvel An aux États-Unis, mais je préfère être avec mes amis, en France. Ce que je préfère faire ce soir-là ? Boire un peu de champagne et surtout aller danser chez les uns ou les autres. C'est un moment que j'aime beaucoup et je ne le rate jamais. »

« Je vais recevoir à Sonan mes amis parisiens. Nous serons huit, avec les enfants et, comme je suis assez bonne cuisinière, je ferai un bon repas : coquilles Saint-Jacques, cornets aux asperges et jambon, salade, fromages et bûche. On regarde un peu plus qu'avant ce que l'on dépense, mais chacun participe au dîner. Cette année, ce sont les Parisiens qui apporteront le champagne ! »

« Ah, ce jour-là, je ne travaille pas ! Nous allons nous retrouver avec une quinzaine d'amis pour un petit dîner. Ensuite, comme tous les ans, nous descendrons les Champs-Élysées. J'adore ça, il y a du monde, les passants s'embrassent, c'est vraiment la fête. Et puis, comme chaque fois, je prendrai quelques bonnes résolutions et je ferai un vœu. Mais pour que le vœu se réalise, il doit rester secret. »

« Mon copain a décidé de me faire une surprise. On a donc décidé de venir spécialement à Paris, parce qu'il y a toujours une ambiance de fête. J'imagine que l'on dînera tous les deux au restaurant. Mais surtout, nous irons danser en boîte, nous adorons cela. J'offrirai un cadeau (du parfum) à mon copain. Ce jour-là est un peu exceptionnel, on ne regarde pas trop la dépense. »

Aujourd'hui – N° 15 652 – 30 décembre 1994

Verbes utilisés au futur

Texte 1	Texte 2	Texte 3	Texte 4	Texte 5

MISE EN FORME

GRAMMAIRE : futur proche et passé récent

1. *ALLER* + infinitif exprime le futur :

Si on donne une indication de temps, on peut exprimer le futur à l'aide d'un présent :
   Claudine **passe** son bac **à la fin de l'année**.
   Nous **partons** en vacances **dans quinze jours**.

Dans ce cas, on peut utiliser *ALLER* + infinitif.
   Claudine **va passer** son bac **à la fin de l'année**.
   Nous **allons partir** en vacances **dans quinze jours**.

Si on ne précise pas l'indication de temps, *ALLER* + infinitif marque un événement qui va se produire bientôt : c'est le **futur proche**.
   Le train **va arriver** (= bientôt, dans quelques minutes).

2. *VENIR DE* + infinitif exprime le passé récent :

Pour signifier qu'un événement a eu lieu, qu'une action s'est terminée peu de temps auparavant, on utilise *VENIR DE* + infinitif : c'est le **passé récent**.
   Je viens de manger (= J'ai mangé il y a quelques minutes).
   Gérard **vient d'**avoir trente-neuf ans (= Il a eu trente-neuf ans il y a quelques jours).

COMPRÉHENSION

■ *Écoutez les prévisions de la météo et dites quelle carte météorologique correspond à chaque prévision :*

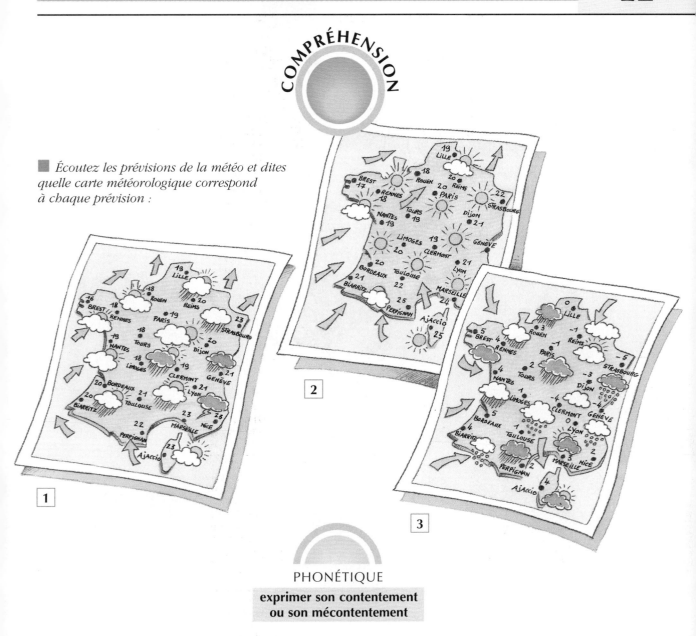

PHONÉTIQUE
**exprimer son contentement
ou son mécontentement**

■ *Sur le modèle suivant, exprimez votre contentement ou votre mécontentement aux propositions entendues, puis écoutez les dialogues et essayez de les reproduire.*

– Les enfants, j'ai fait des frites.
– Des frites ! J'adore les frites.
– Des frites ! Je déteste les frites.

■ *Vous pouvez également utiliser une exclamation :*

– Super ! Chic ! Chouette ! Youpie ! *pour renforcer l'expression de votre contentement.*

– Oh non ! Zut alors ! Encore ! Ce n'est pas possible ! *pour renforcer l'expression de votre mécontentement.*

1. – On va faire une promenade à vélo.
2. – Les enfants, je vous emmène manger au MacDonald !
3. – Qui veut de la soupe ?
4. – Qu'est-ce qu'on mange aujourd'hui ?
– Des spaghettis.
5. – Bon, maintenant, au travail !

6. – Il fait beau ?
– Non, il pleut.
7. – Bon, j'ouvre une bouteille de champagne ?
8. – On va se baigner ?
9. – Allume la télé. Il y a un match de foot !
10. – J'ai invité l'oncle Ernest pour le week-end.

À VOUS !

– Avant la fin de l'année, vous ferez un grand voyage, dans un pays lointain. Vous rencontrerez quelqu'un et cette rencontre changera votre vie. Côté argent, vous gagnerez une grosse somme, mais attention aux dépenses inutiles.
Voilà, vous me devez 800 francs.

Maintenant, vous êtes Madame Irma. Imaginez ce qu'elle dit :

a

b

c

d

e

f

ENTRAÎNEMENT
la condition

Exercice 120

Mettez en relation la phrase de la colonne 1 avec celle de la colonne 2 qui convient :

1. S'il n'y a pas de chaises,
2. Si tu continues à fumer comme ça,
3. Si je ne peux pas venir,
4. Si jamais je rencontre la belle Françoise à la fac,
5. Si tu me cherches,
6. Si vous voulez,
7. Si la pluie continue,
8. Si vous ne pouvez pas venir,
9. S'il a encore de la fièvre demain,
10. Si je te prête ma mobylette,
11. Si Élodie téléphone,

A. je ferai venir le Docteur GIRARD.
B. je l'inviterai demain soir au restaurant.
C. nous resterons à la maison toute la journée.
D. tu ne feras pas de vieux os !
E. tu seras prudent.
F. tu lui diras que je ne suis pas là.
G. nous aurons beaucoup de peine.
H. on s'assiéra par terre.
I. tu vas me trouver !
J. vous pourrez habiter chez moi.
K. je te téléphonerai.

MISE EN FORME

GRAMMAIRE : parler du futur en utilisant le présent

Pour parler d'un événement à venir, le présent est généralement suffisant :

quand ▼	présent ▼
• **Après-demain,**	je **reste** à la maison.
• **Samedi matin,**	je **vais** à Paris.
• **Dans un mois,**	je **déménage**.

Quand :

Aujourd'hui
Cet après midi, ce soir, cette nuit

Demain { matin
après-midi
soir }

Après-demain
Lundi, mardi, mercredi, etc.
Le 15 février   La semaine prochaine, le mois prochain, l'année prochaine…

Dans + durée :

Dans une heure,
Dans 3 jours,
Dans une semaine,
Dans un mois,
Dans un an.

« aller » + infinitif

Je **vais** bientôt **déménager**.
Demain, je **vais aller** à la piscine.
Je **vais chercher** un nouvel appartement.

ENTRAÎNEMENT

**présent
passé
futur**

Exercice 121

Écoutez l'enregistrement et précisez si on parle du passé, du présent ou du futur :

	Passé	Présent	Futur
1			
2			
3			
4			
5			

	Passé	Présent	Futur
6			
7			
8			
9			
10			

ENTRAÎNEMENT

**expressions
de temps
(futur)**

Exercice 122

Écoutez les enregistrements et identifiez les expressions de temps (futur) utilisées dans chaque enregistrement :

	1	2	3	4	5	6	7	8	9	10	11	12
demain												
après-demain												
la semaine prochaine												
l'année prochaine												
ce soir												
cet après-midi												
dans quinze jours												
dans un mois												
bientôt												
le + date												
à + heure												
lundi, mardi, mercredi												
lundi, mardi prochain												

À VOUS !

Imaginez les bonnes résolutions de Jean-Yves pour changer de vie :

ÉCRIT

Faire des projets

■ *Marie va partir en voyage en Égypte. Elle écrit à ses parents pour présenter le programme de son voyage :*

Lundi 27 avril	12 h : départ de l'aéroport de Roissy. 17 h : arrivée au Caire à l'aéroport Héliopolis.
Mardi 28	Matin : Visite du Musée des Antiquités Égyptiennes. Après-midi : Visite des Pyramides.
Mercredi 29	Excursion sur le site de Saqqarah. Visite de la pyramide à degrés.
Jeudi 30	Journée libre. Rendez-vous à 19 heures à la gare Ramsès II. 20 h : Départ du train pour la Haute-Égypte. Train couchette.
Vendredi 1er Mai	7 h : Arrivée en gare de Louksor. Visite du site de Thèbes.
Samedi 2	Excursion dans la vallée des Rois.
Dimanche 3	11 h : Départ du vol Égyptair à destination d'Assouan. Visite des temples. Excursion au haut-barrage. Retour à Louksor.
Lundi 4	Journée libre. Possibilité de visiter le Musée.
Mardi 5	Embarquement sur le bateau "Sémiramis" pour une croisière de 3 jours. Visite des temples d'Edfou et de Denderah.
Samedi 9	Retour en bus vers Le Caire.

MISE EN FORME

GRAMMAIRE : les indicateurs de chronologie

Pour situer une action dans le temps on dispose de différents moyens :
1. Les temps verbaux : imparfait, passé composé, présent, futur.
Jean **a été** malade mais il **va** beaucoup mieux et sa santé **continuera** à s'améliorer.
2. Différents mots servent à situer l'action dans le passé, le présent ou le futur, en complétant les indications des verbes. Ils précisent la succession des actions ou des situations.
Il y a 15 jours, Jean a été malade mais **maintenant,** il va beaucoup mieux et, **dans les jours qui viennent,** sa santé s'améliorera.

PASSÉ	PRÉSENT	FUTUR
auparavant	maintenant	après
avant	en ce moment	ensuite
dans le passé	actuellement	puis
dans le temps	aujourd'hui	ultérieurement
à cette époque-là	ces temps-ci	dans + indication de temps
en ce temps-là	de nos jours	plus tard
il y a... (que) + temps du passé	il y a... que... + temps du	par la suite
ça fait... + temps du passé	présent	lundi/la semaine/le mois/
depuis... (avec temps du passé)	ça fait... que + temps du présent	l'année prochain(e)
l'année/le mois/la semaine/	depuis... (avec temps du	
lundi dernier(e)	présent)	

CIVILISATION

LES GRANDES DATES
QUI COMPTENT EN FRANCE

L'immédiat après-guerre

- **1944 :** les femmes françaises obtiennent le droit de vote.
- Reconstruction de la France.

Les années cinquante

- Le baby-boom d'après-guerre : les Français font des enfants qui auront cinquante ans en l'an 2000.
- **1958 :** Naissance de la Vᵉ République.
- Élection du Général de Gaulle à la présidence de la République.
- Début de l'amitié franco-allemande.
- Fin de la guerre d'Indochine.

Les années soixante

- La jeunesse française découvre le rock-and-roll dont les vedettes sont Johnny Halliday, Sylvie Vartan.
- **1962 :** accords d'Évian, fin de la guerre d'Algérie. L'Algérie devient indépendante.
- **1968 :** révolte des étudiants (plus culturelle que réellement politique). Grève générale.
- **1970 :** mort du Général de Gaulle. Élection de Georges Pompidou.
- Brigitte Bardot.

Les années soixante-dix

- Crise pétrolière.
- Mort de Pompidou.
- Giscard élu.
- Majorité à 18 ans.
- Festivals de musique.
- Début de l'écologie (contre les centrales nucléaires, pour le Larzac).
- Loi Weil sur l'interruption volontaire de grossesse, la pilule.

Les années quatre-vingts

- **10 mai 1981 :** élection du socialiste Mitterrand à la présidence de la République. Abolition de la peine de mort, retraite à 60 ans, la semaine de 39 heures, nationalisation d'entreprises privées.
- La régionalisation.
- Le chômage, la crise, l'exclusion, la toxicomanie.
- Le SIDA.
- **1986 :** la cohabitation entre un gouvernement de droite (Jacques Chirac) et un président de gauche (François Mitterrand).
- **1988 :** réélection de François Mitterrand face à Jacques Chirac.
- Montée de l'extrême droite, l'immigration et la sécurité, thèmes de tous les débats politiques.
- Le TGV, la pyramide du Louvre, les fêtes du bicentenaire de la Révolution française.
- La chute du mur de Berlin.
- Augmentation du nombre de chaînes de télé. La télé s'ouvre sur le monde (réception par satellite).

Les années quatre-vingt-dix

- Plus de 3 millions de chômeurs.
- Les SDF, les « restos du cœur ».
- Signature après référendum (51 % pour, 49 % contre) du traité de Maastricht : l'Europe sans frontières.
- **1993 :** seconde cohabitation entre un gouvernement de droite (Édouard Balladur) et un président de gauche (François Mitterrand).
- **mai 1995 :** Jacques Chirac est élu président de la République avec 53 % des voix face à Lionel Jospin.

■ *Essayez de situer les images suivantes par rapport
à une période ou à une date de la France
de ces cinquante dernières années :*

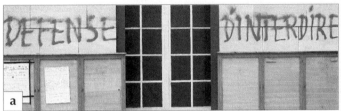

a

b

d

e

c

f

g

j

h

NOUS IRONS
PLUS LOIN
ENSEMBLE.

Chirac Président

k

i

l

m

n

o

Tous contre le sida

p

■ *Essayez de deviner l'âge de ceux qui parlent :*

– Moi, je suis un enfant du baby-boom. Je n'ai pas connu de guerre. Mon père en a vécu une, mon grand-père deux. J'ai manifesté en 68, j'ai travaillé dans une agence de pub, mais je suis au chômage depuis plus d'un an.

J'ai connu la guerre. Je suis à la retraite depuis 10 ans. Les jeunes ont bien changé. Je ne les comprends pas toujours, mais je suis content, car ils n'ont jamais connu la guerre.

Quand j'avais 20 ans, je dansais le rock-and-roll. J'allais à tous les concerts de Johnny. Je me suis ensuite intéressé à la politique. J'ai été élu maire d'une petite ville de province, puis député RPR.

■ *Quelles sont les grandes dates de votre pays ? Situez-vous par rapport à ces dates, parlez de vos parents, de votre famille.*

ÉVALUATION

Compréhension orale (CO)

▪ *Écoutez le dialogue (il a lieu le jeudi 16) et précisez sur l'agenda quels jours ont eu lieu (ou auront lieu) chacun des évènements évoqués :*

Lundi 13 matin après-midi	Lundi 20 matin après-midi
Mardi 14 matin après-midi	Mardi 21 matin après-midi
Mercredi 15 matin après-midi	Mercredi 22 matin après-midi
Jeudi 16 matin après-midi	Jeudi 23 matin après-midi
Vendredi 17 matin après-midi	Vendredi 24 matin après-midi
Samedi 18 matin après-midi	Samedi 25 matin après-midi
Dimanche 19 matin après-midi	Dimanche 26 matin après-midi

Expression orale (EO)

▪ *Expliquez à un ami la croisière que vous allez faire :*

16 novembre	18 h : Départ de Marseille.
17 novembre	Arrivée à Gênes. Visite de la ville.
18 novembre	9 h : Départ de Gênes. Arrivée à Naples à 19 heures.
19 novembre	8 h : Départ pour Palerme.
20 novembre	Journée libre.
21 novembre	Bizerte.
24 novembre	Retour à Marseille.

Compréhension écrite (CE)

▪ *Lisez le texte et remplissez la grille :*

Hier, à 19 h 30, sur la place des Fleurs, deux hommes vêtus de noir, âgés d'une quarantaine d'années, ont obligé une femme qui était au volant d'une R25 à les conduire à l'aéroport. Ils voulaient, semble-t-il, quitter la France où ils sont recherchés par la police. Ils ont été arrêtés au moment où ils enregistraient leurs bagages.

Qui ?
Quoi ?
Où ?
Quand ?
Pourquoi ?

Expression écrite (EE)

▪ *Rédigez un court CV en donnant réellement ou en imaginant :*

1. Votre identité,
2. votre état civil (âge, situation familiale, etc.),
3. votre profession, ou activité,
4. votre adresse,
5. vos études,
6. votre connaissance des langues étrangères,
7. votre expérience professionnelle,
8. vos goûts,
9. vos loisirs,
10. ce que vous cherchez (emploi, salaire, etc.)

vos résultats	
CO	... /10
EO	... /10
CE	... /10
EE	... /10

Préparation au DELF-A1

Épreuve orale

1. Exposé :

■ *Choisissez un thème et préparez-le pendant 15 minutes.*

• *Vous allez changer de travail dans un mois. Expliquez ce que vous allez faire.*

• *Vous avez passé un mois en France. Dites comment vos journées et vos week-end se sont organisés.*

• *Expliquez comment les repas se déroulent dans votre pays, dans votre famille (heures, plats, spécialités, événements)*

• *Votre ami(e) va à Tokyo (ou à Bonn, Paris, Madrid ou toute ville de votre choix).*
Dites-lui ce qu'il faut savoir de la ville et du pays que vous avez choisi.

2. Épreuves écrites :

■ *Rédigez un court récit (60 à 80 mots) en utilisant les 3 images :*

■ *Répondez à une de ces invitations de façon négative :*

> Madame et Monsieur Jules Dorion
> vous invitent à un cocktail
> à l'occasion de leur installation
> dans leur nouvel appartement.
>
> *Mercredi 20 mai à 19 h 30.*
>
> **Jules et Rosalie Dorion**

> *Pierre,*
>
> *Je pars jeudi soir pour 4 jours à Nice.*
> *Si tu es libre, je t'emmène.*
> *Nous passerons le week-end au soleil.*
>
> *Bises*
> *Claudine*

3. Dialogue simulé

■ *Choisissez un thème et travaillez par deux pour préparer le dialogue :*

1. Vous voulez prendre le train pour aller à Lyon. Il n'y a plus de places. Vous êtes à Paris. Vous demandez à l'employé quand il y aura des places.
2. Vous devez prendre un rendez-vous chez le dentiste. Vous téléphonez.
3. Vous voulez acheter un téléviseur. Vous n'avez que 3000 francs à dépenser.
4. Vous rencontrez un ami. Vous l'invitez à aller au cinéma le jour suivant.
5. Vous avez reçu une publicité pour une croisière en Méditerranée. Vous allez à l'agence de voyages pour demander des précisions.
6. Vous êtes étudiant étranger. Vous voulez vous inscrire à l'université. Vous allez au secrétariat.

123. Accompli / inaccompli

Indiquez si l'événement évoqué est fini ou continue d'exister au moment où l'on parle :

	Fini	Pas fini
1. Robert est au Brésil depuis juin dernier.	❑	❑
2. Claire vient de sortir.	❑	❑
3. Ça fait une heure qu'il parle.	❑	❑
4. Hier soir, il a eu un malaise.	❑	❑
5. Qu'est-ce qu'il a fait chaud en juillet !	❑	❑
6. Il y a exactement trois mois, j'étais à Lisbonne.	❑	❑
7. Nous sommes partis vers 23 h 30.	❑	❑
8. Lucie ? Elle s'est mariée.	❑	❑
9. J'ai rencontré Raymond il y a huit jours.	❑	❑
10. Cela fait bien une semaine qu'il est absent.	❑	❑

124. Présent / passé

Écoutez l'enregistrement des dialogues et dites si c'est le présent ou le passé :

	présent	passé
1		
2		
3		
4		
5		
6		
7		
8		
9		
10		

125. Présent / passé

Écoutez l'enregistrement des dialogues et dites si c'est le présent ou le passé :

	présent	passé
1		
2		
3		
4		
5		
6		
7		
8		
9		
10		

126. Passé composé avec « être » ou « avoir »

Complétez les phrases suivantes avec la forme de l'auxiliaire qui convient (« être ou avoir ») :

1. Avant-hier, Hélène .... perdu son portefeuille sur le parking du supermarché.
2. Tiens ! Les Lelong .... rentrés de vacances : leurs fenêtres sont ouvertes.
3. Nous .... passés par le tunnel du Mont-Blanc pour aller en Italie.
4. Est-ce que tu .... revu Jean-Michel depuis qu'il .... déménagé ?
5. Son cousin .... mort la semaine dernière dans un accident de voiture.
6. Est-ce que vous .... regardé le reportage sur le Cameroun, hier soir, sur France 2 ?
7. René .... suivi un séminaire sur les techniques de communication. Ça lui .... beaucoup plu.
8. Est-ce que Catherine et Sébastien .... passé leur bac ?
9. Josette .... tombée à vélo. Heureusement, elle n'a pas de mal.
10. Je suis triste : ma copine .... partie hier matin pour un mois.

127. Imparfait / passé composé

Complétez le texte suivant en utilisant le passé composé ou l'imparfait :

Gérard et Armelle (se rencontrer) .... pendant les vacances. Il (être) .... en visite chez ses parents à Biarritz ; elle (séjourner) .... à l'hôtel des Flots bleus. Un samedi soir, la municipalité de Biarritz (organiser) .... un bal public. C'(être) .... le 14 juillet. Quand Gérard (voir) .... Armelle, il en (tomber) .... immédiatement amoureux. Elle (être) .... adorable dans sa robe jaune à fleurs. Il l'(inviter) .... à danser... et depuis ils ne (se quitter) .... plus .... !

128. Conjugaison du passé composé

Complétez la phrase en mettant le verbe au passé composé, à la forme qui convient :

1. Il y a deux ans, elle .... (parcourir) toute l'Amérique du Nord pendant six mois.
2. En deux jours, ils .... (monter) au sommet du Mont Olympe.
3. L'équipe de Turquie .... (gagner) 5 à 3.
4. Qu'est-ce qu'il .... (devenir), ton vieux copain Robert ?
5. Quelle robe elle .... (choisir) ?
6. J'......... (croire) ce qu'elle me disait.

129. Conjugaison du passé composé

Complétez la phrase en mettant le verbe au passé composé, à la forme qui convient :

1. Nos voisins nous .... (permettre) d'utiliser leur piscine pendant leur absence.
2. Nous .... (recevoir) de bonnes nouvelles de notre fille Sylvie.
3. Marie-Noëlle .... (partir) en retraite la semaine dernière.
4. Il n'.......... même pas .... (vouloir) me recevoir !
5. J'ai rencontré Rachel : elle m'.......... (paraître) fatiguée.
6. David .... (offrir) à Danielle une montre magnifique.
7. Je n'.......... toujours pas .... (comprendre) pourquoi Michel est fâché contre moi.
8. Excuse-moi : je n'.......... pas .... (pouvoir) venir plus tôt.
9. Ils .... (vivre) très longtemps en Afrique.
10. Est-ce que vous .... (remplir) la fiche d'embarquement ?

130. Les formes du participe passé

Complétez les phrases avec le participe passé qui convient :

1. Où est-ce que tu as .... (mettre) mon livre de français ?
2. On nous a .... (dire) de venir dimanche.
3. Je n'ai pas encore .... (répondre) à sa lettre.
4. Nous avons .... (accueillir) des amis autrichiens.
5. Qui vous a .... (vendre) cette voiture ?
6. Il t'a .... (attendre) une heure et il est .... (partir).
7. Je n'ai pas .... (prendre) de pain : je pensais qu'il en restait.
8. Ce soir, je vous invite au restaurant Le Grillon : j'ai .... (retenir) une table.
9. Le facteur est .... (passer) à 9 h 30.
10. À quelle heure êtes-vous .... (arriver) ?

131. Expression de la durée : en / pendant

Complétez les phrases en utilisant « en » ou « pendant ».

1. J'ai vécu au Venezuela .... six ans.
2. Il a fait le voyage jusqu'en Italie .... 10 heures.
3. Nous nous sommes promenés dans les Alpes .... quinze jours.
4. Il a terminé son travail .... deux heures.
5. Je lui ai rendu visite à l'hôpital .... sa maladie.
6. Il a guéri .... trois semaines.

132. Imparfait / passé composé

Dites si c'est l'imparfait ou le passé composé qui a été utilisé :

1. Je lui ai téléphoné avant-hier.
2. Claude était là tout à l'heure.
3. Tu nous a manqué.
4. C'est ce qu'il voulait.
5. Ils venaient là chaque été.
6. Je suis sorti hier soir.
7. Je n'avais plus d'argent.
8. J'aimais bien ce qu'il faisait.
9. J'ai répondu tout de suite à sa lettre.
10. La semaine dernière, il allait bien.

	imparfait	passé composé
1		
2		
3		
4		
5		
6		
7		
8		
9		
10		

133. Imparfait / présent

Dites si c'est l'imparfait ou le présent qui a été utilisé :

1. Nous voulions partir à 17 heures.
2. Vous avez raison.
3. Qu'est-ce que vous faisiez à cet endroit ?
4. En 1984, nous étions au Mexique.
5. Vous faites les courses le mardi soir ?
6. Nous avions raison.
7. Nous aimons bien partir en vacances de neige.
8. Vous vouliez me voir ?
9. Nous vous attendions.
10. Vous partez ?

	imparfait	présent
1		
2		
3		
4		
5		
6		
7		
8		
9		
10		

134. Depuis / Il y a / Il y a... que / Ça fait... que

Complétez les phrases suivantes avec : « depuis / ça fait... que / il y a / il y a... que ».

1. Il est malade .... mardi dernier.
2. .... quinze jours .... je lui ai écrit.
3. Je ne l'ai pas vu .... trois jours.
4. Je l'attends .... midi.
5. Il travaille .... une semaine.
6. .... six mois .... il est parti.
7. Je l'ai vu .... une heure à peine.
8. J'ai connu André .... vingt ans.
9. Ils se sont mariés .... six mois.
10. .... notre rencontre, nous nous écrivons tous les jours.

135. Le futur

Mettez au futur les verbes entre parenthèses :

1. Rose (venir) .... demain matin.
2. Je (voir) .... si je peux faire ce travail.
3. (Pouvoir) .... -tu venir samedi soir ?
4. Je lui (téléphoner) .... demain.
5. Je (être) .... absent la semaine prochaine.
6. Il ne (vouloir) .... jamais te prêter sa voiture.
7. Nous (aller) .... à Paris dans le courant du mois d'octobre.
8. Je t'(attendre) .... à la porte du garage, vers sept heures, sept heures et demie.
9. Qu'est-ce que vous (faire) .... quand il ne (être) .... plus là ?
10. Je vous (appeler) .... quand j'(avoir) .... le temps.
11. J'ai perdu : je ne (jouer) .... plus jamais au tiercé.
12. Il (faire) .... ce qu'il (vouloir) ....
13. Il (falloir) .... changer le filtre à huile.
14. Vous (prendre) .... un comprimé le matin et un le soir.
15. On (finir) .... ça plus tard.
16. C'est promis : je vous (donner) .... une réponse avant samedi.
17. Je crois que nos cousins (venir) .... pendant les vacances.
18. Je suis sûre que vous (savoir) .... faire cet exercice.
19. Nous (avoir) .... plus de temps pendant les vacances.
20. J'espère que tu nous (envoyer) .... une carte postale !
21. Vous (trouver) .... tout ce qu'il vous faut dans la valise noire.
22. Essaie d'être à l'heure : nous (partir) .... à cinq heures et demie.

136. Les valeurs de « en »

Dites si « en » exprime le lieu (où), le temps (quand) ou le moyen (comment) :

	où	quand	comment
1			
2			
3			
4			
5			
6			
7			
8			
9			
10			
11			
12			
13			
14			
15			

1. En été, je fais la sieste l'après-midi.
2. Il est parti en Espagne.
3. J'ai écrit cet article en une heure et demie.
4. Nous sommes partis en avion et revenus en train.
5. Il habite en Californie.
6. J'irai le voir en septembre.
7. Je suis arrivé en cinq minutes.
8. Il voyage en première classe.
9. Il habite en banlieue.
10. C'est un produit qu'on achète en pharmacie.
11. Je fais du ski en hiver.
12. Elle est toujours malade en voyage.
13. En soirée, le restaurant est plein.
14. Il mange toujours en cinq minutes !
15. Il a fait le tour du monde en Concorde.

Transcriptions

Page 8 – Leçon 0

1. – La poste, c'est ici ?
2. – Garçon, deux cafés.
3. – Entrez, monsieur.
4. – Bonjour, il fait beau !
5. – Au revoir, à bientôt.
6. – Bon appétit.

Page 9 – Leçon 0

1. – C'est difficile.
2. – Je n'ai pas compris.
3. – À vous !
4. – Vous comprenez ?
5. – Écoutez, s'il vous plaît.
6. – Répétez, s'il vous plaît.
7. – Moins vite, s'il vous plaît.
8. – Travaillez par deux.
9. – Encore une fois.

UNITÉ 1

Page 11 – Mise en route

Dialogues :

1. – Tu t'appelles comment ?
   – Olivia. Je suis italienne. Et toi, comment tu t'appelles ?
   – Christophe. Tu es en vacances ?
   – Oui.
2. – Bonjour, je m'appelle Anita.
   – Et moi, Claudia.
   – Tu es française ?
   – Non, espagnole.
3. – Tu es italien ?
   – Non, je suis français.
   – Tu es en vacances ?
   – Non, je travaille ici.

Page 12 – Dialogue témoin

– Vous vous appelez comment ?
– Édouard Dupond.
– Vous habitez où ?
– À Toulouse, 6, rue des Bégonias.
– Vous travaillez ?
– Oui, je suis pilote à Air France.
– Vous êtes français ?
– Oui.

Page 12 – Compréhension

Dialogues :

1. – Tu t'appelles comment ?
   – Hélène.
   – Comment ?
   – Hélène ! Et toi ?
   – Paul.
   – Bob ?
   – Non ! Paul !
2. – Bonjour, Pierre Marchand, c'est moi.
   – Enchanté. Claude Alexandre. Je travaille à l'ambassade. Vous avez fait bon voyage ?
   – Oui, merci.
3. – Pardon, monsieur. La poste, s'il vous plaît ?
   – Vous prenez la troisième rue à gauche et c'est juste en face.
   – Merci. Au revoir, monsieur.
4. – Et toi, comment tu t'appelles ?
   René Descartes, madame.
   – Tu es nouveau dans cette école ?
   – Oui, madame.

Page 13 – À vous ! Exercice 2

1. – Bonjour, Marcel.
   – Bonjour, Ève.
2. – Bonjour, Marcel.
   – Bonjour, Charles.
3. – Bonjour, je m'appelle Lucie.
   – Bonjour, je m'appelle Christine.

4. – Moi, je m'appelle Chloé.
   – Chloé ? Bonjour, Chloé.
5. – Claude ! Claude !
   – Pierre ! Bonjour Pierre !
6. – Claudine Lacroix.
   – Claudine Lacroix ? Ah... Bonjour.

Page 13 – Phonétique : le son [u]

1. Bonjour !
2. Ça va aujourd'hui ?
3. Vous habitez où ?
4. À Strasbourg ?
5. À Toulouse ?
6. À La Bourboule ?
7. Vous aimez le couscous ?
8. Beaucoup ?
9. Pas beaucoup ?
10. Pas du tout ?
11. Vous mettez une blouse ?
12. Souvent ?
13. Pas souvent ?
14. Tous les jours ?

Page 13 – Phonétique : [y]/[u]

1. Il est sourd !
2. C'est sûr ?
3. Tu l'as lu ?
4. Il est soûl !
5. Il l'a su ?
6. Il est fou !
7. Il est roux !
8. Dans la rue !
9. Salut Lulu !
10. Il est doux !
11. Il est mou !
12. Il est où Loulou ?

Page 15 – Dialogue témoin

– Allô Martine ? Ici Raymond.
– Salut Raymond !

Page 15 – Compréhension

Dialogues :

1. – Salut ! Tu t'appelles comment ?
   – Marcel. Et toi ?
   – Agnès.
2. – Tu connais Sébastien ?
   – L'ami de Vincent ? Oui, bien sûr.
3. – C'est quoi, ton prénom ?
   – Roseline.
   – C'est joli, Roseline.
4. – Ma femme, elle s'appelle Paulette...
5. – Elle a combien de sœurs ?
   – Trois : Angèle, Tatiana et Nina.

Page 15 – Phonétique : [y]/[i]

1. Il est ici ?
2. Mais si.
3. Tu t'es vu ?
4. Il a fini.
5. Vas-y !
6. Le sais-tu ?
7. Elle s'appelle Marie Mariani.
8. Je n'ai rien vu.
9. Elle a tout compris.

Page 15 – Phonétique : [p]/[b]

Dialogues :

1. – Allô, c'est Pierre ?
   – Ah non, c'est Patrick.
   – Ah bon, pardon, bonjour Patrick.
2. – Allô, c'est Patrick ?
   – Ah non, c'est Pierrette.
   – Ah bon, pardon, bonjour Pierrette.
3. – Allô, c'est Pierrette ?
   – Ah non, c'est Pélagie.
   – Ah bon, pardon, bonjour Pélagie.
4. – Allô, c'est Pélagie ?
   – Ah non, c'est Peggy.

   – Ah bon, pardon, bonjour Peggy.
5. – Allô, c'est Peggy ?
   – Ah non, c'est Pascal.
   – Ah bon, pardon, bonjour Pascal.
6. – Allô, c'est Pascal ?
   – Oui, c'est Pascal.
   – Ah ouf, bonjour Pascal.

Page 16 – Dialogue témoin

– Allô, bonjour. Je peux parler à Monsieur Dubois, le directeur ?
– Un instant, je vous passe Monsieur Duchanois : c'est lui le directeur.

Page 16 – Compréhension

Dialogues :

1. – Ce soir ? je vais voir Muriel Robin.
   – Où ?
   – Au Palais des Sports.
2. – Donne-moi le numéro de téléphone de Pierre Abbas.
   – C'est le 99.58.41.37.
3. – Bonjour. Je suis le nouveau facteur. J'ai une lettre pour Monsieur Gallois.
   – C'est là.
4. – Tiens ! Les Lemoine ont une fille.
   – Elle s'appelle comment ?
   – Camille.
   – C'est joli Camille.
5. – Je m'appelle François Michel.
   – Enchantée.
   – Voici ma carte.
   – Excusez-moi, mais... votre nom, c'est François ou Michel ?
   – Michel.

Page 17 – Les chiffres

Dialogue témoin :

Un, deux, trois, quatre, cinq, six, sept, huit, neuf, dix ! Out !

1. 1, 2, 3... Partez !
2. 6, 5, 4, 3, 2, 1, zéro.
3. Dans 10 secondes, nous serons en l'an 2000. Vingt-trois heures cinquante neuf minutes et 50 secondes, 51, 52, 53, 54, 55, 56, 57, 58, 59... Bonne année !
4. 1, 2, 3, j'irai dans les bois,
   4, 5, 6, cueillir des cerises
   7, 8, 9, dans mon panier neuf
   10, 11, 12, elles seront toutes rouges
5. 1 fois 2, 2 – 2 fois 2, 4 – 3 fois 2, 6 – 4 fois 2, 8 – 5 fois 2, 10 – 6 fois 2, 12 – 7 fois 2... 15 !
   – Non ! Quatorze !
   – 7 fois 2, 14.
6. – À la une ! À la deux ! À la trois...
7. – Victoire d'André Agassi 6-4, 6-3, 6-1.

Page 17 – Entraînement : les chiffres

1. Claude a dix-huit ans.
2. Il habite à vingt kilomètres.
3. Elle a cinq enfants.
4. Sa fille a douze ans.
5. Hélène habite au numéro quinze de la rue des Lilas.
6. J'ai une petite fille de huit ans. Elle s'appelle Sophie.
7. Ça fait dix-sept francs.
8. Elle parle trois langues : l'italien, le russe et l'espagnol.

Page 19 – Entraînement : masculin/féminin

1. – Ah ! Vous êtes américaine ?
   – Non, je suis espagnol.
   – Oui, j'habite à Miami.
2. – Vous êtes bien pharmacienne ?

– Je suis mécanicien.
– Oui, c'est exact.

3. – Vous êtes très belle, Roseline.
– Merci.
– Merci, Charles.

4. – Tu es française ?
– Non, italienne.
– Moi ? Je suis anglais.

5. – Votre profession, Madame ?
– Secrétaire.
– Mécanicienne.

6. – Quelle est votre profession, madame ?
– Je suis professeur de français. Je suis belge. Je suis marié.
– Je suis professeur de français. Je suis belge. Je suis mariée.

7. – Elle s'appelle comment, ta femme ?
– Elle s'appelle Louisette.
– Elle s'appelle Andrée.

8. – Et ta sœur ? Elle est étudiante ?
– Il est étudiant.
– Elle est étudiante.

Page 20 – Écrit

– Bonjour, tu es en direct sur Radio J. Tu t'appelles comment ?
– Marielle.
– Tu as quel âge ?
– 17 ans.
– Tu habites où ?
– À Château-Chinon.
– Ça va l'école ?
– Oui ça va. Les professeurs sont sympas.
– Qu'est-ce qu'il fait ton père ?
– Il est mécanicien. Il a un petit garage.
– Et ta mère travaille aussi ?
– Oui, elle fait le secrétariat au garage.
– Qu'est-ce que tu aimes comme musique ?
– Le rock et aussi le rap.
– Et le jazz ?
– Non, pas vraiment.
– Bon, Marie-Hélène, euh non, Marielle, nous attendons ta question.

Page 20 – Entraînement : masculin/féminin

1. Dominique est célibataire.
2. Lucien est dentiste.
3. Agnès est médecin.
4. Martine est une petite brune.
5. Aline est hôtesse de l'air.
6. Alexandre travaille dans une boîte de nuit.
7. Anna est comédienne ; elle est italienne.
8. C'est un ami anglais.
9. Elle est suédoise.
10. Claude est professeur de français, mais elle est belge.

Page 21 – Dialogue témoin

– Ils sont français ?
– Non, espagnols.
– Ils parlent français ?
– Je ne sais pas.

Page 21 – Compréhension (1)

Dialogues :

1. – Ils sont combien ?
– Trois.

2. – Il parle très bien français !
– Normal, il est belge !

3. – Il(s) parle(nt) vite !
– C'est vrai, je ne comprends rien.

4. – Ils habitent à Lyon ?
– Non, à Valence.

5. – Qu'est-ce qu'elle fait ?
– Elle travaille.

6. – Qu'est-ce qu'il dit ?
– Je ne sais pas.

7. – Ils travaillent ?
– Pierre est médecin et sa femme infirmière.

8. – Elle comprend un peu ?
– Oui, un peu.

Page 21 – Compréhension (2)

Dialogues :

1. – Vous parlez italien, mademoiselle ?
– Oui un peu.

2. – Vous êtes professeurs ?
– Non, nous sommes étudiantes.

3. – Vous habitez où ?
– Rue Monge.

4. – Qu'est-ce que vous faites à Besançon ?
– Nous étudions le français.

5. – Vous avez des amis à Paris ?
– Oui, mon cousin. Il est médecin.

6. – Tu connais Jean-Yves Morel ?
– Non, pourquoi ?

7. – Vous vous appelez comment ?
– Moi, c'est Marc et elle c'est Brigitte.

8. – Entrez, s'il vous plaît.
– Merci.

Page 21 – Les jours de la semaine

1. – Qu'est-ce que tu fais lundi ?
– Je vais au cinéma.

2. – Samedi, je mange au restaurant avec Pierre.
– Avec Pierre, le frère de Lucie ?

3. – Nicole m'a téléphoné mardi soir.
– Elle va bien ?

4. – Dimanche après-midi, je vais à la piscine avec Raoul. Tu viens aussi ?
– Pourquoi pas ?

5. – Mercredi, je travaille toute la journée.
– Moi aussi.

6. – Vendredi ? Je fais la fête.
– Tu m'invites ?
– Bien sûr.

7. – Jeudi il y a un bon film à la télévision.
– Sur quelle chaîne ?

Page 22 – Phonétique : [s]/[z]

1. Ils sont sympathiques.
2. Ils ont 26 ans.
3. Ils vont bien.
4. Ils sont où ?
5. Ils font quoi ?
6. Ils ont de la chance.
7. Ils sont là.
8. Ils ont chaud.
9. Ils sont à Paris.
10. Est-ce qu'ils sont contents ?

Page 23 – Bruitages

UNITÉ 2

Page 27 – Dialogue témoin

Je m'appelle Marielle. Je suis française. Je suis mariée. J'ai un enfant. J'habite à Lille. J'ai 26 ans. Je suis professeur de français.

Page 27 – Mise en route

1. – Bonjour, je m'appelle Édouard Miller. Je suis américain. J'habite à New York.

2. – Je vous présente Alfonso Gonzalez. C'est un journaliste espagnol.

3. – Monsieur Tcheng. Vous êtes chinois. Vous travaillez à Pékin, vous êtes marié et vous avez un enfant. C'est cela ?

4. – Moi, c'est Simone. Je ne travaille pas. J'habite à Paris.

5. – Je suis professeur de français. Je suis belge. Je suis célibataire.

6. – J'ai cinq enfants. Je suis médecin. Je m'appelle Paola Costa. J'habite à Rome, mais je ne suis pas italienne.

7. – Je me présente : je m'appelle Igor Komarov. Je suis russe ; je suis ingénieur en aéronautique.

8. – Vous connaissez Ali ? Il est saoudien. Il est marié avec une jeune Française et ils habitent à Lyon.

9. – Voilà mon professeur de japonais. Elle est mariée et elle a un petit garçon. Elle s'appelle Yoko.

10. – Je m'appelle Roberto Da Silva. Je suis portugais mais j'habite à Berlin.

Page 28 – Dialogue témoin

– Vous vous appelez comment ?
– Rémi Didi.
– Votre âge ?
– 50 ans.
– Votre domicile ?
– 65, rue des Lombards.
– À Paris ?
– Bien sûr.

Page 28 – Compréhension

Dialogues :

1. – Vous vous appelez comment ?
– Parent.
– Votre prénom ?
– Jules.
– Votre date de naissance ?
– 16 juillet 1960.
– Vous êtes né où ?
– À Paris.
– Votre profession ?
– Pharmacien.

2. – Bonjour, je m'appelle Alice.
– Alice comment ?
– Alice Bertrand.
– Vous avez quel âge ?
– 26 ans.
– Vous habitez où ?
– Chez mes parents.
– Où ?
– À Lyon.
– Qu'est-ce que vous faites ?
– Je suis secrétaire.

3. – Votre nom, s'il vous plaît.
– Morisi.
– Et votre prénom ?
– Mario.
– Profession ?
– Journaliste.
– Adresse ?
– 3, rue des Roses, à Marseille.
– Date de naissance ?
– 18 juin 1963.

4. – Nom, prénom, âge, date et lieu de naissance, adresse.
– Je m'appelle Roger Chevalier, j'ai 32 ans. Je suis né le 18 décembre 1963 à Coulommiers. J'habite à Amboise, 70, boulevard Voltaire.

Page 31 – Phonétique : questions

1. Vous habitez où ?
2. Tu habites à Paris ?
3. Non, je suis mariée.
4. Vous avez quel âge ?
5. Vous êtes né en 1962 ?
6. Ah ! Vous êtes médecin.
7. Il a 53 ans.
8. Tu as deux enfants ?
9. Votre adresse ?
10. Vous êtes célibataire.

Page 32 – À vous

Dialogue témoin :

– Je peux vous poser quelques questions ? C'est pour un sondage.
– Oui.
– Vous êtes marié ?
– Non, célibataire.
– Vous avez quel âge ?
– 25 ans.
– Vous aimez quelle musique ?
– Le rock.

Page 33 – Bruitages

Page 33 – Phonétique : [f]/[v]

1. Tu es fou !
2. C'est à vous.
3. Tu viens ?
4. Il est neuf heures.
5. Sept, huit, neuf.
6. Tu veux du vin ?
7. C'est la fin.
8. Tu as du feu ?
9. Elle est veuve.
10. Qu'est-ce que tu veux ?
11. Je vais en vacances.
12. Je fais du feu.

Page 33 – Phonétique : [s]/[z]

1. J'ai dix ans.
2. J'ai dit « cent ».
3. Il a six cent francs.
4. Il a six enfants.
5. Quatre, cinq, six.
6. Ils sont cinq.
7. Ils ont faim.
8. Bonjour Zoé.
9. Allô, c'est Cécile.
10. Il est où Luis ?
11. Tu as vu Louise ?
12. Elles appellent Roger.

Page 35 – Les chiffres

Dialogue témoin :

– Elle a quel âge ta mère ?
– 49 ans.
1. – C'est quand ton anniversaire ?
   – Le 16 avril.
2. – Tu chausses du combien ?
   – Du 42.
3. – Ton film préféré ?
   – *Les 7 mercenaires*, mais j'ai bien aimé aussi *Né un 4 juillet*.
4. – Et ton livre préféré ?
   – *Les 3 mousquetaires*.
   – Et toi ?
   – *L'assassin habite au 21*.
5. – Tu me racontes une histoire ?
   – *Ali baba et les 40 voleurs*.
6. Dites 33.
7. On n'est pas sérieux quand on a 17 ans.
8. Il s'est mis sur son 31.
9. Noël, c'est le 25 décembre.

Page 35 – Le temps : présent/passé

1. Lundi, je vais à Paris.
2. – Hier, je suis allé au cinéma.
3. – Tu as téléphoné à Pierre ?
4. – Tu manges où ?
5. – Qu'est-ce que tu as fait samedi ?
   – Rien. Je suis resté à la maison.
6. – Chut ! Je téléphone !
7. – Allô ! Qu'est-ce que tu fais ?
   – Je travaille.
8. – Tu as mangé où à midi ?
   – À la cantine.

9. – Vous avez compris ?
   – Oui.
10. – Vous comprenez ?
    – Non.
11. – Vous avez bien travaillé aujourd'hui.
12. – Qu'est-ce qu'il a dit ?
    – Je ne sais pas. Je n'ai pas compris.

Page 36 – Les chiffres

6247 TF62
1435 RR 2A
5862 QF89
4399 UA 19
4147 QF974
6932 XS 69
427 QD 15
5325 PP 25
7321 RT 93
543 ADX 75
4581 ST 84

Page 37 – Entraînement : la négation

1. Je sais pas.
2. Je n'aime pas ça.
3. J' n'ai pas d' chance.
4. J'aime pas le foot.
5. Je n'sais pas nager.
6. Je parle pas allemand.
7. J'ai pas d' voiture.
8. Elle est pas gentille.
9. Vous n'avez pas d'enfants ?
10. Ils font pas attention.

UNITÉ 3

Page 41 – Dialogue témoin

– Comment allez-vous Madame Lecomte ?
– Très bien. Et vous ?
– Salut ! Ça va ?
– Bonjour Pierre. Tu n'es pas à l'école ?

Page 41 – Mise en route

Dialogues :

1. – Salut ! Tu vas bien ?
   – Oui, et toi ?
2. – Vous connaissez le président de notre association ?
   – Enchanté monsieur.
3. – C'est toi le frère de Jérémie ?
   – Oui, c'est moi. Salut !
4. – Bonjour madame. Comment allez-vous ?
   – Très bien. Et vous ?
5. – Tu t'appelles comment ?
   – Louis.
   – Tu as quel âge ?
   – 12 ans.

Page 42 – Dialogue témoin

– Je peux vous aider ?
– C'est gentil…
– Vous allez où ?
– À Bruxelles.
– Moi aussi. Je m'appelle Marc.
– Moi, c'est Sylvie.

Page 42 – Compréhension

Dialogues :

1. – Tu t'appelles comment ?
   – Catherine.
   – Moi, c'est Olivier. T'es en droit ?
   – Non, j' fais médecine.
   – Moi aussi. T'es en première année ?
   – Ouais…
   – T'as trouvé une chambre ?
   – Ben non…

– Tu veux un café ?
– Bof…
– Un thé ?
– Non, rien, j'y vais. J'ai cours dans cinq minutes.
– Ben alors tchao.
– Tchao Olivier !

2. – Excusez-moi monsieur, vous pourriez me prêter un stylo ?
   – Bien sûr. Tenez…
   – Vous aussi vous allez à Pointe-à-Pitre ?
   – Oui, je vais à un mariage.
   – Moi, j'y vais en vacances.
3. – Pardon mademoiselle, vous avez l'heure ?
   – Midi et demi.
   – Merci, vous venez souvent ici ?
   – Non. L'addition s'il vous plaît !
4. – Bonjour, magnifique ce coucher de soleil, vous ne trouvez pas ?
   – Si, c'est bon les vacances.
   – Vous êtes là depuis longtemps ?
   – Depuis une semaine.
   – Vous êtes de quel pays ?
   – Je suis argentine.
   – Je ne connais pas l'Argentine. Qu'est-ce que vous faites en France ?
   – J'ai de la famille à Paris.
5. – S'il vous plaît, vous pourriez me dire où se trouve le café de la Poste ?
   – C'est à 500 m à gauche.
   – Merci, je vous offre un café ?
   – Non, je suis pressée.

Page 43 – Entraînement : tu/vous

1. Où est-ce que tu habites ?
2. Madame Simon ? Ici, Jean Chevalier !
3. Vous avez combien d'enfants ?
4. Bonjour Alice, ton papa est là ?
5. Salut ! Je m'appelle André.
6. C'est quoi ton prénom ?
7. Vous êtes française ?
8. Simon, c'est votre nom ou votre prénom ?
9. Salut ! Ça va ?
10. Comment allez-vous ?

Page 43 – Phonétique : [ɛ̃]/[ɑ̃]/[ɔ̃]

1. J'ai téléphoné à ma tante.
2. Il est midi et j'ai faim.
3. Ce film, il était bien.
4. Demain, il fera très chaud.
5. Il est assis sur un banc.
6. Il a pris un bain.
7. Il y a du vin aujourd'hui.
8. Il est beau ce marron.
9. J'aime le vent.
10. Il sent bon ce savon.

Page 44 – Dialogue témoin

– Bonjour, Monsieur Lefort !
– Bonjour, Madame Dulac ! Vous allez bien ?
– Très bien et vous ?
– Moi aussi, merci.
– Vos enfants vont bien ?
– Oui, c'est bientôt les vacances.
– Et votre femme ?
– Elle va bien aussi.

Page 44 – À vous ! 1

Dialogues :

1. – Vous vous appelez comment ?
   – Jean-Paul. Et vous ?
   – Moi, Suzanne.
   – Vous habitez dans le quartier ?
   – Oui, rue Lecourbe.
   – Vous êtes étudiante ?
   – Non, je travaille, je suis institutrice.

2. – Vous êtes marié ?
  – Oui.
  – Et vous avez des enfants ?
  – Oui, une petite fille de quatre ans.
  – Elle s'appelle comment votre fille ?
  – Claudia.
  – Vous avez fait bon voyage ?
  – Oui, je vous remercie.
3. – Je vous emmène à votre hôtel ?
  – Avec plaisir, je suis très fatigué.
  – Vous connaissez Madrid ?
  – Non, pas du tout.

Page 44 – Le temps : présent/passé composé

1. Mon avion part dans une heure.
2. Je suis allé en Italie il y a une semaine.
3. Je suis à vous dans un instant.
4. Cette nuit, il y a eu beaucoup de vent.
5. Demain est un autre jour.
6. Ce matin, je me suis réveillé très tôt.
7. Aujourd'hui, nous avons très bien mangé.
8. Ce soir, ça va beaucoup mieux.
9. Maintenant, je ne suis plus fatigué.
10. Je t'ai téléphoné tout à l'heure.
11. Cet après-midi, il a fait deux heures de sieste.
12. Je suis prête dans cinq minutes, mon chéri !
13. Leur train est arrivé il y a une heure environ.

Page 47 – Phonétique : [ɛ̃]/[ɑ̃]/[ɔ̃]

– Bon, tu viens ?
– Pas maintenant.
– Et demain ?
– Je n'ai pas le temps.

– Tu vas bien ?
– Pas vraiment !

– Tu as faim ?
– Pas pour l'instant.

– C'était bien ?
– Pas tout le temps.

Page 47 – Phonétique : exercice de récapitulation

1. Quel fou rire ! Quelle fourrure !
2. C'est vraiment pire. C'est vraiment pur.
3. C'est un petit vin doux très agréable. C'est un petit vent doux très agréable.
4. Qu'est-ce qu'il a fait ? Qu'est-ce qu'il avait ?
5. Ils s'en vont. Il sent bon.
6. Elle est russe. Elle est rousse.
7. Ils offrent des cadeaux. Ils s'offrent des cadeaux.
8. Il est pour. Il est pur.
9. Il a pris un bain tout à l'heure. Il a pris un pain tout à l'heure.
10. Ils aiment bien. Ils s'aiment bien.
11. Elle te dit tout ? Elle te dit tu ?
12. Ça fait 600. Ça fait six ans.
13. Il est tout blanc. Il est tout blond.
14. Nous avons parlé français. Nous savons parler français.
15. Il est sûr. Il est sourd.
16. Le matin, je me peigne. Le matin, je me baigne.
17. Douce enfant ! Douze enfants !
18. C'est un bon bain. C'est un bon vin.

Page 48 – À vous !

– Pardon madame, je fais une enquête sur les loisirs des Français pour un grand quotidien. Vous voulez répondre à quelques questions ?
– Oui.
– Vous allez souvent au cinéma ?
– Non, je regarde la télévision.
– Vous pratiquez un sport ?
– Je fais de la gymnastique.
– Qu'est-ce que vous écoutez comme musique ?
– Un peu de tout.
– Vous voyagez souvent ?
– Malheureusement, non.
– Est-ce que vous avez une caméra vidéo, un appareil photo ?
– Un appareil photo.
– Vous avez un ordinateur ?
– Non.
– Vous faites de la politique ?
– Non, j'ai des enfants, ça m'occupe beaucoup.
– Vous sortez beaucoup ?
– Non, pas beaucoup. Je fais les courses. Ah si, j'adore les musées. Je vais à toutes les expositions.

Page 50 – À vous !

– Non, c'est Pierre. Salut René !
– Oui, très bien. Et toi ?
– Qu'est-ce que tu fais ?
– Moi aussi.
– Si, elle est là !
– Non, elle lit.
– Moi non plus.
– Moi aussi.
– Non.
– D'accord. À bientôt.
– Salut !

Page 56 – Exercice complémentaire 20 : comprendre les nombres

1. Il est né en 1927. Il a 70 ans.
2. Il ne va pas à l'école. Il a 2 ans.
3. 26 plus 12, cela fait 38.
4. Il a acheté une Peugeot 205.
5. En France, la vitesse est limitée à 90 km/h sur les routes, à 130 sur les autoroutes et à 50 dans les villes.
6. 9 fois 12 égalent 108.
7. Les vacances de Pâques, c'est du 9 au 23 avril.
8. Ce soir au ciné-club, *Fahrenheit 451*, un film de François Truffaut.
9. Tu as vu *2001, l'Odyssée de l'espace*, de Stanley Kubrick.
10. C'est ouvert 24 heures sur 24.

Page 57 – Exercice complémentaire 23 : masculin/féminin

1. – Il s'appelle comment ?
  – Simon.
2. Ma grand-mère a 82 ans.
3. – Qu'est-ce qu'elle fait comme travail ?
  – Ingénieur.
4. André(e) est très sympathique.
5. Je te présente Paul. C'est mon voisin.
6. – C'est qui ?
  – C'est la fille de Pierre.
7. – Il travaille, ton frère ?
  – Non, il est étudiant.
8. – C'est une étudiante ?
  – Non, c'est le professeur.
9. – Mon prof de français s'appelle Marie-Jeanne.
10. – Jean-Marie est professeur d'anglais.

Page 58 – Exercice complémentaire 29 : présent/passé

1. – Qu'est-ce que tu dis ?
2. – Tu as compris ?
3. – Qu'est-ce qu'il fait Jean-Marie ?
  – Chut ! Il dort…
4. – Il est né le 14 juillet 1989.
5. – Il est sympa, Patrick.
6. – Tu as travaillé, hier ?
  – Non, je suis restée au lit toute la journée.
7. – Vous avez bien dormi ?
8. – Il est où André ?
9. – Je ne comprends rien.
10. – Qu'est-ce que tu as fait ce week-end ?
  – Pas grand chose…

Page 58 – Exercice complémentaire 30 : la négation

1. Il travaille Patrick ?
2. Tu connais Patricia ?
3. Il ne connaît pas papa.
4. Je ne comprends rien.
5. J'habite Paris.
6. Il n'a pas de travail.
7. Je ne connais pas Rimini.
8. Je ne sais pas.
9. Tu manges Paméla ?
10. Il est parti avec Gaston.

Page 59 – Exercice complémentaire 33 : singulier/pluriel

1. Elles habitent où ?
2. Qu'est-ce qu'ils font ?
3. Il(s) mange(nt) beaucoup !
4. Elle est très gentille.
5. Qu'est-ce qu'elle veut ?
6. Ils connaissent Paris ?
7. Vos voisins sont très sympas.
8. Il(s) chante(nt) très bien.
9. Vos parents vont bien ?
10. Ses sœurs habitent près d'ici.
11. Ils ne comprennent rien du tout.
12. Qu'est-ce qu'ils disent ?

Page 60 – Exercice complémentaire 40 : questions/affirmations

1. Tu vas où ?
2. Tu comprends ?
3. Tu parles bien le français.
4. C'est là.
5. Ça va ?
6. C'est ici.
7. Il habite à Lyon.
8. C'est ici ?
9. Vous êtes marié(e) ?
10. Ça va.

UNITÉ 4

Page 61 – Mise en route

EMMÈNE-MOI (© Graeme Allwright)

J'ai voyagé de Brest à Besançon
depuis la Rochelle jusqu'en Avignon
de Nantes jusqu'à Monaco
en passant par Metz et Saint-Malo
et Paris
et j'ai vendu des marrons
à la foire de Dijon
et de la barbe à papa

Refrain
  Emmène-moi,
  mon cœur est triste
  et j'ai mal aux pieds
  Emmène-moi,
  je ne veux plus voyager

J'ai dormi toute une nuit dans un abreuvoir
J'ai attrapé la grippe et des idées noires
J'ai eu mal aux dents et la rougeole

J'ai attrapé des rhumes
et des petites bestioles
qui piquent
sans parler de toutes les fois
que j'ai coupé mes doigts
sur une boîte à sardines

Refrain

Je les vois tous les deux
comme si c'était hier
au coucher du soleil
maman mettant le couvert
et mon vieux papa avec sa cuillère
remplissant son assiette de pommes de terre
bien cuites
et les dimanches
maman coupant une tranche
de tarte aux pommes

Refrain

Page 62 – Compréhension

Dialogues :

1. – Vous venez d'où ?
   – De Bujumbura.
   – Et qu'est-ce que vous faites au Burundi ?
   – Je suis médecin à Médecins Sans Frontières.
   – Ah ! Un «french doctor» ! Et qu'est-ce que vous faites à Nairobi ?
   – Je viens pour un congrès de l'OMS.
2. – Vous habitez en Grèce ?
   – Non, j'y vais en vacances.
   – Et vous êtes d'où ?
   – De Grenoble.
3. – Vous voyagez beaucoup ?
   – Oui, j'habite à Djakarta depuis 2 ans et j'ai travaillé 6 ans au Soudan, à Khartoum.
   Mais maintenant, je rentre à Brest.

Page 63 – Phonétique : le son [R]

Bernard
Il est tard
Il est au port
D'abord, il appelle son père
Ensuite, il téléphone à sa mère
Il part
C'est un dur
Il n'a pas peur

Page 64 – Compréhension

Dialogues :

1. Madame, mademoiselle, monsieur, bonjour. Bienvenue à bord de l'Eurostar qui vous fera traverser la Manche, de Coquelles à Cheriton, en 35 min. La longueur du tunnel est de 50 km 500. Nous voyagerons à 40 m sous le fond de la mer et nous arriverons à Cheriton à 17 h 37. Bonne traversée !
2. Mesdames, messieurs, bonjour. Ici votre commandant de bord, Pierre Scratch. Nous survolons actuellement La Paz, petite capitale d'un million d'habitants qui, avec ses 3 700 m d'altitude, est la ville la plus haute du monde. Nous avons parcouru les 10 300 km qui nous séparent de Paris en 14 heures. Je vous remercie d'avoir choisi Air Évasion pour ce voyage et je vous souhaite un bon séjour en Bolivie.

Page 66 – Compréhension

1. Chers auditeurs, bonjour ! Nous sommes aujourd'hui dans la charmante petite ville d'Ornans. Située à 20 km de Besançon, la capitale régionale, Ornans a été rendue célèbre par un de ses enfants : le peintre Gustave Courbet. Elle compte 5 000 habitants. Une rivière la traverse : la Loue qui fait, l'été, la joie des pêcheurs et des amateurs de canoë kayak.
2. Je suis actuellement à Mexico pour le match retour de football France-Mexique. Située à 2 277 m d'altitude, la capitale du Mexique est devenue en quelques années l'une des plus grandes villes du monde avec une population d'environ 25 millions d'habitants.
3. Il y a à Paris 2 150 000 habitants, Paris est situé à 255 m d'altitude. Nous sommes partis du pont Neuf et nous remontons la Seine. Derrière nous, la tour Eiffel. Devant nous, Notre-Dame.
4. – Allô, maman. C'est moi.
   – Tu es où ?
   – À Bora-Bora.
   – Bora-Bora ? C'est où, Bora-Bora ?
   – C'est une île de Polynésie, maman. C'est tout petit : il y a moins de 5 000 habitants. C'est à 16 000 km de la France !
   – Oh là ! Et tu es bien ?
   – L'hôtel est à côté de la plage. Il fait chaud. C'est magnifique !

Page 70 – Compréhension

NI PLUS NI MOINS
Paroles de Kent, musique de Kent et Jacques Bastello.
Arrangements de François Breant.
© 1991, Warner Chappell Music France / Thoobelt.

J'ai des amis hollandais
J'ai des amis javanais
J'ai des amis au Portugal
J'ai des amis au Sénégal
J'ai des amis dans les villes
J'ai des amis dans les îles
J'ai des amis proches ou lointains
J'ai des amis dans tous les coins

Refrain

   Tant que la terre sera ronde
   J'irai autour du monde
   Voir d'autres êtres humains
   Ni plus ni moins

J'aime les déserts d'Arabie
J'aime les moussons de l'Asie
J'aime les galets d'Étretat
J'aime les glaces de l'Alaska
J'aime être ici ou ailleurs
J'aime les gens qui vont ailleurs
J'aime les gens qui viennent d'ailleurs
Près des yeux près du cœur
Depuis que la terre est ronde
On est tous du même monde
De simples êtres humains
Ni plus ni moins

Refrain

Devant ma mappemonde
Je parcours le monde
Tout est si près d'ici
Y'a pas de mystère
On n'a qu'une terre
On n'a qu'une vie
J'ai des amis de partout
J'ai des amis n'importe où
J'aime aller dans tous les sens
Rencontrer des différences
Depuis que la terre est ronde
On est tous du même monde
De simples êtres humains
Ni plus ni moins

Refrain

Page 71 – Les nombres

1. – 222 et 389, ça vous fait 611 F.
   – Voilà.
   – 620, 650 et 50 qui font 700.
2. Le loto aujourd'hui : le 2, le 48, le 30, le 25, le 18 et le 32 ; numéro complémentaire, le 17. Je répète : le 2, le 48, le 30, le 25, le 18, le 32, plus le 17.
3. Voilà les mesures pour la moquette : 7 m sur 5.
4. Tu veux parler à Jacques ? Son numéro, c'est le 82 00 74 51 et au travail, c'est le 82 55 46 99.
5. – Ils sont à combien vos melons ?
   – 12 F pièce, c'est pas cher et j'ai de belles tomates à 8 F le kilo.

Page 72 – Entraînement : les nombres

1. Lyon, c'est à 45 km.
2. Il y a une station-service à 20 km.
3. Il reste 500 m.
4. Toulouse-Montpellier, il y a 250 km.
5. Montpellier-Valence, 210 km.
6. Valence-Lyon, 90 km.
7. En tout, il y a 550 km.
8. J'habite à 46 km de Rouen.

Page 74 – Le temps

1. – Qu'est-ce que tu as fait ce week-end ?
   – Je suis allé au cinéma.
2. – À quelle heure tu es rentré cette nuit ?
   – À 4 heures du matin !
3. – Tu as vu Luc, ces jours-ci ?
   – Oui, on a mangé ensemble hier au restaurant du Parc.
4. – Tu as déjà fait de la planche à voile ?
   – Oui, l'an dernier, à La Baule.
5. – Je peux parler à Monsieur Benoît Simon ?
   – Ah ! Désolé monsieur. Monsieur Simon est parti en vacances avant-hier.
   – Il est parti où ?
   – À Saint-Tropez.
6. – Vous êtes sortis dimanche dernier ?
   – On est allé au Ballon d'Alsace.
7. – J'ai déménagé la semaine dernière !
   – Tu habites où maintenant ?
   – J'ai trouvé une petite maison pas chère à la campagne.

UNITÉ 5

Page 79 – Mise en route

– Pardon monsieur, pour aller au club Les Tonnelles, s'il vous plaît ?
– Les Tonnelles ? Attendez. Ah oui ! Vous prenez la rue en face, là, tout droit.
C'est la rue de la préfecture. Vous allez jusqu'au bout et vous tournez à droite. Vous continuez jusqu'au feu rouge. Au feu, vous tournez à gauche et vous prenez la route de Lyon. Au feu suivant, vous tournez de nouveau à gauche. Vous restez sur la route de Lyon pour sortir de la ville. Vous traversez une place, la place de la Liberté. Vous passez devant la boulangerie Malcuit et vous verrez, c'est juste après, en face du Palais des Sports.
– Je vous remercie, monsieur.
– À votre service.

Page 80-81 – Compréhension

1. Elles sont belles mes tomates !
2. Allô ? C'est Pierre !
3. Allez les bleus ! Allez les bleus !
4. Pierre et Marie, je vous déclare unis par les liens du mariage.
5. Vive la mariée ! Vive la mariée !
6. Allô ! Commissariat de Villeneuve ! Je vous écoute…
7. L'exposition Van Gogh, c'est magnifique !
8. En avant !
9. Le numéro 5, il va à la gare ?
10. 2 timbres à 3 F, s'il vous plaît !
11. Patrick ! Attention ! Tu vas tomber !
12. Je voudrais un plan de la ville.
13. Après le pastis, une petite pétanque ?
14. Voilà votre clé. Chambre 205.
15. Garçon ! Deux cafés !
16. Le train 2 033 en direction de Marseille va partir ! Attention à la fermeture des portières.
17. *Le Monde* et un paquet de Gauloises sans filtre.
18. – Tu fais des courses ?
    – Oui, c'est les soldes.
19. – C'est où le cours de philo ?
    – À l'amphi Descartes.
20. – Bonjour monsieur, j'ai perdu mes papiers.

Page 80-81 – Compréhension

Dialogues :

1. Moi, je n'habite pas loin d'ici. Au feu rouge, tu vas tout droit. Tu traverses le pont. À droite il y a une grande place. Tu passes devant un café et là, tu tournes à gauche. C'est juste en face du cinéma.
2. – Je veux aller au Palais des Sports, au concert de Voulzy.
   – Vous prenez le boulevard, là, à droite. Vous allez passer devant un grand garage Renault. Après le garage, vous ne prendrez pas la première rue à droite mais vous continuez environ 500 m. Là, il y a un grand carrefour. Vous prenez la deuxième rue. Vous faites 100 m. Vous allez voir, c'est un grand bâtiment. Vous ne pouvez pas vous tromper.

Page 82 – Dialogue témoin

– Tu habites où à Paris ?
– J'habite en banlieue, mais je travaille au centre, près du Forum des Halles.

Page 82 – Compréhension

Dialogues :

1. – Vous travaillez où ?
   – Dans la banlieue de Rouen.
   – Et où est-ce que vous habitez ?
   – Au centre-ville, rue de Compiègne, près de la poste.
   – Vous avez une maison ?
   – Non, j'habite dans un appartement.
2. – Tu sors ce soir ?
   – Je vais chez Marcel, il fait une fête.
   – Il habite où, Marcel ?
   – À Charmes, près de Dijon.
   – C'est loin ?
   – Non, c'est tout près, à 15 km.
3. – Je déménage.
   – Ah bon ? Tu vas où ?
   – J'ai trouvé un appartement dans une petite maison, dans la banlieue de Paris.
   – Bof… la banlieue…
   – Oui, mais c'est moins cher.
   – Et c'est où exactement ?
   – À Fontenay-aux-Roses, à 20 minutes de mon travail.
   – En voiture ?
   – Non en RER, en voiture, il faut presque une heure.
4. – Tu habites au centre-ville maintenant ? Tu es content ? Ce n'est pas trop bruyant ?
   – Non, mon nouvel appartement est très calme. Et puis c'est dans la ville ancienne, il y a tous les commerces.
5. – Allô, je vous téléphone pour la maison.
   – Oui, je vous en prie.
   – La maison est dans le village ou à l'extérieur du village ?
   – Elle est au centre du village, en face de l'église, à côté de la mairie.
   – Et c'est loin de Grenoble ?
   – Non, c'est à 25 km.
   – Quand est-ce que je pourrais la visiter ?
   – Ce week-end, si vous voulez.

Page 83 – Phonétique : le son [y]

Petit déjeuner :

1. Tu aimes la confiture ?
2. La vie c'est dur sans confiture.
3. Zut alors !
4. Je t'assure, c'est super.
5. Du sucre ? Plus ? Encore plus de sucre ?

Désaccord :

6. C'est sûr ? Tu es sûr ? Absolument sûr ?
7. Oui, c'est sûrement ça.
8. Allons, c'est stupide, c'est absurde.

Rendez-vous :

9. Tu viens ?
   Dans une heure ?
   Dans une demi-heure ?
   Tout de suite ?
   Dans une minute ?

Page 86 – Entraînement : lieu précis/imprécis

1. Jean ? Il habite juste à côté du bureau de tabac, dans l'avenue de la Gare.
2. Chez Christophe ? C'est du côté de la poste.
3. On a rendez-vous à 6 heures, à la terrasse du café du Théâtre.
4. J'ai oublié mes clés quelque part. Je ne les retrouve pas.
5. Janine a trouvé un appartement juste en face de son travail.
6. Je l'ai rencontrée devant les Nouvelles Galeries.
7. Il est quelque part dans le Sud.
8. Hier, il y a eu un incendie dans le quartier des Orchamps.
9. Louis et Vincent, ils habitent toujours dans le coin ?
10. J'ai garé ma voiture du côté de chez Swann.
11. Hier soir, au dîner, j'étais assis en face de l'ambassadeur du Mexique !
12. Ma chambre donne sur la rue des Glacis.
13. Le restaurant se trouve avenue Fontaine-Argent.
14. Gérard, c'est le garçon que tu vois, là, entre le monsieur à lunettes et la grande fille blonde, au premier rang.
15. Gray ? Je crois que c'est dans la direction de Dijon.
16. Notre bureau est situé rue des Granges, au numéro 8. Passez-nous voir !
17. Jacques s'est acheté une petite maison dans la banlieue de Strasbourg.
18. André ? Je l'ai vu tout à l'heure. Il doit être dans les environs.

Page 86 – Phonétique [e]/[ɛ]

1. Qu'est-ce que tu as fait hier ?
2. Hier, j'ai fait la fête.
3. Hier, avec ma mère, j'ai acheté une veste.
4. Hier, avec mon père, je suis allé à la pêche.
5. Hier, j'ai acheté des lunettes de soleil.
6. Hier, j'ai rangé mon étagère.
7. Hier, j'ai regardé la mer.
8. Hier, j'étais fatigué et j'ai fait la sieste.
9. Hier, j'ai rêvé d'été.
10. Hier, j'ai rencontré Pierre.

Page 86 – Phonétique [k]/[g]

1. – C'est qui ?
   – C'est Guy.
2. – Que fait-il ?
   – Il va à la gare prendre le car.
3. – Où va-t-il ?
   – Quelque part entre Gand et Caen.
4. – Quand part-il ?
   – Il part à 3 heures moins le quart, avec Edgar.
5. – Qu'emporte-t-il ?
   – Il emporte un cadeau. C'est un bon gâteau.
6. – C'est pour qui ?
   – C'est pour sa copine Agathe.
7. – Il quitte le quai très gai car il sait qu'Agathe l'attend sur un quai entre Caen et Gand.

Page 88 – Phonétique [œ̃]/[yn]

1. Tu veux une orange ?
2. J'ai une amie belge.
3. Pour moi, un orangina.
4. Il y a un avion à 22 heures.
5. Le Perrier, c'est une eau minérale gazeuse.
6. J'habite un appartement très calme.
7. Tu as un appareil photo ?
8. Le calvados, c'est un alcool de pomme.
9. Tu veux un œuf ?
10. C'est une histoire triste.
11. Est-ce qu'il y a un aéroport à Dijon ?
12. Je suis dans un hôtel en face de la gare.

Page 90 – Phonétique [p]/[b]

Pierre ! Pas de bière ?
Paul ! Pas de bol !
Pépé ! Le bébé !
Baptiste ? Il n'est pas triste.
Pour Boris ? Non, pour Brice.
Bernard ? Il est peinard.
Babette ? Elle n'est pas prête !
Il est en bas papa ?
Banane ou papaye ?
Barbara part au bar ?

Page 91 – Écrit

Dialogue 1 :
– Allô, Pierre ? C'est Daniel.

– Salut Daniel.
– Alors, toujours d'accord pour venir à l'anniversaire de Thomas ?
– Bien sûr !
– Bon, alors je t'explique où se trouve Versailleux. Tu viens en voiture ?
– Oui, François m'accompagne.
– Bon, tu sors de Bourg par le sud, en direction de Lyon et tu prends l'autoroute.
– D'accord.
– Tu suis l'autoroute pendant une dizaine de kilomètres jusqu'à la sortie Pont-d'Ain.
– Oui.
– Là, tu prends la route de Chalamont.
– Chalamont, d'accord.
– Tu passes un premier village, Varambon, puis un deuxième, Les Carronnières.
– Oui.
– Tu continues pendant 19 km et tu arrives à Chalamont. Tu traverses Chalamont, tu continues tout droit pendant 5 km et tu arrives à Versailleux.
– Et il habite où Thomas ?
– À côté de la mairie. C'est sur la place du village.

Page 91 – Écrit

Dialogue 2 :

– Allô, Catherine ? Bonjour, c'est Annie.
– Bonjour Annie.
– Alors, ton nouvel appartement, il est bien ?
– Super ! Mais passe donc me voir. Je te ferai visiter.
– Ben, cet après-midi, si tu veux, je ne travaille pas.
– Je t'explique où c'est. Depuis chez toi, tu prends la rue Delcour.
– Oui.
– Au milieu de la rue Delcour, tu prends à droite et tu traverses la place des Ursulines.
– D'accord.
– De l'autre côté de la place, tu prends à droite dans la rue de Gagny, puis à gauche, la rue Courrier.
– Oui, je vois.
– Tu suis la rue Courrier jusqu'au bout et tu prends à droite jusqu'au square Moissan. C'est là, j'habite au n° 19, au 2e étage.
– D'accord.
– Ah ! Tu peux me rendre ma *Grammaire utile du français* ?
– Pas de problème. À tout à l'heure.

UNITÉ 6

Page 97 – Compréhension

1. C'est le paradis !
2. Quelle horreur !
3. Je me sens bien ici !
4. Je ne supporte plus la ville.
5. Ça me fait peur…
6. J'ai horreur de la campagne. Je préfère la ville.
7. Quel coucher de soleil fantastique !
8. J'aime beaucoup ça, c'est moderne.
9. J'aime le calme, la tranquillité, la nature.
10. Ici, c'est l'enfer…
11. Je voudrais vivre ici jusqu'à la fin de ma vie…
12. Je m'ennuie ici.
13. On s'en va ? Je n'en peux plus.
14. C'est un vrai cauchemar.
15. Je déteste l'art moderne.
16. J'adore la campagne.

Page 98 – Compréhension

1. – Tu viens d'où ? Tu es toute bronzée !
   – J'ai passé une semaine merveilleuse aux Antilles. C'était super !
2. – Alors, ces vacances dans le midi, c'était bien ?
   – Nul ! Il y avait trop de monde. Et puis les gens étaient très agressifs.
3. – Alors, tu es parisien, maintenant ?
   – Je découvre Paris. C'est une ville fantastique. Il y a beaucoup de choses à voir.
4. – Je ne sais pas quoi faire pendant les vacances.
   – Va faire un tour à Rome. Rome, c'est génial.
5. – Ça te plaît, Le Mans ?
   – C'est mort, c'est triste, c'est gris. À 10 heures, il n'y a plus personne dans les rues et je n'aime pas trop la région.
6. – La Crète, c'est très beau. Il y a la mer et la montagne. Les gens sont sympathiques. C'est un pays splendide.
7. – J'ai passé une semaine au camping Clair Soleil.
   – C'était bien ?
   – C'est sale et en plus c'est cher : 80 F par jour et par personne. On a fini à l'hôtel.
8. – Tiens, il y a une carte postale de François.
   – Fais voir ! Un grand bonjour de Marrakech. Je passe mes journées sur la place J'mah El Fnah. C'est très pittoresque, c'est vivant, coloré. C'est le paradis. À bientôt.
9. – Je vais à Ankara la semaine prochaine.
   – Ankara ? Il paraît que c'est moche, sans intérêt. C'est triste comme ville et en plus c'est pollué.
   – Non, tu te trompes, j'y suis allé deux fois. Quand on connaît, c'est une ville très sympa.

Page 104 – Le temps

1. Hier, je suis allé à la patinoire : il y avait un monde fou !
2. Samedi, la fête chez Nathalie, c'était vraiment très bien.
3. Ce week-end, je suis allé faire du ski à Chamonix, il faisait très froid.
4. Pourquoi tu n'es pas venue au cours de yoga, hier soir ? C'était intéressant.
5. Quelle chaleur, hier, à la piscine ! Il faisait au moins 30°.
6. Ah ! Les années 70 : c'était des années sympas !
7. Hier, j'ai passé la journée à la plage. Il faisait un temps magnifique.
8. Mardi, je suis allé au musée. C'était fermé.
9. Lundi à la télé, il y avait un match de foot de la Coupe des clubs champions. Tu l'as vu ? C'était un beau match.
10. Vendredi, le repas chez Pierre, c'était très sympa.

Page 104 – Phonétique le son [i]

Tous les lundis spaghettis
et le mardi brocolis
le mercredi raviolis
et le jeudi pâtisserie
le vendredi un peu de riz
et le samedi quelques fruits
le dimanche un petit rôti

Page 104 – Phonétique le son [y]

– Tu as su ?
– Oui, j'ai su.

Page 111 – Exercice complémentaire 66 : les chiffres

1. Je suis né en 1976.
2. Paris-Strasbourg ? Cela fait 456 km.
3. Le record de vitesse du TGV ? 515 km/h. C'est le record du monde sur rail.
4. Je gagne 8 500 F par mois.
5. Mon téléphone ? C'est le 45 24 32 65.
6. Dans mon village, il y a 524 habitants.
7. De la terre à la lune, il y a 384 000 km.
8. Voilà, cela fait 443 F.
9. Le sommet du mont Blanc ? C'est à 4 807 m d'altitude.
10. La tour Eiffel fait 312 m de haut.

UNITÉ 7

Page 115 – Mise en route

– Allô ! SNCF bonjour !
– Je vais à Saint-Gervais pour les vacances de Noël. Je voudrais savoir quels sont les horaires des trains.
– Vous voulez partir quel jour ?
– Le 22 décembre.
– Vous avez un TGV départ de Paris à 7 h 09. Il arrive à 12 h 46.
– 7 h 09 c'est un peu tôt pour moi.
– Après, vous avez 8 h 26, 9 h 18 ou 10 h 24.
– Il arrive à quelle heure, celui de 10 h 24 ?
– À 16 h 13 mais il faut changer deux fois : à Cluses et à Sallanches.
– Je préférerais un train direct.
– Un train direct ? Alors, il faut prendre celui de 8 h 26 ou 9 h 18.
– Je préfère le deuxième.
– Il arrive à 14 h 11.
– C'est parfait. Au revoir. Je vous remercie.
– À votre service.

Page 116 – Dialogue témoin

– Il part à quelle heure le prochain train pour Paris ?
– Où est Roger ?
– Roger ! Roger !
– Qu'est-ce que tu fais ?
– Je cherche mon billet.

Page 116 – Compréhension

1. – Le cours d'anglais, c'est à quelle heure ?
   – À 9 heures.
2. – Vous avez rendez-vous à quelle heure ?
   – À 12 h 15.
3. – Vous pourriez me dire comment faire pour aller à la gare, s'il vous plaît ?
   – Vous prenez le bus numéro 5.
4. – Tu es allé à Paris comment ?
   – En train.
5. – Tu paies comment ?
   – Par chèque.
6. – Qu'est-ce que tu lui as acheté pour son anniversaire ?
   – Le dernier livre de Le Clézio.
7. – Qu'est-ce que c'est que ce truc ?
   – C'est un vase égyptien.
8. – C'est qui Patrick ?
   – C'est le copain d'Annie.
9. – C'est qui le directeur de la banque ?
   – C'est le grand blond à lunettes.

Transcriptions

10. – Elle est où ta maison de campagne ?
    – À vingt minutes du centre-ville.
11. – Où est-ce que vous habitez ?
    – À 10 minutes à pied du centre-ville.
12. – Qu'est-ce que tu fais ?
    – Je travaille.

Page 117 – Dialogue témoin

C'est quelle heure ?
Vous pouvez me donner l'heure ?
Excusez-moi monsieur, est-ce que vous pourriez me donner l'heure ?

Page 117 – Compréhension

1. Vous pourriez me dire où est la gare ?
2. Vous pouvez me dire où vous passez vos vacances ?
3. Où est Pierre ?
4. Je voudrais deux kilos d'oranges.
5. Donnez-moi une bouteille d'eau d'Evian.
6. Je veux la robe bleue qui est en vitrine.
7. Tu arrives à quelle heure ?
8. Est-ce que vous pouvez me dire à quelle heure part le train pour Bordeaux ?
9. – Est-ce que je pourrais avoir un rendez-vous pour demain ?
    – À quelle heure ?
    – À 9 heures.
    – D'accord.
10. Je voudrais savoir si ma voiture est prête.
11. Vous pourriez me dire s'il y a une pharmacie dans l'aéroport ?
12. Excusez-moi, vous savez s'il y a un bureau de tabac ?
13. Vous savez qui est monsieur Bertrand ?
14. Vous pouvez me dire qui est le professeur de maths de mon fils ?
15. Est-ce que vous pourriez me dire si ce monsieur est le directeur de la société ?
16. C'est combien ?
17. Tu pourrais me dire combien ça coûte ?
18. Tu peux me dire combien tu as payé ta voiture ?
19. Je voudrais savoir quel est le prix de ce magnétoscope.
20. Tu as du feu ?

Page 118 – Compréhension

– Allô, Gérard. On peut se voir aujourd'hui ?
– Holà ! Aujourd'hui, ça ne va pas être facile.
– Pourquoi ?
– À 8 heures, je laisse ma voiture au garage. À 9 heures, j'ai une réunion avec des Japonais. À 10 heures et quart, j'ai rendez-vous chez le dentiste. A midi, déjeuner d'affaires. À 2 heures, je visite une usine de montres. À 4 heures, je vais chercher les enfants à l'école. À 6 heures, je vais à un cocktail à la mairie. Si tu es libre, vers 8 heures, passe à la maison prendre l'apéritif.

Page 120 – Phonétique : [y]/[u]

– Édouard ? Oui, il est doux, c'est sûr.
– Lucie aussi, elle est douce, c'est sûr.
– Au début, il n'était pas doux.
– Lucie non plus, au début, elle n'était pas douce.
– Maintenant, il est de plus en plus doux.
– Elle aussi, elle est de plus en plus douce.

Page 121 – Dialogue témoin

– Il arrive à quelle heure le train de Claudine ?
– À 3 h moins 25, cet après-midi.

Page 121 – Compréhension (1)

1. – Aujourd'hui, je commence le travail à 8 heures.
2. – À 5 heures et demie, il y a beaucoup de monde dans les rues.
3. – Mon train part à 9 h 07.
4. – J'ai rendez-vous à 11 h 30.
5. – Je vais au ciné à la séance de minuit.
6. – Pierre arrive cette nuit à 2 heures et demie.
7. – J'ai cours à 2 heures.
8. – Le match de foot, c'est bien à 7 heures et demie sur la Une ?
9. – Le train en provenance de Paris arrivera en gare à 14 h 43.
10. – Mesdames, messieurs, bonsoir. Il est 20 heures. Voici notre journal.

Page 121 – Compréhension (2)

1. – Bon, alors, rendez-vous à 5 heures et quart à la brasserie Granvelle. D'accord ?
   – D'accord.
2. Le train de 16 h 42 en provenance de Lyon est annoncé au quai numéro 3.
3. Les passagers du vol Singapour Airlines 524 à destination de Djakarta sont invités à se présenter à l'embarquement à partir de 18 h 45, porte numéro 7.
4. – Dépêche-toi ! J'ai cours à 8 heures et demie !
   – À quelle heure ?
   – 8 heures et demie.
5 – Tu vas au ciné, ce soir ?
   – Oui, à la séance de 10 heures moins 20.
6. – À quelle heure tu dois voir Jean-Paul ?
   – Demain après-midi vers 3 heures.
7. – À quelle heure tu vas chez le dentiste ?
   – À 9 heures et quart.
8. – Aujourd'hui, je pars à 5 heures et demie.
9 – J'ai regardé la Coupe du Monde jusqu'à 3 heures du matin !
10. – Ce matin il est arrivé en retard. Il est arrivé à 11 heures et quart.

Page 122 – Compréhension

Dialogues :

1. – Bonjour. Je voudrais un rendez-vous avec Monsieur Malbosc.
   – Pour quand ?
   – Le plus vite possible. J'ai une rage de dents. Je souffre énormément.
   – Je regrette, mais ce n'est pas possible avant la semaine prochaine.
   – Ah ! Mais c'est vraiment urgent. J'ai très mal.
   – Bon, je vais essayer de vous placer entre deux rendez-vous. Ce que je vous propose, vous venez à 2 heures mais vous risquez d'attendre.
   – Ça ne fait rien. Je serai là à 2 heures. Merci beaucoup. C'est très gentil de votre part.
2. – Allô, je voudrais parler à Monsieur Dupuis.
   – Ne quittez pas, je vous le passe.
   – Allô, Monsieur Dupuis. Jean-François Lefèvre au téléphone. Je suis journaliste à *La Voix du Nord*. Je voudrais vous rencontrer à propos de l'affaire Leblanc. Est-ce que je peux passer demain, vers 14 heures ?
   – Je suis désolé, mon emploi du temps est très chargé. En ce moment, je suis débordé.

– Si vous voulez, je peux passer en fin de journée. J'en ai pour dix minutes.
– Non. Ce n'est vraiment pas possible. En fin de semaine, si vous voulez.
– Mon article doit paraître après-demain et j'aimerais vraiment avoir votre point de vue. Ce matin, j'ai rencontré Monsieur Leblanc qui m'a appris des choses très intéressantes.
– Ah bon. Écoutez… et si nous déjeunions ensemble ? Brasserie Alsacienne, à 12 h 45, ça vous va ?
– Parfait. À tout à l'heure.
– Au revoir.
3. – Bonjour, mademoiselle, je voudrais prendre rendez-vous avec le docteur Lemercier.
   – Oui. Pour quand ?
   – Cet après-midi, si c'est possible. Je ne me sens vraiment pas très bien.
   – Oui… Attendez, je regarde… Voyons… Oui, 17 h 30, ça vous va ?
   – Oui, d'accord. Donc, cet après-midi, à 17 h 30.
   – Vous êtes Madame… ?
   – Madame Dufour.
   – D'accord. À tout à l'heure, Madame Dufour.

Page 123 – Phonétique : [l]/[R]

1. J'aime beaucoup les cigares.
2. Tu vas au bal ?
3. Pierre, il est malin.
4. Il lit beaucoup.
5. Elle habite Rabat.
6. Tu rappelles demain ?
7. Tu as lu l'histoire de l'homme ?
8. Je suis Armand.
9. Antoine Baud ? C'est un universitaire. Je crois qu'il est recteur.
10. J'aimerais bien le voir, Paul.

Page 123 – Phonétique : le son [ɲ]

1. C'est ma compagne.
2. Elle est où, Agnès ? Agnès !
3. Je suis en panne.
4. On va se baigner ?
5. Ça me fait de la peine.
6. Je peux vous payer ?
7. C'est un bon employé.
8. C'est ignoble !
9. C'est un noble.
10. Je n'aime pas les araignées.
11. Il vit dans la montagne.
12. C'est une région de vignobles.

Page 125 – À vous !

Dialogue témoin :

– Allô ?
– Oui, bonjour mademoiselle. Pierre Marchand, journaliste au *Républicain lorrain*. Je voudrais rencontrer monsieur Guillaume pour réaliser une interview, demain par exemple.
– Demain ? Attendez, je consulte son emploi du temps.

Page 125 – Phonétique : [t]/[d]

1. Où est-ce qu'il est André ?
2. Tiens, j'ai tes livres.
3. Il est d'ici.
4. Claude est endetté.
5. Il est tout pour moi.
6. C'est un peu tôt.
7. Garçon ! Un steack tartare !
8. Elle est près d'Agnès.
9. Partons messieurs, je suis pressé.
10. Sors donc d'ici !

UNITÉ 8

Page 129 – Dialogue témoin
– C'est qui le fiancé de Claudine ?
– C'est le grand blond à lunettes qui parle avec Joël.
– Joël ?
– Le frère de Daniel.
– Il est pas mal…

Page 129 – Mise en route
Dialogue :
– Ici, SOS Solitude, j'écoute.
– Voilà j'ai 37 ans. Je suis brune, féminine. Je suis mince et je mesure 1,65 m. J'aime la peinture et la musique classique. J'aimerais rencontrer le grand amour. Je voudrais me marier avec quelqu'un qui a mon âge et mes goûts.

Page 130 – Dialogue témoin
– Il est comment, Monsieur Lanvin ?
– Il est gros, pas très grand, il a des moustaches et il porte des lunettes.

Page 130 – Compréhension
Dialogues :
1. – Elle est comment la nouvelle prof de maths ?
   – Elle est jeune, jolie et elle a les cheveux blonds. Elle porte souvent un pantalon et elle est très sympa.
2. – Il est comment votre voleur ?
   – Environ 20 ans, 1,60 m, avec un blouson de cuir noir et un jean. Il a une petite moustache et des cheveux bruns.
   – Il ressemble un peu à mon fils.
3. – C'est qui la directrice ?
   – C'est la grande blonde à la robe jaune qui parle avec le petit brun en costume bleu.
4. – Hier, j'ai rencontré l'homme de ma vie !
   – Il est comment ?
   – Il est grand, très bronzé, très sympa. Il est animateur au Club Méditerranée.
   – Il s'appelle comment ?
   – Dominique.
5. – Tu as vu ? Nous avons un nouveau voisin.
   – Ah bon… Il est comment ?
   – Il a environ trente ans. Il est très grand, avec des cheveux courts.
6. – Allô ? C'est pour une petite annonce.
   – Je vous écoute…
   – Jeune femme blonde, 35 ans, divorcée, sans enfant, cherche homme 35-40 ans, non fumeur, pour relation durable.

Page 134 – Dialogue témoin
– Vous êtes étudiante ?
– Non, je suis au chômage.
– Et lui ?
– C'est mon copain. Il est musicien. Il joue de la guitare électrique.
– Et le chien, il est à vous ?
– Non, il est à mon copain. Le mien, c'est un doberman.

Page 134 – À vous !
Dialogues :
1. – Vous avez le permis de conduire ?
   – Oui.
   – Quels sont vos diplômes ?
   – J'ai le baccalauréat.
   – Vous avez quel âge ?
   – 24 ans.
   – Vous pouvez commencer quand ?
   – Tout de suite.
2. – Vous savez taper à la machine ?
   – Oui.
   – Vous savez utiliser un ordinateur ?
   – J'ai un portable à la maison.
   – Vous parlez l'anglais ?
   – Oui, couramment. Ma mère est écossaise et je suis née à Brighton.
   – Vous êtes mariée ?
   – Oui.
   – Vous avez des enfants ?
   – Oui, j'ai trois enfants.
   – Quel âge ?
   – Six ans, trois ans et demi et quatre mois.
3. – Vous avez quel âge ?
   – 56 ans.
   – Vous parlez anglais ?
   – Non, mais j'ai fait latin et grec à l'école.
   – Vous savez utiliser un ordinateur ?
   – Un quoi ?
   – Un ordinateur.
   – Qu'est-ce que c'est ?
   – Vous avez le permis ?
   – Oui, j'ai un permis de chasse.
   – Un permis de conduire !
   – Oui, mais on me l'a retiré.

Page 134 – Écrit
– Allô ? L'agence Matribonheur ?
– Oui madame.
– Je voudrais passer une annonce pour rencontrer quelqu'un.
– Oui, bien sûr. Je peux vous demander quelques renseignements pour rédiger l'annonce ?
– Je vous écoute.
– Vous vous appelez comment ?
– Coralie Devin.
– Vous avez quel âge ?
– 34 ans.
– Qu'est-ce que vous faites ?
– Je suis employée de banque, je travaille au Crédit Agricole.
– Qu'est-ce que vous aimez ? Quels sont vos goûts ?
– Euh… J'aime la montagne… le cinéma… les soirées entre amis.
– Et vous aimeriez rencontrer un homme…
– C'est ça. Je voudrais connaître quelqu'un d'une quarantaine d'années, sympathique, avec une bonne situation.
– Vous êtes comment ?
– Je crois que je suis assez jolie. Je suis grande, brune. J'ai les yeux bleus.
– Écoutez… Je vais vous proposer une annonce. Passez à l'agence demain matin pour me dire ce que vous en pensez.
– Entendu. Au revoir, à demain.
– À demain.

Page 134 – Phonétique : [œ]/[ɛ]/[ɑ̃]
1. Il est brun.
2. Elle a faim.
3. Il y a du vent aujourd'hui.
4. Je vais bien.
5. Je t'attends.
6. C'est interdit.
7. C'est tentant.
8. Enfin, vous voici !
9. J'ai trente ans.
10. Vous habitez à Melun ?

Page 134 – Phonétique : [ɔ̃]/[ɑ̃]/[œ]/[ɛ]
1. Je t'attends, tonton.
2. Est-ce que tu viens, Alban ?
3. Allez, bon vent !
4. Léon prend le train.
5. Vite ! Un bon bain !
6. Il est marrant, Martin.
7. Alain, c'est un grand blond.
8. Prends ton temps !
9. Il fait beau, à Royan !
10. Il s'appelle Dupont ou Dupin ?

UNITÉ 9

Page 141 – Mise en route
Dialogues :
1. – Bonjour.
   – Bonjour, je voudrais avoir votre avis sur ces deux machines. Il y a une différence de 3000 F. Qu'est-ce que vous me conseillez ?
   – Ce n'est pas la même quantité de mémoire, monsieur. Et puis regardez, dans la 2e machine, le lecteur de CD-Rom est intégré.
2. – Allô ?
   – Je vous appelle pour l'annonce de la semaine dernière. Je voudrais avoir des renseignements sur la maison à vendre à Gordes.
   – C'est vraiment une très jolie propriété.
   – Oui, je voudrais savoir quel est le prix.
   – 3 200 000, mais c'est exceptionnel.
   – Est-ce que je pourrais la visiter ?
   – Bien sûr. Qu'est-ce qui vous conviendrait, comme date ?
   – La semaine prochaine, vendredi, par exemple.
   – Oui, c'est possible.
3. – Dis, Claude, c'est l'anniversaire de Marie, demain.
   – On lui fait un cadeau ?
   – Oui, qu'est-ce qu'on pourrait bien lui acheter ?
   – Un livre ?
   – Pas terrible. Un bijou, ce serait mieux. Tu sais, il y a un petit magasin dans la Grande-Rue. On pourrait lui acheter des boucles d'oreilles ou alors un collier.
   – D'accord. Tu t'en occupes et on partage.
4. – Je voudrais essayer les noires à talons.
   – Quelle pointure ?
   – 39.
   – Voilà.

Page 142 – Compréhension (1)
– Bonjour, madame.
– Je passe vous voir pour l'appartement qui est rue des Écoles. Je peux avoir des précisions ?
– Oui, bien sûr, alors vous avez une grande entrée, à droite un couloir qui donne sur les deux chambres et la salle de bains. À droite encore, la cuisine.
– Oui.
– Dans le prolongement de l'entrée, la salle de séjour et le salon. Il y a un balcon.
– Il fait combien de surface ?
– 130 m².
– Et le prix ?
– 4 000 F plus les charges.
– Je pourrais le visiter ?
– Pas maintenant, mais si vous repassez dans l'après-midi, à partir de 2 heures.
– D'accord, à cet après-midi.

Page 142 – Compréhension (2)

Dialogues :

1. – La cuisine est équipée ?
   – Oui, il y a un frigo, une cuisinière et un lave-vaisselle.
2. – C'est meublé ?
   – Oui, il y a un salon, une table et des chaises, dans chaque chambre un lit et une armoire. Le bureau n'est pas meublé.
3. Oui, je peux laisser des meubles si ça vous intéresse : deux fauteuils, un bureau et deux matelas. Je vous laisse ça pour 2 000 F.

Page 143 – Les chiffres

1. C'est une 5 CV, elle coûte 58 000 F.
2. Nous avons pris le plat du jour. Ça nous a coûté 130 F, vin compris, pour deux personnes.
3. Le lundi, c'est tarif réduit : tu paies 30 F au lieu de 45.
4. J'étais garé devant une sortie de garage : ça m'a coûté 290 F.
5. Je les ai eues en soldes. Regarde ! Tout cuir ! 160 F ! Une affaire !
6. En ce moment, il y a une promotion sur les grands classiques : Corneille, Victor Hugo, Maupassant à 10 F le volume.
7. Si tu veux faire des économies, commence par réduire ta consommation : trois paquets par jour à 16 F le paquet, ça fait beaucoup à la fin du mois !
8. C'est rapide et sûr et tu peux aller partout dans Paris. Et à 7 F le ticket, ce n'est pas cher. Il faut être fou pour avoir une voiture à Paris !
9. Mets 3 F. Comme ça, tu es sûr que Pierre aura ta lettre demain.
10. Le petit noir a augmenté, 7 F au comptoir, c'est cher !

Page 144 – Compréhension

1. Tiens je te vends mon .... Il est un peu lent, mais il a 256 couleurs.
2. Je me suis payé un nouvel .... C'est un 24 x 36 compact, autofocus.
3. Si tu voyais la ...... de Christian ! Six cylindres, arbre à cames en tête, intérieur tout cuir ! Le monstre !
4. – J'ai visité un petit ....
   – Et alors ?
   – C'est grand, bien éclairé, mais c'est 3 000 F par mois
5. – Nous avons trois modèles de ...... : un modèle tout simple à 250 F, un modèle avec répondeur automatique à 1 000 F, et notre modèle haut de gamme avec fax-répondeur à 3 000 F.
6. J'ai acheté trois ...... pour le dîner de ce soir : un petit Chablis pour les huîtres, un Morgon pour le rôti et un Moët-et-Chandon pour le dessert.

Page 146 – Les chiffres

1. Je voudrais cinq paquets de Gauloises et une boîte d'allumettes.
2. Donnez-moi une livre de gruyère, un kilo de pommes et six tranches de jambon.
3. Si tu passes à la boulangerie, achète deux baguettes et cinq éclairs au chocolat.
4. Vous pouvez me donner deux litres de vin et un kilo de carottes ?
5. Je vais prendre une demi-livre de beurre et deux paquets de pâtes.
6. Il me faudrait cinq mètres de tissu à fleurs et un mètre d'élastique.
7. Je voudrais un litre d'huile d'olive, une tranche de pâté, quinze rondelles de saucisson et une boîte de sauce tomate.
8. Je prendrai un kilo d'endives et un sac de cinq kilos de pommes de terre.
9. Pour Noël j'ai acheté cinq douzaines d'huîtres et quatre douzaines d'escargots.
10. Je voudrais dix sachets de levure, un kilo de sucre en morceaux, et du thé à la menthe en sachets.

Page 148 – Les chiffres

1. Ma voiture ? Je l'ai payée un peu moins de 50 000 F.
2. Il gagne dans les 10 000 F.
3. C'est pas très cher.
4. Vous me devez 543 F 75 centimes.
5. Il y a à peu près 2 000 000 d'habitants.
6. Il a une cinquantaine d'années.
7. J'ai un modèle à 53 900 F et un autre à 62 500.
8. Elle aura 18 ans demain.
9. Il chausse du 43.
10. Il a de grands pieds.
11. Le thermostat est réglé sur 18° centigrades.
12. Il ne fait pas très chaud ici.

Page 148 – Écrit

– Allô ? Bonjour, madame Gandois.
– Ah ! C'est vous, madame Tournon. Comment allez-vous ?
– Très bien, je vous remercie. Je vous appelle pour vous inviter au mariage de mon fils Jean-Pierre. Vous êtes une vieille amie de la famille.
– Je suis très touchée et très heureuse. Je vous remercie. J'accepte avec plaisir votre invitation. Quelle est la date du mariage ?
– C'est pour le premier samedi de juin, le 5. Ça vous convient ?
– Attendez... le 5 juin... Oui, il n'y a pas de problème.
– Ça se passe à Guisau. C'est le village de Josiane, ma belle-fille. C'est un mariage civil : vous connaissez les idées de Jean-Pierre !
– Oui.
– La cérémonie a lieu à 15 h 30, à la mairie. Il y a ensuite un apéritif au Cercle des Cavaliers. Ma belle-fille est présidente du club hippique de Guisau.
– Et le repas ?
– C'est à *La Mangeoire*. C'est un restaurant à la campagne, qui est connu dans toute la région. Le repas est prévu à 19 heures.
– C'est parfait. Je vous remercie. Est-ce que vos enfants ont déposé une liste de mariage ?
– Oui, aux Nouvelles Galeries de Briançon.
– Très bien. À bientôt, donc. Et merci encore.

UNITÉ 10

Page 160 – Compréhension

– Bonsoir, Gérard.
– Bonsoir, tu as l'air fatigué.
– Ne m'en parle pas. J'ai eu une semaine épouvantable.
– Ah bon ? Pourquoi ?
– Je n'ai pas arrêté de courir : lundi, je suis allé à Arc-et-Senans avec un groupe d'industriels japonais ; mardi je suis allé en Suisse.
– Pour acheter du chocolat ?
– Mais non ! J'ai signé un contrat. Et c'est pas fini ! Jeudi, j'ai négocié avec ma banque toute la journée.
– Mercredi, t'as dormi toute la journée ?
– Mais non, mercredi je suis allé à un colloque à Berlin.
– Eh bien, tu vas te reposer en fin de semaine !
– Oui, je vais à la montagne.

Page 161 – Dialogues témoins

– Qu'est-ce que tu as fait samedi ?
– J'ai travaillé le matin et j'ai joué au tennis l'après-midi.

– Tu es libre ce soir ?
– Oui, pourquoi ? Tu m'invites ?
– D'accord, je passe te prendre à 8 heures et demie.

Page 161 – Compréhension

1. – Tu as vu Vincent ces jours-ci ?
   – Justement, il m'a appelée hier.
2. – Qu'est-ce que tu fais actuellement ?
   – Je termine un travail pour une agence de pub.
3. – Tu as l'air fatigué, en ce moment.
   – Je travaille comme un fou.
4. – Tu as trouvé un appartement ?
   – La semaine dernière, j'ai vu un truc pas mal.
5. J'ai perdu mon portefeuille ce matin. Est-ce que quelqu'un l'a trouvé ?
6. L'année dernière, je suis allé en vacances à Neuville-les-Bains : c'était nul.
7. Ce week-end, j'ai repeint mon appartement.
8. Maintenant, tu peux regarder la télévision.
9. Il y a huit jours, j'ai rencontré Claudine. C'était super.
10. – Samedi dernier, je suis allé au mariage de Juliette.
    – C'était sympa ?
    – Non, pas vraiment.

Page 162 – compréhension

1. Et ils sont descendus au Mexique pour travailler.
2. Et ils sont morts, tous les deux.
3. Il est devenu ingénieur.
4. Ils sont passés par New York.
5. Il est né à Nantes.
6. Il est sorti premier de sa promotion.
7. Ils ne sont jamais rentrés en France.
8. Ils y sont restés deux ans.
9. Là, ils sont arrivés dans une petite ville.
10. Mais ils sont tombés malades.
11. Puis ils sont montés en Alaska.
12. Il est allé aux États-Unis.
13. Puis ils sont repartis.
14. Sa femme est venue le rejoindre.

Page 163 – Compréhension

1. Cette nuit, j'ai très mal dormi.
2. Aujourd'hui, j'ai bien travaillé.
3. Cette semaine, il a plu tous les jours. La semaine dernière aussi !
4. Mardi, j'ai eu un accident.
5. Hier, il faisait très beau, j'ai fait un peu de vélo.
6. – Il y a un an, je suis allé aux Antilles.
   – Moi, la semaine dernière, je suis allé à Vesoul.
7. – Ce matin, je n'ai pas entendu le réveil !
   – Hier non plus !
8. – Il y a une semaine que je n'ai pas vu Paul.
   – Moi je l'ai vu avant-hier.
9. – Il y a un mois, j'ai envoyé une lettre à Jean-Yves.

– Et il t'a répondu aujourd'hui je suppose !

10. Cet après-midi, je n'ai rien fait !

11. – Pierre, il s'est marié il y a deux ans ?
– Non, c'était l'année dernière.
– Eh bien il a divorcé il y a huit jours.

12. La semaine dernière, j'ai acheté une voiture.

Page 165 – Entraînement : précis/imprécis

1. J'ai rendez-vous chez mon avocat à 16 heures juste.

2. Attends-moi, je reviens dans une vingtaine de minutes.

3. Film : *Bleu*, de Kieslowski. Prochaine séance à 19 h 45. Début du film : 10 minutes plus tard.

4. Le record du 100 mètres nage libre vient d'être battu de deux centièmes de seconde.

5. Je passerai demain en fin de matinée.

6. Viens demain pour l'apéritif, vers midi et demi.

7. Il est midi : les informations, Édouard Lemaresquier.

8. La pièce commence à 20 h 30 précises. Aucun spectateur ne sera admis après cette heure-là.

9. Les travaux ne seront pas achevés avant deux ou trois mois.

10. Du 7 au 21 janvier, soldes monstres sur le blanc !

11. Au quatrième top, il sera exactement 15 heures, 17 minutes et 30 secondes.

12. Cuire la pâte 20 minutes à four moyen.

Page 165 – Entraînement : fréquence

1. Je vois ma vieille tante Marthe une fois par an, à Noël.

2. Quand j'étais étudiant, j'allais au cinéma trois fois par semaine.

3. René fume beaucoup trop : il allume cigarette sur cigarette !

4. Les boîtes de nuit ? C'est plein de bruit et de fumée de cigarettes : je n'y mets jamais les pieds !

5. Tous les matins, Claude prend le bus numéro 8 pour aller à son boulot.

6. Vous prendrez huit comprimés par jour, pendant trois mois.

7. Je trouve que les restaurants sont chers : je ne peux y aller que de temps en temps.

8. Je n'ai reçu aucune lettre depuis qu'ils sont partis.

9. Nous nous rencontrons chaque vendredi pour faire la fête.

10. J'en ai assez ! Je trouve de la publicité dans ma boîte aux lettres tous les jours !

Page 165 – Phonétique : expression de la surprise

– Pierre est parti.
– Il est parti ? (surprise)

1. – Jean-Paul est malade.
– Il est malade ?

2. – Il a trouvé du travail.
– Il a trouvé du travail ?

3. – Le téléphone ne marche plus.
– Il ne marche plus ?

4. – Il n'y a plus de pain.
– Il n'y a plus de pain ?

5. – Roger s'est marié.
– Il s'est marié ?

6. – Adrienne a retrouvé son chien.
– Elle a retrouvé son chien ?

7. – Georges a gagné au loto.
– Il a gagné au loto ?

8. – Le maire a démissionné.
– Il a démissionné ?

9. – Hervé a eu un accident.
– Il a eu un accident ?

10. – Les Dupont ont des jumeaux.
– Ils ont des jumeaux ?

Page 166 – Compréhension

Dialogues :

1. – Mais qu'est-ce qu'il t'est arrivé ? Tu as eu un accident ?
– Ben… en sortant de la baignoire, j'ai glissé sur une savonnette.

2. – Hier, j'ai invité des amis anglais pour un repas typiquement français.
– Steak frites, salade ?
– Oh non ! Je leur ai fait des grenouilles et des escargots….
– Et ils ont aimé ?
– Oui, pourquoi ?

3. – Tu es allé au cinéma hier ?
– Oui.
– C'était bien ?
– Je ne sais pas, je me suis endormi au bout de 5 minutes.

4. – Allô, la police ?
– Oui, je vous écoute.
– En rentrant chez moi, j'ai vu quelqu'un qui essayait d'entrer par la fenêtre de mon voisin. C'est peut-être un voleur.

5. – C'est vrai que Jean a gagné un concours ?
– Oui. Devine ce qu'il a gagné.
– Je ne sais pas, une semaine sur la Costa Brava.
– Non, 500 kilos de spaghettis.

6. – Excusez-moi de vous déranger, Monsieur Duroc, c'est Mademoiselle Ledoux, votre voisine du dessous. J'ai oublié mes clefs. Est-ce que vous pouvez m'ouvrir ?
– Encore ! C'est la troisième fois en quinze jours !

Page 166 – Phonétique : [ø]/[œ]

Ce matin, il pleut.
Partout, temps nuageux et pluvieux.
Régions montagneuses, ciel neigeux.
Demain, temps capricieux : bleu ou brumeux, parfois radieux.

– Ma sœur, elle est coiffeuse.
– Et son copain ?
– Il est coiffeur !
– Elle est heureuse ?
– Oui, et lui aussi, il est heureux.

Page 166 – Phonétique : Expression du doute

Dialogue témoin :

– Je trouve qu'il a maigri.
– Il a maigri !

1. – Patrick a arrêté de fumer.
– Il a arrêté de fumer !

2. – Roseline travaille beaucoup.
– Elle travaille beaucoup !

3. – Claudine est très sympathique.
– Elle est très sympathique !

4. – Paul est très compétent.
– Il est très compétent !

5. – André a beaucoup d'humour.
– Il a beaucoup d'humour !

6. – Il a plu pendant un mois.
– Il a plu pendant un mois !

7. – Mon frère va passer son bac.
– Il va passer son bac !

8. – Roger roule en Mercédes.
– Il roule en Mercédes !

9. – Claude joue très bien aux échecs.
– Il joue très bien aux échecs !

10. – Il fait chaud aujourd'hui.
– Il fait chaud aujourd'hui !

Page 168 – Écrit

1. Le Clézio a publié son premier roman, *Le Procès verbal* en 1963.

2. – Miguel Indurain a gagné le Tour de France en 1993 ?
– Oui, et aussi en 1994.

3. – C'est le 6 juin 1944 que les Alliés ont débarqué sur les plages de Normandie.

4. – En 1993, Michelin, le n° 1 mondial du pneu, a perdu 3,6 milliards de dollars.

5. – Tu as vu ? Il y a eu un tremblement de terre au Japon.
– Oui, c'est terrible.

6. – Tiens ! Johnny s'est encore remarié !
– Oh, ça ne va pas durer longtemps !

Page 169 – Entraînement : passé composé

1. Il a pris du poisson ce matin.

2. J'ai fait un cauchemar.

3. Est-ce que vous avez lu mon rapport ?

4. Il est parti avec une jolie fille.

5. Il a vécu toute sa vie dans ce petit village.

6. Vous avez trop bu.

7. Pour la Saint-Valentin, il m'a offert des fleurs.

8. Je n'ai pas pu entendre le discours du ministre, j'ai dû partir avant la fin.

9. Pierre a été chanteur.

10. Où est-ce que tu as mis ma cravate jaune ?

11. Julie a eu trois maris.

12. Il m'a paru en pleine forme.

13. Tu as vu le dernier film de Tavernier ?

14. Est-ce que tu as répondu à la lettre de ta mère ?

15. Tiens, j'ai aperçu Pierre à la piscine.

16. Je n'ai pas pu venir, j'étais malade.

UNITÉ 11

Page 173 – Mise en route

– Mais qu'est-ce qui t'est arrivé ?
– Ben, hier soir, je revenais de chez Lucie, c'était 5 heures, 5 heures et demie. Tu sais, à cette heure-là, il y a beaucoup de circulation. En arrivant au carrefour de la rue Gambetta, le feu était au vert pour les piétons, j'ai traversé.
Il y a un type qui est arrivé avec une grosse BM, c'est simple, il n'a pas pu s'arrêter et il m'a renversé ! Je me suis retrouvé par terre. Je ne savais plus où j'étais. Il est sorti de sa voiture et tu sais ce qu'il m'a dit : « Vous ne pouvez pas faire attention ! ». Heureusement quelqu'un a téléphoné au SAMU. Sinon, ça va, j'ai une jambe cassée mais pas de traumatisme.

Page 174 – Compréhension

Dialogues :

1. – Elle est bonne celle-là !
– Dis voir…
– Un touriste français qui avait garé sa voiture à Belfast dans un quartier dangereux ne l'a plus retrouvée en rentrant.
– Et alors ?
– C'est la police qui lui avait fait

exploser. Ils croyaient qu'elle était piégée.
– Quelles vacances !
– L'office du tourisme lui a prêté une voiture.
– C'est sympa, ça.
2. – Pourquoi tu ris ?
– Dans *Libération*, ils racontent qu'au Niger, un charmeur de serpents a eu un accident de voiture.
– Et alors ?
– Quand les secours sont arrivés, les serpents ont défendu leur maître.
– Et comment ça s'est terminé ?
– Eh bien, ils ont appelé un autre charmeur de serpents.
3. – Alors, c'était bien ce voyage aux États-Unis ?
– Ah, ne m'en parle pas !
– Pourquoi ?
– Figure-toi que mon avion a été détourné sur Boston !
– Par des pirates de l'air ?
– Non ! Par un chien !
– Comment ça ?
– Il y a eu un problème dans la soute à bagages et le chien avait trop chaud. Il risquait de mourir.
– Et l'avion s'est posé pour ça ?
– Oui, les passagers ont voté. Tiens, lis, c'est dans le journal.
4. – Les enfants ! Arrêtez de sauter sur le lit !
– Mais maman, on s'amuse !
– Vous ne savez pas ce que j'ai lu dans le journal ?
– Quoi ?
– Il y a un homme qui faisait du trampoline sur un lit, comme vous. Et bien, il est passé par la fenêtre du 2e étage.
– Et il est mort ?
– Non, mais il s'est retrouvé à l'hôpital.
– Oui, mais nous, maman, on habite au rez-de-chaussée.
5. – C'est quoi un braqueur ?
– Un braqueur ? C'est quelqu'un qui attaque une banque, « un gangster » comme vous dites aux États-Unis. « Braqueur » c'est une expression familière. Pourquoi tu me demandes ça ?
– Il y a un article dans le journal.

Page 177 – Phonétique : expression de l'incrédulité

Dialogue témoin :
– La France va gagner la Coupe du Monde !
– La France ? Gagner la Coupe du Monde ? Ce n'est pas demain la veille !
1. – Pierre va faire un régime.
– Pierre ? Faire un régime ? Tu plaisantes !
2. – Jean-Louis va écrire un livre.
– Jean-Louis ? Écrire un livre ? Tu te moques de moi !
3. – Jean-Yves veut faire du sport.
– Jean-Yves, faire du sport ? Arrête !
4. – Marion va traverser l'Atlantique à la voile.
– Marion ? Traverser l'Atlantique à la voile ? Elle ne sait même pas nager !
5. – Mon grand-père veut faire du parachutisme.
– Ton grand-père ? Faire du parachutisme ? À son âge !
6. – Antoine va faire du cinéma.
– Antoine ? Faire du cinéma ? Mon œil !
7. – Jocelyne veut devenir mannequin.

– Jocelyne ? Devenir mannequin ? Elle croit au Père Noël !
8. – Je vais préparer le repas.
– Toi ? Préparer le repas ? Ce n'est pas possible !
9. – Joseph va exposer ses tableaux.
– Joseph ? Exposer ses tableaux ? C'est une plaisanterie !
10. – Marie-Hélène veut jouer du piano.
– Marie-Hélène ? Jouer du piano ? Pourquoi pas du trombone à coulisses ?

Page 179 – Phonétique : surprise/doute/incrédulité

1. – Jean-Pierre est en France !
– Il est en France ?
2. – Suzanne ? Elle a 23 ans.
– 23 ans ? Tu es sûre ?
3. – Il a passé son bac à 15 ans.
– À 15 ans !
4. – Mon frère a décidé de chercher du travail.
– Ton frère ? Travailler ?
5. – C'est Guy qui va faire la cuisine !
– Guy ? Faire la cuisine ? J'espère que c'est une plaisanterie.
6. – Il habite à Valence, dans le Rhône.
– Valence ? C'est dans le Rhône ?
7. – Tu as écrit « cauchemar » avec un « d » à la fin.
– Il n'y a pas de « d » à « cauchemar » ? Ah bon !
8. – Elle est blonde la femme de René.
– Blonde ?
9. – Pascal est parti en Afrique.
– Pascal ? En Afrique ? Je l'ai aperçu il y a quelques jours !
10. – Tu savais que seulement 5 % des hommes mariés font la vaisselle ?
– 5 % ! Ce n'est pas beaucoup !

Page 185 – Phonétique : [s]/[z]

– Ça va ?
– Si ça va ? Oui, c'est sûr, ça va. Et toi ?
– Moi, ça va aussi.
– Bon, ben, si ça va, ça va.
– Tu as soif ? Non ? Tu es sûr ?
– Une citronnade ?
– Oui, bien sûr. C'est si bon une citronnade

Page 185 – Exercice 4

1. Vous avez tout.
2. Ils offrent des gâteaux.
3. Ils s'aiment bien.
4. Ils s'attendent.
5. Ils s'entendent bien.
6. Ils écoutent attentivement.
7. Ils s'observent avec attention.
8. Ils sont froids.
9. Ils aiment les carottes.
10. J'ai décidé.
11. Vous avez parlé anglais ?
12. Combien ? Dix sœurs !

UNITÉ 12

Page 189 – Mise en route

1. – Pardon monsieur, c'est pour un sondage sur la chanson française. Vous pourriez me chanter une chanson de Charles trenet ?
– Heu… Charles Trenet… Attendez… Ah oui : « Je t'attendrai à la porte du garage, tu arriveras dans ta splendide auto. Il fera nuit, mais avec l'éclairage, on pourra voir jusqu'au flanc du coteau. »

2. – Pardon mademoiselle, vous connaissez une chanson de Joe Dassin ?
– Une chanson de Joe dassin ? Heu… Attendez là… Ah ouais… voilà : « On ira, où tu voudras quand tu voudras et l'on s'aimera encore lorsque l'amour sera mort. Ce jour-là sera semblable à ce matin. Aux couleurs de l'été indien… »
3. – Bonjour. Vous pourriez me chanter un couplet de Piaf ?
– Alors, je vais essayer de vous chanter un petit quelque chose : « Il portait des culottes et des bottes de moto, un blouson de cuir noir avec un aigle sur le dos. Sa moto qui partait comme un boulet de canon, semait la terreur dans toute la région. »
4. – Vous pourriez me chanter un couplet de Nougaro ?
– Nougaro, pour moi c'est « Ah tu verras tu verras, tout recommencera tu verras tu verras. L'amour c'est fait pour ça tu verras tu verras. Je ferai plus… ». Je sais plus.
5. – Vous pouvez me chanter une chanson d'Yves Montand ?
– Ah… Yves Montand. Oh oui, oui : « Quand on allait de bon matin, quand on allait sur les chemins… À bicyclette… Nous étions quelques bons copains : il y avait Fernand, il y avait Firmin, il y avait Francis et Sébastien… Et puis Paulette. »
6. – Pardon monsieur, c'est pour un sondage sur la chanson française. Vous pourriez me chanter une chanson de Barbara.
– Oh, une chanson de Barbara… Oh oui… « Dis quand reviendras-tu ? Dis, au moins le sais-tu… que tout le temps qui passe ne se rattrape guère. »
7. – Pardon, vous connaissez Diane Dufresne ?
– Oui, c'est la chanteuse canadienne qui chante « Aujourd'hui, j'ai rencontré l'homme de ma vie… au… au… au… aujourd'hui, au grand soleil, en plein midi. Mon horoscope me l'avait prédit, dès que je l'ai vu, j'ai su que c'était lui… »
8. – Bonjour monsieur, c'est pour un sondage. Vous pourriez me chanter une chanson de Gainsbourg ?
– Euh oui, attendez… Je me rappelle l'air, les paroles… ça y est : « J'aimerais tant que tu te souviennes. Cette chanson était la tienne. C'était ta préférée, je crois. Elle est de Prévert et Cosma. »
9. – Bonjour monsieur. Boris Vian, ça vous dit quelque chose ?
– Boris Vian. Bien sûr, oui. Pour moi, c'est *la Java des bombes atomiques*. Vous connaissez ?
– Oui, bien sûr.
– « Mon père un fameux bricoleur faisait en amateur des bombes atomiques. Sans avoir jamais rien appris c'était un vrai génie question travaux pratiques. Il s'enfermait pendant des heures au fond de son atelier pour faire des expériences… » Après je ne m'en rappelle plus.
10. – Bonjour monsieur. Je voudrais que vous me chantiez une chanson de Joe Dassin. C'est possible ?
– Ah oui, c'est possible : « Je l'ai vue près d'un laurier elle gardait ses blanches brebis. Quand j'ai demandé

d'où venait sa peau fraîche elle m'a dit… c'est de siffler dans la rosée qui rend les bergères jolies. Mais quand j'ai dit qu'avec elle je voulais y rouler aussi, elle m'a dit… elle m'a dit d'aller siffler là haut sur la colline… de l'attendre avec un petit bouquet d'églantines… J'ai cueilli mes fleurs et j'ai sifflé tant que j'ai pu… J'ai attendu, attendu elle n'est jamais venue… »

Page 190 – Compréhension

Dialogues :

1. – On va où ?
   – Je ne sais pas, au Saint-Germain par exemple.
   – C'est toujours plein.
   – S'il n'y a pas de place au Saint-Germain on ira au vietnamien qui est juste en face.
2. – Tu m'emmènes toujours à Bordeaux ?
   – Écoute, j'hésite un peu. Depuis quelques jours ma voiture fait un drôle de bruit.
   – C'est pas grave, je prendrai le train.
3. – Je crois que je vais annuler la fête de demain soir.
   – Pourquoi ? Tout le monde est prévenu.
   – La maison est en désordre, je n'ai pas fait la vaisselle depuis quinze jours et demain j'ai du travail jusqu'à 6 heures.
   – Si tu veux je passerai dans l'après-midi avec Suzie, on rangera tout, on passera l'aspirateur et on préparera le repas. Quand tu arriveras, tout sera prêt !
4. – Monsieur le directeur, Monsieur Marchand est passé prendre sa voiture. Elle n'était pas prête. Il est très mécontent et dit que c'est la dernière fois qu'il vient dans ce garage.
   – Vous lui téléphonerez cet après-midi et vous lui prêterez une voiture jusqu'à lundi et vous lui ferez des excuses de ma part.
   – Bien Monsieur le directeur.
5. – Allô Martine ? C'est Sylvie. J'ai un petit problème. Je dois rester au bureau pour terminer un rapport.
   – Bon, j'ai compris. Donc, j'irai chercher les enfants à la sortie de l'école, je les ferai manger.
   – Je serai là vers 9 heures. Merci Martine.

Page 193 – Compréhension

Une zone de haute pression sur le golfe de Gascogne amènera pour demain un beau temps généralisé sur l'ensemble du territoire. Les brumes se dissiperont en fin de matinée. Soleil et ciel bleu marqueront la journée. Journée idéale donc pour ceux qui voudront profiter de la campagne ou aller à la plage. Le thermomètre montera jusqu'à 23° dans la région de Perpignan et atteindra un maximum de 26° à Ajaccio. Toutefois des vents modérés souffleront sur les côtes de l'Atlantique et quelques orages pourront éclater en fin de journée.

Grisaille pour demain. Une dépression s'installera durablement sur la France et ne laissera aucun espoir de beau temps. Des pluies, parfois violentes, s'abattront sur la plupart des régions. La neige tombera

même en altitude dans le massif Central et sur les Alpes. Le thermomètre descendra en dessous de zéro dans l'est de la France. Il fera -1° à Paris et jusqu'à -5° à Strasbourg. Ces températures, nettement inférieures aux normales saisonnières, persisteront jusqu'à vendredi où un nouvel anticyclone ramènera le beau temps.

Page 193 – Phonétique : exprimer son contentement ou son mécontentement

– Les enfants, j'ai fait des frites.
– Des frites ! J'adore les frites !
– Des frites ! Je déteste les frites !
1. – On va faire une promenade à vélo.
   – Chic ! Du vélo ! J'adore le vélo !
   – Encore du vélo ! Je déteste le vélo !
2. – Les enfants, je vous emmène manger au Mac Donald !
   – Youpie ! On va au Mac Do ! J'adore le Mac Do !
   – Le Mac Do, toujours le Mac Do ! J'ai horreur du Mac Do !
3. – Qui veut de la soupe ?
   – Chouette ! De la soupe ! J'adore la soupe !
   – Encore de la soupe ! J'ai horreur de la soupe !
4. – Qu'est-ce qu'on mange aujourd'hui ?
   – Des spaghettis !
   – Des spaghettis ! Super ! J'adore les spaghettis !
   – Oh non ! Des spaghettis ! Je déteste ça !
5. – Bon, maintenant, au travail.
   – Chic ! J'aime bien travailler !
   – Le travail ! Toujours le travail ! Encore le travail !
6. – Il fait beau ?
   – Non, il pleut.
   – Super ! J'adore la pluie !
   – Ce n'est pas possible ! Je déteste la pluie !
7. – Bon, j'ouvre une bouteille de champagne ?
   – Youpie ! Du champagne ! J'adore le champagne !
   – Oh non ! Du champagne ! Je déteste ça !
8. – On va se baigner ?
   – Chic ! On va se baigner ! J'adore ça !
   – Zut ! On va se baigner ! Je déteste l'eau !
9. – Allume la télé. Il y a un match de foot !
   – Chouette ! Du foot ! J'adore ça !
   – Ah non ! Encore du foot ! Je ne supporte pas le foot !
10. – J'ai invité l'oncle Ernest pour le week-end.
    – Chic alors ! L'oncle Ernest ! J'adore l'oncle Ernest !
    – Encore l'oncle Ernest ! Je déteste l'oncle Ernest !

Page 195 – Entraînement : passé/présent/futur

1. Il passe son baccalauréat dans deux ans.
2. Antoine vient de téléphoner.
3. Attends cinq minutes : ma sœur ne va pas tarder.
4. Je t'appelle demain, vers cinq heures ? D'accord ?
5. Depuis ce matin, je ne me sens pas bien.
6. Jean est sorti chercher le journal.

7. Cette année, en août, je vais en Turquie.
8. Attends une seconde : j'ai terminé.
9. On vous écrira.
10. Mes parents vont très bien.

Page 195 – Expressions de temps : le futur

1. Demain, j'arrête de fumer.
2. Il revient dans quinze jours.
3. Je commence mon travail dans un mois.
4. Dimanche prochain, c'est mon anniversaire.
5. L'année prochaine, je vais en vacances en Grèce.
6. Ce soir, je t'invite au restaurant.
7. Il se marie le 13 décembre.
8. Il arrive lundi à 18 h 57.
9. Tu joues au tennis cet après-midi ?
10. Après-demain, c'est le printemps.
11. La semaine prochaine, je vais à un congrès à Berlin.
12. C'est bientôt les vacances.

Page 204 – Exercice complémentaire (1) : Présent/passé

1. – Tu as commandé une pizza ou une salade ?
   – Une pizza.
2. – Tu viens, Henri ?
   – J'arrive.
3. – Vous êtes venus quand, la dernière fois ?
   – En mai 87.
4. – Alors, ça t'a plu la Chine ?
   – Fa-bu-leux !
5. – Qu'est-ce que tu fais cet après-midi ?
   – Je ne sais pas. Je vais peut-être au ciné.
6. – Alors, cette soirée, c'était bien ?
   – Bof !
7. – Et qu'est-ce qu'il fait cette année, votre fils ?
   – Il prépare HEC.
8. – Mademoiselle Bacheron, vous avez fini le rapport Pitoc ?
   – Oui, Monsieur.
9. – Ton père va bien ?
   – Il a été opéré d'une hernie il y a quinze jours. Mais maintenant, ça va bien.
10. – C'est bon, ça. Comment tu as fait ?
    – J'ai suivi la recette.

Page 204 – Exercice complémentaire (2) : Présent/passé

1. Ils sont descendus sur la Côte d'Azur pour le week-end de la Pentecôte.
2. Ce matin, je ne bouge pas. Je reste au lit.
3. J'ai travaillé cet été dans une pizzeria.
4. Je ne sais pas ce que j'ai, en ce moment, je dors mal.
5. Ça y est ! Roger est parti hier soir.
6. Je suis en vacances en ce moment.
7. Pauvre Céline ! Elle s'est fait arracher une dent !
8. On joue *Le Hussard sur le toit*, au Vox, à partir d'aujourd'hui.
9. On est allé Chez Sosthène, samedi dernier. Qu'est-ce qu'on a bien mangé !
10. Je n'arrive pas à retrouver mes clés.

Conjugaisons

Verbes en ER

PRÉSENT	FUTUR	IMPARFAIT	SUBJONCTIF	CONDITIONNEL	AUTRES
mang er/mange je mang e tu mang es il mang e nous mang eons vous mang ez ils mang ent	**mang** je mang erai tu mang eras il mang era nous mang erons vous mang erez ils mang eront	**mang/mange** je mange ais tu mange ais il mange ait nous mang ions vous mang iez ils mange aient	**mang** je mang e tu mang es il mang e nous mang ions vous mang iez ils mang ent	**mang** je mang erais tu mang erais il mang erait nous mang erions vous mang eriez ils mang eraient	P. PASSÉ : mang é P. PRÉSENT : mange ant P. SIMPLE : je mange ai
plac er/plaç je plac e tu plac es il plac e nous plaç ons vous plac ez ils plac ent	**plac** je plac erai tu plac eras il plac era nous plac erons vous plac erez ils plac eront	**plac/plaç** je plaç ais tu plaç ais il plaç ait nous plac ions vous plac ciez ils plaç aient	**plac** je plac e tu plac es il plac e nous plac ions vous plac iez ils plac ent	**plac** je plac erais tu plac erais il plac erait nous plac erions vous plac eriez ils plac eraient	P. PASSÉ : plac é P. PRÉSENT : plaç ant P. SIMPLE : je plaç ai
appel er/appell j' appell e tu appell es il appell e nous appel ons vous appel ez ils appell ent	**appell** j' appell erai tu appell eras il appell era nous appell erons vous appell erez ils appell eront	**appel** j' appel ais tu appel ais il appel ait nous appel ions vous appel iez ils appel aient	**appel/appell** j' appell e tu appell es il appell e nous appel ions vous appel iez ils appell ent	**appell** j' appell erais tu appell erais il appell erait nous appell erions vous appell eriez ils appell eraient	P. PASSÉ : appel é P. PRÉSENT : appel ant P. SIMPLE : j'appel ai
pel er/pèl je pèl e tu pèl es il pèl e nous pel ons vous pel ez ils pèl ent	**pèl** je pèl erai tu pèl eras il pèl era nous pèl erons vous pèl erez ils pèl eront	**pel** je pel ais tu pel ais il pel ait nous pel ions vous pel iez ils pel aient	**pel/pèl** je pèl e tu pèl es il pèl e nous pel ions vous pel iez ils pèl ent	**pèl** je pèl erais tu pèl erais il pèl erait nous pèl erions vous pèl eriez ils pèl eraient	P. PASSÉ : pel é P. PRÉSENT : pel ant P. SIMPLE : je pel ai
jet er/jett je jett e tu jett es il jett e nous jet ons vous jet ez ils jett ent	**jett** je jett erai tu jett eras il jett era nous jett erons vous jett erez ils jett eront	**jet** je jet ais tu jet ais il jet ait nous jet ions vous jet iez ils jet aient	**jet/jett** je jett e tu jett es il jett e nous jet ions vous jet iez ils jett ent	**jett** je jett erais tu jett erais il jett erait nous jett erions vous jett eriez ils jett eraient	P. PASSÉ : jet é P. PRÉSENT : jet ant P. SIMPLE : je jet ai
achet er/achèt j' achèt e tu achèt es il achèt e nous achet ons vous achet ez ils achèt ent	**achèt** j' achèt erai tu achèt eras il achèt era nous achèt erons vous achèt erez ils achèt eront	**achet** j' achet ais tu achet ais il achet ait nous achet ions vous achet iez ils achet aient	**achet/achèt** j' achèt e tu achèt es il achèt e nous achet ions vous achet iez ils achèt ent	**achèt** j' achèt erais tu achèt erais il achèt erait nous achèt erions vous achèt eriez ils achèt eraient	P. PASSÉ : achet é P. PRÉSENT : achet ant P. SIMPLE : j'achet ai
sem er/sèm je sèm e tu sèm es il sèm e nous sem ons vous sem ez ils sèm ent	**sèm** je sèm erai tu sèm eras il sèm era nous sèm erons vous sèm erez ils sèm eront	**sem** je sem ais tu sem ais il sem ait nous sem ions vous sem iez ils sem aient	**sem/sèm** je sèm e tu sèm es il sèm e nous sem ions vous sem iez ils sèm ent	**sèm** je sèm erais tu sèm erais il sèm erait nous sèm erions vous sèm eriez ils sèm eraient	P. PASSÉ : sem é P. PRÉSENT : sem ant P. SIMPLE : je sem ai
noy er/noi je noi e tu noi es il noi e nous noy ons vous noy ez ils noi ent	**noi** je noi erai tu noi eras il noi era nous noi erons vous noi erez ils noi eront	**noy** je noy ais tu noy ais il noy ait nous noy ions vous noy iez ils noy aient	**noy/noi** je noi e tu noi es il noi e nous noy ions vous noy iez ils noi ent	**noi** je noi erais tu noi erais il noi erait nous noi erions vous noi eriez ils noi eraient	P. PASSÉ : noy é P. PRÉSENT : noy ant P. SIMPLE : je noy ai
envoy er/envoi j' envoi e tu envoi es il envoi e nous envoy ons vous envoy ez ils envoi ent	**enver** j' enver rai tu enver ras il enver ra nous enver rons vous enver rez ils enver ront	**envoy** j' envoy ais tu envoy ais il envoy ait nous envoy ions vous envoy iez ils envoy aient	**envoy/envoi** j' envoi e tu envoi es il envoi e nous envoy ions vous envoy iez ils envoi ent	**enver** j' enver rais tu enver rais il enver rait nous enver rions vous enver riez ils enver raient	P. PASSÉ : envoy é P. PRÉSENT : envoy ant P. SIMPLE : j'envoy ai

	PRÉSENT	FUTUR	IMPARFAIT	SUBJONCTIF	CONDITIONNEL	AUTRES
Verbes en ER	**pay er** je pay e tu pay es il pay e nous pay ons vous pay ez ils pay ent	**pay** je pay erai tu pay eras il pay era nous pay erons vous pay erez ils pay eront	**pay** je pay ais tu pay ais il pay ait nous pay ions vous pay iez ils pay aient	**pay** je pay e tu pay es il pay e nous pay ions vous pay iez ils pay ent	**pay** je pay erais tu pay erais il pay erait nous pay erions vous pay eriez ils pay eraient	P. PASSÉ : pay é P. PRÉSENT : pay ant P. SIMPLE : je pay ai
	all er/vai/va/vont je vais tu vas il va nous all ons vous all ez ils vont	**ir** j' ir ai tu ir as il ir a nous ir ons vous ir ez ils ir ont	**all** j' all ais tu all ais il all ait nous all ions vous all iez ils all aient	**aill/all** j' aill e tu aill es il aill e nous all ions vous all iez ils aill ent	**ir** j' ir ais tu ir ais il ir ait nous ir ions vous ir iez ils ir aient	P. PASSÉ : all é P. PRÉSENT : all ant P. SIMPLE : j'all ai
Verbes en IR	**cueill ir** je cueill e tu cueill es il cueill e nous cueill ons vous cueill ez ils cueill ent	**cueill** je cueill erai tu cueill eras il cueill era nous cueill erons vous cueill erez ils cueill eront	**cueill** je cueill ais tu cueill ais il cueill ait nous cueill ions vous cueill iez ils cueill aient	**cueill** je cueill e tu cueill es il cueill e nous cueill ions vous cueill iez ils cueill ent	**cueill** je cueill erais tu cueill erais il cueill erait nous cueill erions vous cueill eriez ils cueill eraient	P. PASSÉ : cueill i P. PRÉSENT : cueill ant P. SIMPLE : je cueill is
	offr ir j' offr e tu offr es il offr e nous offr ons vous offr ez ils offr ent	**offr** j' offr irai tu offr iras il offr ira nous offr irons vous offr irez ils offr iront	**offr** j' offr ais tu offr ais il offr ait nous offr ions vous offr iez ils offr aient	**offr** j' offr e tu offr es il offr e nous offr ions vous offr iez ils offr ent	**offr** j' offr irais tu offr irais il offr irait nous offr irions vous offr iriez ils offr iraient	P. PASSÉ : off ert P. PRÉSENT : offr ant P. SIMPLE : j'offr is
	cour ir je cour s tu cour s il cour t nous cour ons vous cour ez ils cour ent	**cour** je cour rai tu cour ras il cour ra nous cour rons vous cour rez ils cour ront	**cour** je cour ais tu cour ais il cour ait nous cour ions vous cour iez ils cour aient	**cour** je cour e tu cour es il cour e nous cour ions vous cour iez ils cour ent	**cour** je cour rais tu cour rais il cour rait nous cour rions vous cour riez ils cour raient	P. PASSÉ : cour u P. PRÉSENT : cour ant P. SIMPLE : je cour us
	fui r/fuy je fui s tu fui s il fui t nous fuy ons vous fuy ez ils fui ent	**fui** je fui rai tu fui ras il fui ra nous fui rons vous fui rez ils fui ront	**fuy** je fuy ais tu fuy ais il fuy ait nous fuy ions vous fuy iez ils fuy aient	**fui/fuy** je fui e tu fui es il fui e nous fuy ions vous fuy iez ils fui ent	**fui** je fui rais tu fui rais il fui rait nous fui rions vous fui riez ils fui raient	P. PASSÉ : fui P. PRÉSENT : fuy ant P. SIMPLE : je fu is
	dorm ir/dor je dor s tu dor s il dor t nous dorm ons vous dorm ez ils dorm ent	**dorm** je dorm irai tu dorm iras il dorm ira nous dorm irons vous dorm irez ils dorm iront	**dorm** je dorm ais tu dorm ais il dorm ait nous dorm ions vous dorm iez ils dorm aient	**dorm** je dorm e tu dorm es il dorm e nous dorm ions vous dorm iez ils dorm ent	**dorm** je dorm irais tu dorm irais il dorm irait nous dorm irions vous dorm iriez ils dorm iraient	P. PASSÉ : dorm i P. PRÉSENT : dorm ant P. SIMPLE : je dorm is
	fini r/finiss je fini s tu fini s il fini t nous finiss ons vous finiss ez ils finiss ent	**fini** je fini rai tu fini ras il fini ra nous fini rons vous fini rez ils fini ront	**finiss** je finiss ais tu finiss ais il finiss ait nous finiss ions vous finiss iez ils finiss aient	**finiss** je finiss e tu finiss es il finiss e nous finiss ions vous finiss iez ils finiss ent	**fini** je fini rais tu fini rais il fini rait nous fini rions vous fini riez ils fini raient	P. PASSÉ : fini P. PRÉSENT : finiss ant P. SIMPLE : je fin is
	ven ir/vien/vienn je vien s tu vien s il vien t nous ven ons vous ven ez ils vienn ent	**viend** je viend rai tu viend ras il viend ra nous viend rons vous viend rez ils viend ront	**ven** je ven ais tu ven ais il ven ait nous ven ions vous ven iez ils ven aient	**vienn/ven** je vienn e tu vienn es il vienn e nous ven ions vous ven iez ils vienn ent	**viendr** je viendr ais tu viendr ais il viendr ait nous viendr ions vous viendr iez ils viendr aient	P. PASSÉ : ven u P. PRÉSENT : ven ant P. SIMPLE : je vins

Verbes en IRE

PRÉSENT	FUTUR	IMPARFAIT	SUBJONCTIF	CONDITIONNEL	AUTRES
ri re	**ri**	**ri**	**ri**	**ri**	P. PASSÉ : ri
je ri s	je ri rai	je ri ais	je ri e	je ri rais	P. PRÉSENT : ri ant
tu ri s	tu ri ras	tu ri ais	tu ri es	tu ri rais	P. SIMPLE : je ris
il ri t	il ri ra	il ri ait	il ri e	il ri rait	
nous ri ons	nous ri rons	nous ri ions	nous ri ions	nous ri rions	
vous ri ez	vous ri rez	vous ri iez	vous ri iez	vous ri riez	
ils ri ent	ils ri ront	ils ri aient	ils ri ent	ils ri raient	

PRÉSENT	FUTUR	IMPARFAIT	SUBJONCTIF	CONDITIONNEL	AUTRES
condui re/conduis	**condui**	**conduis**	**conduis**	**condui**	P. PASSÉ : condui t
je condui s	je condui rai	je conduis ais	je conduis e	je condui rais	P. PRÉSENT : conduis ant
tu condui s	tu condui ras	tu conduis ait	tu conduis es	tu condui rais	P. SIMPLE : je conduis is
il condui t	il condui ra	il conduis ait	il conduis e	il condui rait	
nous conduis ons	nous condui rons	nous conduis ions	nous conduis ions	nous condui rions	
vous conduis ez	vous condui rez	vous conduis iez	vous conduis iez	vous condui riez	
ils conduis ent	ils condui ront	ils conduis aient	ils conduis ent	ils condui raient	

PRÉSENT	FUTUR	IMPARFAIT	SUBJONCTIF	CONDITIONNEL	AUTRES
di re/dis/dit	**di**	**dis**	**dis**	**di**	P. PASSÉ : di t
je di s	je di rai	je dis ais	je dis e	je di rais	P. PRÉSENT : dis ant
tu di s	tu di ras	tu dis ais	tu dis es	tu di rais	P. SIMPLE : je dis
il di t	il di ra	il dis ait	il dis e	il di rait	
nous dis ons	nous di rons	nous dis ions	nous dis ions	nous di rions	
vous dit es	vous di rez	vous dis iez	vous dis iez	vous di riez	
ils dis ent	ils di ront	ils dis aient	ils dis ent	ils di raient	

PRÉSENT	FUTUR	IMPARFAIT	SUBJONCTIF	CONDITIONNEL	AUTRES
li re/lis	**li**	**lis**	**lis**	**li**	P. PASSÉ : lu
je li s	je li rai	je lis ais	je lis e	je li rais	P. PRÉSENT : lis ant
tu li s	tu li ras	tu lis ais	tu lis es	tu li rais	P. SIMPLE : je lus
il li t	il li ra	il lis ait	il lis e	il li rait	
nous lis ons	nous li rons	nous lis ions	nous lis ions	nous li rions	
vous lis ez	vous li rez	vous lis iez	vous lis iez	vous li riez	
ils lis ent	ils li ront	ils lis aient	ils lis ent	ils li raient	

PRÉSENT	FUTUR	IMPARFAIT	SUBJONCTIF	CONDITIONNEL	AUTRES
écri re/ecriv	**écri**	**écriv**	**écriv**	**écri**	P. PASSÉ : écri t
j' écri s	j' écri rai	j' écriv ais	j' écriv e	j' écri rais	P. PRÉSENT : écriv ant
tu écri s	tu écri ras	tu écriv vais	tu écriv es	tu écri rais	P. SIMPLE : j'écriv is
il écri t	il écri ra	il écriv vait	il écriv e	il écri rait	
nous écriv ons	nous écri rons	nous écriv vions	nous écriv ions	nous écri rions	
vous écriv ez	vous écri rez	vous écriv iez	vous écriv iez	vous écri riez	
ils écriv ent	ils écri ront	ils écriv aient	ils écriv ent	ils écri raient	

Verbes en OIR

PRÉSENT	FUTUR	IMPARFAIT	SUBJONCTIF	CONDITIONNEL	AUTRES
voi r/voy	**ver**	**voy**	**voi/voy**	**ver**	P. PASSÉ : vu
je voi s	je ver rai	je voy ais	je voi e	je ver rais	P. PRÉSENT : voy ant
tu voi s	tu ver ras	tu voy ais	tu voi es	tu ver rais	P. SIMPLE : je vis
il voi t	il ver ra	il voy ait	il voi e	il ver rait	
nous voy ons	nous ver rons	nous voy ions	nous voy ions	nous ver rions	
vous voy ez	vous ver rez	vous voy iez	vous voy iez	vous ver riez	
ils voi ent	ils ver ront	ils voy aient	ils voi ent	ils ver raient	

PRÉSENT	FUTUR	IMPARFAIT	SUBJONCTIF	CONDITIONNEL	AUTRES
asseoi r/assoy	**assoi**	**assoy**	**assoi/assoy**	**assoi**	P. PASSÉ : ass is
j' assoi s	j' assoi rai	j' assoy ais	j' assoi e	j' assoi rais	P. PRÉSENT : assoy ant
tu assoi s	tu assoi ras	tu assoy ais	tu assoi es	tu assoi rais	P. SIMPLE : j'ass is
il assoi t	il assoi ra	il assoy ait	il assoi e	il assoi rait	
nous assoy ons	nous assoi rons	nous assoy ions	nous assoy ions	nous assoi rions	
vous assey ez	vous assoi rez	vous assoy iez	vous assoy iez	vous assoi riez	
ils assoi ent	ils assoi ront	ils assoy aient	ils assoi ent	ils assoi raient	

PRÉSENT	FUTUR	IMPARFAIT	SUBJONCTIF	CONDITIONNEL	AUTRES
assied/assey	**assié**	**assey**	**assey**	**assié**	P. PASSÉ : ass is
j' assied s	j' assié rai	j' assey ais	j' assey e	j' assié rais	P. PRÉSENT : assey ant
tu assied s	tu assié ras	tu assey ais	tu assey es	tu assié rais	P. SIMPLE : j'ass is
il assied	il assié ra	il assey ait	il assey e	il assié rait	
nous assey ons	nous assié rons	nous assey ions	nous assey ions	nous assié rions	
vous assey ez	vous assié rez	vous assey iez	vous assey iez	vous assié riez	
ils assey ent	ils assié ront	ils assey aient	ils assey ent	ils assié raient	

PRÉSENT	FUTUR	IMPARFAIT	SUBJONCTIF	CONDITIONNEL	AUTRES
val oir/vau	**vaud**	**val**	**vaill**	**vaud**	P. PASSÉ : val u
je vau x	je vaud rai	je val ais	je vaill e	je vaud rais	P. PRÉSENT : val ant
tu vau x	tu vaud ras	tu val ais	tu vaill e	tu vaud rais	P. SIMPLE : je val us
il vau t	il vaud ra	il val ait	il vaill e	il vaud rait	
nous val ons	nous vaud rons	nous val ions	nous val ions	nous vaud rions	
vous val ez	vous vaud rez	vous val iez	vous val iez	vous vaud riez	
ils val ent	ils vaud ront	ils val aient	ils vaill ent	ils vaud raient	

Verbes en OIR

PRÉSENT	FUTUR	IMPARFAIT	SUBJONCTIF	CONDITIONNEL	AUTRES
av oir/ai j' ai tu as il a nous av ons vous av ez ils ont	**au** j' au rai tu au ras il au ra nous au rons vous au rez ils au ront	**av** j' av ais tu av ais il av ait nous av ions vous av iez ils av aient	**ai** j' ai e tu ai es il ai t nous ay ons vous ay ez ils ai ent	**au** j' au rais tu au rais il au rait nous au rions vous au riez ils au raient	P. PASSÉ : eu P. PRÉSENT : ay ant P. SIMPLE : j'eus
sav oir/sai je sai s tu sai s il sai t nous sav ons vous sav ez ils sav ent	**sau** je sau rai tu sau ras il sau ra nous sau rons vous sau rez ils sau ront	**sav** je sav ais tu sav ais il sav ait nous sav ions vous sav iez ils sav aient	**sach** je sach e tu sach es il sach e nous sach ions vous sach iez ils sach ent	**sau** je sau rais tu sau rais il sau rait nous sau rions vous sau riez ils sau raient	P. PASSÉ : su P. PRÉSENT : sach ant P. SIMPLE : je sus
dev oir/doi/doiv je doi s tu doi s il doi t nous dev ons vous dev ez ils doiv ent	**dev** je dev rai tu dev ras il dev ra nous dev rons vous dev rez ils dev ront	**dev** je dev ais tu dev ais il dev ait nous dev ions vous dev iez ils dev aient	**doiv** je doiv e tu doiv es il doiv e nous dev ions vous dev iez ils doiv ent	**dev** je dev rais tu dev rais il dev rait nous dev rions vous dev riez ils dev raient	P. PASSÉ : dû P. PRÉSENT : dev ant P. SIMPLE : je dus
voul oir/veu/veul je veu x tu veu x il veu t nous voul ons vous voul ez ils veul ent	**voud** je voud rai tu voud ras il voud ra nous voud rons vous voud rez ils voud ront	**voul** je voul ais tu voul ais il voul ait nous voul ions vous voul iez ils voul aient	**veuill** je veuill e tu veuill es il veuill e nous voul ions vous voul iez ils veuill ent	**voud** je voud rais tu voud rais il voud rait nous voud rions vous voud riez ils voud raient	P. PASSÉ : voul u P. PRÉSENT : voul ant P. SIMPLE : je voul us
pouv oir/peu/peuv je peu x tu peu x il peu t nous pouv ons vous pouv ez ils peuv ent	**pour** je pour rai tu pour ras il pour ra nous pour rons vous pour rez ils pour ront	**pouv** je pouv ais tu pouv ais il pouv ait nous pouv ions vous pouv iez ils pouv aient	**puiss** je puiss e tu puiss es il puiss e nous puiss ions vous puiss iez ils puiss ent	**pour** je pour rais tu pour rais il pour rait nous pour rions vous pour riez ils pour raient	P. PASSÉ : p u P. PRÉSENT : pouv ant P. SIMPLE : je pus

Verbes en OIRE

PRÉSENT	FUTUR	IMPARFAIT	SUBJONCTIF	CONDITIONNEL	AUTRES
boi re/buv/boiv je boi s tu boi s il boi t nous buv ons vous buv ez ils boiv ent	**boi** je boi rai tu boi ras il boi ra nous boi rons vous boi rez ils boi ront	**buv** je buv ais tu buv ais il buv ait nous buv ions vous buv iez ils buv aient	**boiv** je boiv e tu boiv es il boiv e nous buv ions vous buv iez ils boiv ent	**boi** je boi rais tu boi rais il boi rait nous boi rions vous boi riez ils boi raient	P. PASSÉ : b u P. PRÉSENT : buv ant P. SIMPLE : je b us
croi re/croy je croi s tu croi s il croi t nous croy ons vous croy ez ils croi ent	**croi** je croi rai tu croi ras il croi ra nous croi rons vous croi rez ils croi ront	**croy** je croy ais tu croy ais il croy ait nous croy ions vous croy iez ils croy aient	**croi** je croi e tu croi es il croi e nous croy ions vous croy iez ils croi ent	**croi** je croi rais tu croi rais il croi rait nous croi rions vous croi riez ils croi raient	P. PASSÉ : cr u P. PRÉSENT : croy ant P. SIMPLE : je cr us

Verbes en AIRE

PRÉSENT	FUTUR	IMPARFAIT	SUBJONCTIF	CONDITIONNEL	AUTRES
plai re/plais je plai s tu plai s il plai t nous plais ons vous plais ez ils plais ent	**plai** je plai rai tu plai ras il plai ra nous plai rons vous plai rez ils plai ront	**plais** je plais ais tu plais ais il plais ait nous plais ions vous plais iez ils plais aient	**plais** je plais e tu plais es il plais e nous plais ions vous plais iez ils plais ent	**plai** je plai rais tu plai rais il plai rait nous plai rions vous plai riez ils plai raient	P. PASSÉ : pl u P. PRÉSENT : plais ant P. SIMPLE : je pl us
faire je fai s tu fai s il fai t nous fais ons vous fait es ils font	**fe** je fe rai tu fe ras il fe ra nous fe rons vous fe rez ils fe ront	**fais** je fais ais tu fais ais il fais ait nous fais ions vous fais iez ils fais aient	**fass** je fass e tu fass es il fass e nous fass ions vous fass iez ils fass ent	**te** je fe rais tu fe rais il fe rait nous fe rions vous fe riez ils fe raient	P. PASSÉ : fait P. PRÉSENT : fais ant P. SIMPLE : je fis

	PRÉSENT	FUTUR	IMPARFAIT	SUBJONCTIF	CONDITIONNEL	AUTRES
Verbes en DRE	**perd re** je perd s tu perd s il perd nous perd ons vous perd ez ils perd ent	**perd** je perd rai tu perd ras il perd ra nous perd rons vous perd rez ils perd ront	**perd** je perd ais tu perd ais il perd ait nous perd ions vous perd iez ils perd aient	**perd** je perd e tu perd es il perd e nous perd ions vous perd iez ils perd ent	**perd** je perd rais tu perd rais il perd rait nous perd rions vous perd riez ils perd raient	P. PASSÉ : perd u P. PRÉSENT : perd ant P. SIMPLE : je perd is
	prend re/pren/prenn je prend s tu prend s il prend nous pren ons vous pren ez ils prenn ent	**prend** je prend rai tu prend ras il prend ra nous prend rons vous prend rez ils prend ront	**pren** je pren ais tu pren ais il pren ait nous pren ions vous pren iez ils pren aient	**prenn** je prenn e tu prenn es il prenn e nous pren ions vous pren iez ils prenn ent	**prend** je prend rais tu prend rais il prend rait nous prend rions vous prend riez ils prend raient	P. PASSÉ : pr is P. PRÉSENT : pren ant P. SIMPLE : je pr is
	pein dre/peign je pein s tu pein s il pein t nous peign ons vous peign ez ils peign ent	**peind** je peind rai tu peind ras il peind ra nous peind rons vous peind rez ils peind ront	**peign** je peign ais tu peign ais il peign ait nous peign ions vous peign iez ils peign aient	**peign** je peign e tu peign es il peign e nous peign ions vous peign iez ils peign ent	**peind** je peind rais tu peind rais il peind rait nous peind rions vous peind riez ils peind raient	P. PASSÉ : pein t P. PRÉSENT : peign ant P. SIMPLE : je peign is
Verbes en VRE	**sui vre/suiv** je sui s tu sui s il sui t nous suiv ons vous suiv ez ils suiv ent	**suiv** je suiv rai tu suiv ras il suiv ra nous suiv rons vous suiv rez ils suiv ront	**suiv** je suiv ais tu suiv ais il suiv ait nous suiv ions vous suiv iez ils suiv aient	**suiv** je suiv e tu suiv es il suiv e nous suiv ions vous suiv iez ils suiv ent	**suiv** je suiv rais tu suiv rais il suiv rait nous suiv rions vous suiv riez ils suiv raient	P. PASSÉ : suiv i P. PRÉSENT : suiv ant P. SIMPLE : je suiv is
	vi vre/viv je vi s tu vi s il vi t nous viv ons vous viv ez ils viv ent	**viv** je viv rai tu viv ras il viv ra nous viv rons vous viv rez ils viv ront	**viv** je viv ais tu viv ais il viv ait nous viv ions vous viv iez ils viv aient	**viv** je viv e tu viv es il viv e nous viv ions vous viv iez ils viv ent	**viv** je viv rais tu viv rais il viv rait nous viv rions vous viv riez ils viv raient	P. PASSÉ : véc u P. PRÉSENT : viv ant P. SIMPLE : je véc us
Verbes en TRE	**mett re/met** je met s tu met s il met nous mett ons vous mett ez ils mett ent	**mett** je mett rai tu mett ras il mett ra nous mett rons vous mett rez ils mett ront	**mett** je mett ais tu mett ais il mett ait nous mett ions vous mett iez ils mett aient	**mett** je mett e tu mett es il mett e nous mett ions vous mett iez ils mett ent	**mett** je mett rais tu mett rais il mett rait nous mett rions vous mett riez ils mett raient	P. PASSÉ : mis P. PRÉSENT : mett ant P. SIMPLE : je mis
	paraî tre/ paraiss je parai s tu parai s il paraî t nous paraiss ons vous paraiss ez ils paraiss ent	**paraît** je paraît rai tu paraît ras il paraît ra nous paraît rons vous paraît rez ils paraît ront	**paraiss** je paraiss ais tu paraiss ais il paraiss ait nous paraiss ions vous paraiss iez ils paraiss aient	**paraiss** je paraiss e tu paraiss es il paraiss e nous paraiss ions vous paraiss iez ils paraiss ent	**paraît** je paraît rais tu paraît rais il paraît rait nous paraît rions vous paraît riez ils paraît raient	P. PASSÉ : par u P. PRÉSENT : paraiss ant P. SIMPLE : je par us
	naî tre/naiss je nai s tu nai s il naî t nous naiss ons vous naiss ez ils naiss ent	**naît** je naît rai tu naît ras il naît ra nous naît rons vous naît rez ils naît ront	**naiss** je naiss ais tu naiss ais il naiss ais nous naiss ions vous naiss iez ils naiss aient	**naiss** je naiss e tu naiss es il naiss e nous naiss ions vous naiss iez ils naiss ent	**naît** je naît rais tu naît rais il naît rait nous naît rions vous naît riez ils naît raient	P. PASSÉ : né P. PRÉSENT : naiss ant P. SIMPLE : je naqu is
	être je suis tu es il est nous sommes vous êtes ils sont	**ser** je ser ai tu ser as il ser a nous ser ons vous ser ez ils ser ont	**ét** je ét ais tu ét ais il ét ait nous ét ions vous ét iez ils ét aient	**soi/soy** je soi s tu soi s il soi t nous soy ons vous soy ez ils soi ent	**ser** je ser ais tu ser ais il ser ait nous ser ions vous ser iez ils ser aient	P. PASSÉ : été P. PRÉSENT : étant P. SIMPLE : je fus

Imprimé en France – Mame Imprimeurs à Tours – Janvier 2003 (n° 02122041) – Dépôt légal 4423/13